メディアと文学

ゴーゴリが古典になるまで

メディアと文学

ゴーゴリが古典になるまで

大野斉子

СТО РИСУНКОВЪ

Н. В. ГОГОЛЯ:

МЕРТВЫЯ ДУШИ.

ИЗДАНІЕ Е. БЕРНАРДСКАГО.

Санктпетербургъ.

1846.

群像社

目次

メディアと文学

ゴーゴリが古典になるまで

はじめに

1　文学と制度

芸術は人間精神の自由な発露であって、創造性が最大限に追究される領域であるという近代以降の認識は現代にも受け継がれているが、その一方で芸術は様々な制度の上に存在するものでもある。絵画であれば、画材から技法などの制作にまつわることから作品発表の場に至るまで芸術活動に関するすべてのプロセスは歴史的・社会的な制度と不可分である。文学も小説や詩などのジャンル、評論が依拠する美学や学説、掲載されるメディア、出版事業など様々な制度の上に立っているうえ、素材となる言語そのものが壮大な約束事の体系であるというように、文学をめぐる制度は非常に多様なレベルで存在している。

学術領域としての文学においてもこの点は同じである。文学の森に分け入ってしばらくすると、そこが驚くほど深く、実り豊かな場所であると同時に、綿密に組み立てられた制度の支配する場であることに気付く。その制度とは、作品を原語で精密に読解するといった約束事から、どのような作品が優れたものとして共通了解を得ているのかというメタレベルの知識まで様々な要素からなっている。来訪者は文学の森を歩き続けるうちに、最初は新鮮に、そして少し息苦しく感じたこうした制度を自明のものとして受け入れ、使いこなすようになっていく。芸術も学術も、社会に共有される知的な財を作り出すという特権的な役割を担っている。この特権性の根拠を担保するのが、社会やその領域に共有され、見えなくなるほどに自明化された制度である。

2　制度を相対化する試み

ここで制度と呼んでいるものの内容は多岐にわたるが、それらは文学や芸術を社会と結びつける重要な役割を持つ一方で、自由な創造活動や思考を制約する精神の檻としてもとらえられてきた。ロシア・アバンギャルドやモダニズムの芸術家たちのように、いま・ここを超えて新たな世界へ飛び立とうとした二十世紀初頭の活発な知性は、伝統を嫌い、枠を壊すこと自体を芸術や学術の目的とした。自明化した制度を相対化する眼差しは人文諸学の批判精神と結びつき、二十世紀において文学研究の一翼を成した。そうした研究は枠組みの外へ向かおうとする思考に導かれているために、文学と他の分野との境界領域でとくに発展した。メディア論や読書論、出版史などは歴史学や社会学の視点から文学を捉え直す試みであり、自明化していた事柄の多くが歴史的産物であったことを明らかにしてきた。

例えば作家のオリジナリティという概念はその一つである。文学作品には創造者たる作者が通常一人いるという考え方は、作品にまつわる権利を作者に帰属させる著作権の概念を支える約束事だ。ここには、文章を書くのは創造行為であり、他のだれのものでもない、作家の脳がゼロから生み出す行為だという暗黙の前提がある。

しかしこうした考え方が当てはまらない時代のほうが歴史の上では長い。ヨーロッパでは著作権の概念は統治者が出版物を統制する目的で古くから用いられていたが、法制化が進んだのは活版印刷術によって著作物の複製が容易になった時代以降のことである。活版印刷術が普及するまで本は修道士などの手による写本の形で複製されたが、常に彼らが原文に忠実に書き写したわけではない。写し手による修正や改変は珍しくなく、写本の度に異本が生み出されたのである。そもそも彼らが参照した文書自体が別の文書からの写本である。こうした時代においてはオリジナルと写しの決定的な区別は存在しない。

これと比較すると著作権とは、作者のオリジナリティを写しや二次創作から差異化し、特権化する時代の産物であることがわかる。構造主義以降、文学研究では作品の解釈をする際の作家の特権性を否定する立場が「作者の死」という言葉とともに広く共有された。しかし受容の領域では市場における作品の流通や著作権などの社会的取り決めにおいて、作品に対する作家の特権性は保護されている点でオリジナリティは強力な制度として働いていると言える。

読書をする時の身振りについても自明化した制度は存在する。現代では読書をする場合に黙読することが多く、音読は子供の読書や朗読会など特定の場面でしか見られない。しかしこうした傾向は多くの人が高度な教育を受け、優れた識字・読解能力を備えている社会に固有のものである。読み上げられた言葉でなくてはよく理解できないために新聞を音読するという身振りは十八世紀のフランスの市民、ソヴィエト初期の労働者など近現代の各地域において記録がある。識字能力が低かった帝政ロシアの農民たちは本や版画の行商人が朗々と売り物の内容を読み上げるのを集まって聞いていた。

中世には読者は聖職者、上流階級の一部の知識人に限られ、ときに支配階層であっても本の読めない人々が存在した一方、民話などの口承文芸は発達していた。声の文化は古代から近世まで、階級を問わずはるかな年月をかけて洗練され、豊かな文学の世界を育んできた。

活版印刷術が出版物の数を飛躍的に増大させ、声の文化から文字の文化へと読書を大きく転換させた後も、書物は教育を受けられる階層の独占物であった。ロシアで出版業が市場経済化し、多くの人々が本を手にすることができるようになったのは十九世紀に入ってからのことである。高い教養を誇る貴族たちがサロンに集まって詩を朗読していたように、この時代にはまだ声の文化が残っていたが、黙読による秘私的な読書の仕方も急速に広まった。黙読と結びついたのは韻律を重視する詩ではなく、生活や心の秘められた内部に分け入って描写する小説であった。

いかにして読むのかという読書の身振りは、教育、出版状況、ジャンルなど様々な要因と結びついて決まる。読みの多様性に目を向けることで立ち上がってくる文化的世界は、個々の読者を含みこむ読みの制度を外側から見る視点を我々に与えてくれるのである。

オリジナリティの問題にせよ読書の身振りにせよ、これらを制度として相対化することによって見えてくるのは、歴史的に構築された制度によって形作られた現在の「文学」の概念の境界であり、この境界の外に広がる物語の豊かな世界である。そこには人間の歴史を通じて繰り返されてきた、物語を語り受容するという営みの多様性が広がっている。この多様性に触れるとき、文学とは我々にとっていったい何であるのか、歴史的・社会的条件を超えたところでいかなる働きをするものなのか、というより高次の視点が導かれる。

3　古典という制度

文学をめぐる制度のなかで核心をなすものの一つが古典である。古典は時間を超えて現代まで残った作品であり、それ自体として制度の一部を成している。文学史は多くの場合、このような作品の集積や連なりとして編まれる。古典は文学的な価値の基準であると同時に、歴史——多くの場合、国民国家ないし言語共同体を単位として、その文化と精神の連続性を見出すことに重きを置いた、十九世紀に主流であった世界観——の重要な構成要素でもある。古典を文学の正典（カノン）とし、その価値を自明のものとして学ぶことは文学が拠って立つ歴史的な枠組みや文学の制度を再生産することを意味する。

現在でも文学研究において文学史は学ぶべき基本として存在しており、歴史的文学観は現代の世界を理解するための歴史の概念と緊密に結びついて文学を説明する有用な方法であり続けている。古典は子供向けの本から大人向けの新訳まで一定のペースで出版され、我々の時代にも読み物として提供され続けている。古典は十九世紀的な文脈や学術の枠を超えて、現実の社会における文学の営みをも支えるような大きな制度を成しているといえる。

確かに古典には良い作品が多い。しかしそう判断する価値基準自体が古典をもとに作られているとしたら、我々は古典の作り上げる知の檻から一歩も出られないということになる。何が正しく、優れ、美しいのかという価値基準は本来、文化的な恣意性を含んでいる。それは学校のみならず社会の中で読者によって学び取られていく。社会学者のピエール・ブルデューは『再生産——教育・社会・文化』（ジャン＝クロード・パスロンと共著、宮島喬訳、藤原書店）の教育をめぐる論考の中で、教育のプロセスにおいてはこうした価値基準を内面化させるひそかな権力が介在していることを指摘する。文化的な恣意性によるものを正統であるとして押し付けるこうした力をブルデューは象徴的暴力と呼び、象徴的暴力は自らの根底にある力関係をおおい隠すことによって、そうした力関係の上にそれ固有の象徴的な力、すなわち価値決定における権力を行使する特権を付与するとしている。古典に与えられた正統性の表象や正統性をめぐる階級間、集団間の教育的な働きかけによって、こうした権力と価値観にさらなる聖性を付与するディスクールの構造が強化されていくのである。

古典を制度として可視化し、相対化するためにはどうしたらいいのか。古典の要件の一つは時代を超えて読み継がれていることである。読み継がれるのは作品が優れているためであるという因果関係が共通了解を得ているが、これは一つの神話にすぎない。その優れているという基準そのものがカノンに依拠しているとするなら、我々はその外に出なくてはならない。そのためにはまず、文学が古典として聖別されるプロセスを丹念に追い、そのプロセスの中に作品に内在する価値以外の読み継がれる理由や論理を探す必要がある。

4　方法としての異本

「文学作品はどのようにして古典になるのか」をテーマに本書では古典という制度を相対化し、そのことによって文学を相対化してみようと思う。古典とは何か。作品はいかにして古典となるのかというテーマは、古典という概念や制度をめぐっておおい隠されている恣意性、すなわち古典が一つの文化的恣意であることを明らかにする。

しかし古典は制度的側面を持つ一方で、文学の森に備わるもう一つの特徴である融通無碍な豊かさを持っている。これまでに生み出された膨大な文学作品が展開する言葉の世界には、荒唐無稽な空想的世界から精神の深層まで、人間が感知し、考え出すことのできるあらゆる領域へと広がっていく自由さがあり、古典に列せられる文学作品には多かれ少なかれ、同時代からの逸脱や過剰なまでに伸びやかな精神が刻まれている。ただしこうした作品が古典と呼ばれるようになるには時間による淘汰を耐えなくてはならない。古典として聖別される前の段階で異なる時代の人々に読まれ続け、時間を旅しなくてはならない。作品の旅の軌跡とは作品と生きた読者やメディア、社会との関係の歴史であり、作品を媒体として連なる無数の読みの歴史なのである。

したがって文学作品がどのようにして古典になるのかを考えるためには、作品から視点を移し、読者、作品、社会の交差する読みにこそ注目する必要がある。そこでまずは議論の前提となる読みの概念そのものを捉え直し、作家から読者がテクストを受け取るだけの受け身な読み方ではなく、主体的で創造的な読み方へと転換することから始めたい。創造としての読書へと視点を転換することによって読者たちはどのようにゴーゴリ作品の読み方を作っていったのか。この問いを通じて読書や古典の制度を見直すことができるのではないだろうか。

本書は十九世紀のロシア文学の作家であるゴーゴリの作品を題材にしているが、作品論を扱うことはせず、文学がどのように読まれたのか、その作品がたどった軌跡を追う。文学を外から見るための方法はいくつかある。例えば作品が社会に存在する際に不可欠の要素となるメディアを研究するメディア論や、読者や読むという行為を問題化する読者論である。本書ではこうしたアプローチに加えて、ゴーゴリ作品をもとにして各時代に出された出版物を「異本」と捉え、これを議論の中心に据える。

異本は多義的な概念であり、その中に作者による加筆修正や削除、戯曲上演の際の作者による改作によって生じるバリアントが含まれる。文学作品のテクストは決定版が作られる一方で、研究者による草稿の編集作業が必要なほど、本来、流動的な性格を持っている。作者の草稿に基づくバリアントはオリジナリティの侵害と見なされない異本であるが、写本で生じた異同を含む本や、意図的な改作が施された版のように、作者以外の人間による創作が施された本も異本の概念に含まれる。本書では異本という言葉を広くとり、ゴーゴリのオリジナリティを無視して作られた二次創作に広げて使うことにしたい。

ゴーゴリ以外の人間が作った、ゴーゴリ作品の数々。それが本書で扱う題材である。ゴーゴリの異本の歴史と言ってもいい。二次創作ばかりでなく、正統的な文献学に則って編集・出版された全集などもここには含まれている。それも異本である。なぜなら作品が出版されるとき、厳密なことをいえばすでに作品はゴーゴリの手を離れ、他の人々、例えば編集者や印刷業者の手に委ねられているからである。

異本を分析することによって、読書という行為とメディアと、文学をめぐる同時代の約束事が明らかになる。異本は作品と読者、社会の接点なのである。異本は同時代の制度につながっていながらも、同時にそれを大きく逸脱する側面も持っている。事実、異本を辿っていくと、ゴーゴリ作品の読みの現場では自由な解釈どころか、作品のテクストもオリジナリティも解体するほどのラディカルな読みの実態が見えてくる。ゴーゴリの手を離れた作品が、どんなふうにメディアの形に再編され、あるいは作り直されて世に出回ったのか。人々がそれらを楽しむことで、ゴーゴリ作品を読むことの意味、ゴーゴリ作品のロシア文学における位置づけはどのように変わっていったのか。本書ではこうした問いを考えていく。

5　なぜゴーゴリか

ゴーゴリという作家を選んだのはゴーゴリ作品の異本が十九世紀を通じて出版され、読まれ続けたこと、それらの異本が膨大な数に上ること、そして詩から小説への移行や出版業の市場化といった文学や社会のルールの変わり目に呼応するようにしてそれらの異本が柔軟に形を変えていることによる。それは読みの現場が非常に自由で創造的であったことを意味している。

ゴーゴリ作品の出版史や受容史を概観すると、それぞれの出版物やメディアはときに予想を裏切る内容と動きをみせている。詳しくは本編ご覧いただきたいが、ほとんど無法状態と言っていいほどに、ゴーゴリ以外の人々による好き勝手な創作と自由な読みの連続なのである。一見、普通のゴーゴリ作品集に思えても、よく見れば規格外の要素を持っている出版物もある。読書の営みは決して自由なばかりではなく、作家の特権性や読み方の教育による制約の上に成立している一方で、ゴーゴリ作品の読みの歴史にはこういった制度を無視し、教育水準の壁なども軽々と乗り越えるカオスにも似た自由奔放な営みが見られるのである。カオスとみられる営みの正体は、ゴーゴリ作品を足掛かりにした創作活動である。しかもこうした創作活動は制度から離れたところで行われながらも、完全に切り離されてはおらず、時間がたつとゴーゴリの読み方をめぐる制度に確かな影響を与えているようなのだ。

ゴーゴリ作品の読書の歴史は、ゴーゴリの愛読者とその記憶の歴史である。美術評論家のV・V・スタソフはゴーゴリが活躍していた一八三〇年代を回想してゴーゴリ作品のユーモアや言い回しは当時の子供や若者にとって新鮮な魅力を備え、読者を心底楽しませたと述べている。スタソフは大人になってもゴーゴリのファンであり続け、評論の中でゴーゴリのすばらしさを後の世の人々に伝えた。

だがゴーゴリと読者の幸福な時代は続かなかった。一八三六年の『検察官』発表後、ゴーゴリは作品に対する読者の解釈との齟齬に苦しむようになる。一八三七年一月にゴーゴリがプロコポーヴィチ宛てに書いた書簡には、『検察官』の評判の良さを知りながらも、作品故に非難を受けていると感じるゴーゴリの複雑な心情が述べられている。

ゴーゴリと読者の溝は、一八四二年に発表され、ベストセラーとなった『死せる魂』第一部においても埋まることはなかった。作者の意図と、読者の解釈のずれはどのような作品でも起こりうるが、そのずれが常に物議を醸し、社会的な影響さえも引き起こした点でゴーゴリは際立っている。活躍しているうちから「作者の死」を宣告する死神が目の前に立っていたようなものである。これはゴーゴリの死後も続いた。ゴーゴリ作品の受容の歴史は誤読の連続であった。

作品の解釈における作者の特権性が限りなくゼロに近づき、読者の解釈にゆだねられたこと、作家のオリジナリティの神話が早くから崩壊していたところにゴーゴリ作品の受容の特徴があるのではないだろうか。ここになぜ読み継がれたかを解く重要な鍵が潜んでいるのではないだろうか。本書ではなぜ古典になったのかという問いに対し、ゴーゴリの作品自体に内在する要因をもって答えることはあえて行わない。作品の意味内容や正典としてのテクストの言葉のありようと、古典に列せられることを因果関係によって結びつけることをやめ、作品が集団的な記憶に組み込まれていくことを説明するまったく異なる種類の説明や論理を探るのが本書の趣旨である。

これは現代的な問いでもある。インターネットが普及して、老いも若きもネットに接続して自分の文化的世界を拡張するのが当たり前になった。それまでは自分の机の上だけで完結していた個別的な創作活動が、ネットに接続して行われるようになった途端、瞬時に不特定多数にさらされ共有される。例えばあるアニメーションのキャラクターの二次創作が、オリジナルとは無関係なところで不特定多数によって果てしなく繰り広げられるという状況は珍しくなくなった。正確に言えばインターネットが普及する前から二次創作は行われていたが、より簡便に誰もが参加できるインフラがインターネットの普及によって整ったというべきだろう。今や、創作と受容は対立する概念ではなく、協同し時に一つに溶け合う概念になった。創作の場に発生するカオスと受容を規定する複雑な制度は車の両輪をなし、我々の物語受容の場を支えている。これが決して新しい状況ではなく、十九世紀のロシアで、歴史に名を残さなかった無数の創作者たちの手で行われていたという事実は、現代的な状況と思われたものが、我々が考えている以上に読む行為にとって根源的な問題であるということに気付かせてくれるのではないだろうか。

第一章

I　一八四〇年代スタイルの確立

1　一八四〇年代までの出版業と文学の変化

十八世紀、十九世紀初期におけるロシアの出版業と近代化

ロシアの歴史は、九世紀に現在のウクライナの首都、キエフを拠点とするキエフ・ルーシの建国を持って始まったとされる。ルーシとは中世のロシアの古称である。キエフ・ルーシはその後、十世紀にビザンチン帝国からキリスト教を国教として取り入れて文化的に発展する。しかし十三世紀にモンゴル軍が侵入し、その後二四〇年間にわたりロシアを支配した。「タタールのくびき」と呼ばれるモンゴルによる過酷な支配はロシアの政治・文化を停滞させ、後進性の原因をなしたとされる。この間にルーシの中心はキエフからモスクワに移り、十五世紀にタタールのくびきを絶ったモスクワ大公国が台頭する。

ヨーロッパでは十五世紀に花開くルネサンスとともに、中世は終わりを告げる。しかしルネサンスが波及しなかったこともあってロシアでは近代の幕開けまで中世以来の文化が長く継承されることとなった。このことはロシアの書物の世界にも大きな影響を及ぼした。書物は長らく正教会の聖職者による筆写によって制作されていた。ヨーロッパではグーテンベルクによる活版印刷が十五世紀にはじまり、ロ

シアでも少し遅れて十六世紀に、イヴァン・フョードロフによってスラヴ語の活字で『使徒行伝』が印刷された。とはいえ、出版文化全体の発展にまでは至らず、十七世紀まで正教会もロシアの重要な知の担い手であり続けた。

ロシアで出版文化が本格的に開花したのは十八世紀のことである。一六九四年に親政を開始したピョートル一世は、一挙に西欧化、近代化へと舵を切り、国家、社会の改革を強力に進めた。ピョートル一世の改革は多方面にわたるが、印刷所の設立、官報の刊行など、出版業にもたらした変化も大きかった。この時代にロシアの書物は教会図書のほか、ロシア語の一般書がロシア国内外で印刷された。ピョートルは一般書の印刷を促進するため、一音一字の原則で字母数を整理し、新しい字体を選んで教会以外で使用する「民間活字」三十三文字を制定した。

ピョートル一世の死後も西欧化の方針は引き継がれた。とりわけ啓蒙君主としてふるまい、名君とうたわれたエカテリーナ二世（在位一七六二－一七九六）治下で出版活動は活況を呈した。自由主義的な空気の中で一七八三年には政令で私営の出版活動が許可され、啓蒙活動家のノヴィコフが風刺雑誌を出版し、ルソー、ヴォルテールなどの翻訳も出版された。十八世紀を通じてロシアで出版された書物は約一万一千冊である。そのうち半数以上を占める六五八五冊が最後の二五年間、すなわち一七七五年から一八〇〇年までに出版された。

しかしフランス革命がおこると、エカテリーナ二世はロシアに影響が及ぶことを警戒して反体制的な書物を出版した人物を投獄し、私営の出版活動を全面的に禁止した。私営の出版活動は十九世紀初頭のアレクサンドル一世のもとで再開されたが、事前検閲の制度が作られ、帝位を引き継いだニコライ一世の時代には出版活動に対する徹底した統制が行われた。*1

一八二五年のニコライ一世の即位の日に、デカブリストの乱がおこった。これは貴族の将校たちが専制打倒と農奴制廃止を目的として起こした革命であった。ニコライ一世はこれを鎮圧するとともに、専制の維持と革命思想の弾圧を自らに課してその後三十年間にわたる統治を行った。その方策として、反政府思想や組織活動を取り締まるための検閲制度の強化と、皇帝直属の秘密刑事警察「第三部」を創設した。このことはニコライ一世治下における出版活動や文学に直接的な影響を及ぼした。これ以後、検閲、すなわち権力との駆け引きがロシア文学にとっての重い課題として続いていく。

しかし、これによってロシアの文学が停滞することはなかった。むしろこの時代は、言語、ジャンル、思想などの多くの面で目覚ましい展開をみた実りの時期であった。

十八世紀のピョートル大帝による近代化政策によって文学を含むあらゆる文化領域が西欧化の波を受けた。ヨーロッパ文学、哲学、思想書の翻訳が次々と出版され、ロシアの文学に大きな影響を与える一方、近代的なロシア語、特に文章語の確立が急務となった。十八世紀にロシアの詩作法が確立され、詩の言葉は一定の完成を見たが、文章語全般を完成に導き、ロシア文学の近代化をなしとげたのは、十九世紀初頭の詩人、プーシキンである。

現在でもロシアの国民的詩人とたたえられるプーシキンは、詩、小説、歴史書など幅広いジャンルを手掛け、雑誌の発行も行った。プーシキンの幅広さはそのまま一八三〇年代の出版状況を表しているかのようである。文学の主導的ジャンルは詩であったが、十八世紀後半から数十年をかけて成長したロシアの散文はそれを出版するメディアとともに急速に増加する。詩は出版もされたが、本来声に出して楽しむものであるため、貴族の邸宅で催される文学サロンなどに集まって朗読することが多かった。声の文学である詩に対して、小説はより出版物に適したジャンルだった。当時は小説の朗読も行われるなど読書の実態はまだ多様性を保持していたが、ロシアの文学はこのとき、小説の台頭という大きな時代の転換点を迎えていた。

一八二〇年代から一八三〇年代は雑誌が次々と創刊されてメディア状況が様変わりした時期にあたる。一八二〇年代には『ヨーロッパ通報』、『北極星』、『ムネモジーナ』などの雑誌が創刊され、古典派とロマン派の論争が活発に行われた。一八三〇年代にかけてはロマン主義の立場に立つ『モスコーフスキイ・テレグラフ』、『モスクワ通報』、『テレスコープ』のほか、保守派の『北方の蜜蜂』、『読書文庫』なども創刊され、自由主義派と保守派に分かれて論陣が張られた。『祖国雑記』やプーシキンの刊行した『同時代人』は一八四〇年代にネクラーソフに引き継がれてロシアの知識階層に大きな影響を与えるようになるなど、ジャーナリズムの展開が目覚ましかった。*2 こうした雑誌が同時代の文学を最初に載せ、メディアの上でジャーナリズムと文学は分かちがたい関係におかれた。雑誌は大半が散文による近代的な文字の文化の象徴ともいうべきメディアである。小説の台頭とメディアの変化は、表裏一体だった。

ゴーゴリの文学には声の文化と文字の文化がせめぎあう、過渡期の豊かな言語状況が汲み上げられている。ゴーゴリの本領は詩よりも散文で余すところなく発揮されたが、同時に、民話や芝居、地口といった様々な話芸が巧みに文章に写し取られたかのような軽妙な語り口の根底には、人類とともに長い歴史を生き抜いた声の文化が鳴り響いている。ゴーゴリは自分で作品を朗読して聞かせるのが好きだった。ゴーゴリが読むと作品は生き生きと輝きだし、聞いている人は笑いの渦に巻き込まれたという。

ゴーゴリはプーシキンとは違った形でロシア語の文章語の幅を広げ、その新しさを武器に人気作家となった。故郷ウクライナの民話風の小説集『ディカニカ近郷夜話』『ミルゴロド』のほか、首都ペテルブルグに住む小役人を主人公にした小説『外套』『鼻』など、ゴーゴリの作品は単行本だけでなく『ノヴォセーリエ』などの雑誌に載って待ち望む読者たちのもとに届けられた。ゴーゴリはまさに、声の文化から文字の文化へ向かって文学とメディアが切り替わる時代が求めた作家だった。

市場化する出版業とラズノチンツィ（雑階級人）の登場

近代のヨーロッパにおける定期刊行物の始まりは十七世紀初頭、ドイツの諸都市やイギリスに見ることができる。その後、十八世紀に報道の自由を勝ち取ったイギリスでは、時事、芸術、道徳など幅広い話題を庶民にもわかりやすく報じた日刊紙『スペクテイター』が現れた。ジャーナリズムの先進国であったイギリスやフランスで、一般大衆向けの雑誌や新聞が大量発行されるようになるのは一八三〇年代のことである。この頃、現代につながるマスメディアの原型が成立し、出版業界の市場化が本格的に始まる。

ロシアでは一八三〇年代から出版業界の構造に変化が現れた。書店が出版の企画、構成、出版、販売という、出版物の一連の生産・販売プロセスを手がけるという新しいスタイルの経営方法が登場した。その代表例が、スミルジンという人物の経営していた書店である。スミルジンは首都ペテルブルグの目抜き通りであるネフスキイ大通りに構えた店にプーシキンたちを招き、そこで出版の企画を練り、すぐれた書物をいくつも世に出した。

こうした書店はまだ少数派であり、ペテルブルグにあった多くの書店は既刊の書籍や輸入された本を販売していたことが当時の新聞広告に掲載された本のリストからわかる。それによると哲学、文芸、法律書などのほか、楽譜などもあった。書店によってはロシアで出版されたロシア語の出版物だけでなく、ドイツやフランスから輸入された外国語の出版物も多く取り扱っていた。

この時期に目立って増加したのが、先ほど述べた『北方の蜜蜂』『祖国雑記』などの雑誌である。これは文学作品、文芸評論、農村経営や政治に関する論文、広告記事、エッセイ、雑記などからなる文芸総合誌であり、それぞれに思想的傾向は異なるが、知識人を読者層として想定した知的水準の高い雑誌という点では共通していた。その意味では一八三〇年代に始まるロシアの出版状況の変化は、識字能力があり、かつ高度とはいわないまでもそれなりの教育を受けた階層にのみ関わる限定的なものだった。

しかし、このことにより文学が生み出される現場は大きく変わった。それらのメディアに文章を提供する作家が求められたのである。それまでの作家はプーシキンのように、裕福できわめて高い教育水準にある貴族を中心に構成されていた。彼らは文学を生活の糧とはしていなかった。彼らは多くの場合、国の仕事、たとえば官僚や武官としての勤めを持つか、こうした勤めを引退して地主として暮らし、領地の経営によって収入を得ていた。文学は彼らの趣味の領域で生み出されていた。

しかし、新しい時代の作家たちは執筆を生業とする職業作家であった。彼らは世襲貴族たちほど安定した収入源を持たず、役人や軍人としての仕事に携わってもいない、フリーランスの作家であることが多かった。雑誌に原稿を書くなら、一枚いくらという明確な値段が出版社と作家のあいだで取り決められる。実際には作家業だけで暮らしていくのはかなり難しく、ゴーゴリでさえも長らく作家と大学の教師という二足の草鞋をはいていた。こうして職業作家が出版業に求められる一方、作家たちの方も、成功を夢見て出版業に参入した。市場化の波は、文学の生産の現場にも及んだのである。

こうした作家たちの出身階級は様々だった。帝政時代のロシアは階級社会であり、皇帝を頂点としてピラミッド型の階層構造が作られていた。彼らのなかには、ツルゲーネフのような世襲貴族もいれば、官位在職などにより貴族の身分を取得したが世襲はできない一代貴族、平民などがおり、出身地も、モスクワやペテルブルグのような大都市だけでなくロシア各地やロシア帝国の植民地からと様々であった。彼らはなによりその多様性が特徴であり、まとめて雑階級人（ラズノチンツィ）と呼ばれた。階層や出身よりも、市場化、都市化を進める社会の新たな産業構造のなかで活躍していることが彼らのアイデンティティを形成していた。

ラズノチンツィは出版業界にも進出し、ロシアの文学の重要な担い手になった。特に一八四〇年代から始動するリアリズム文学において彼らの存在は大きかった。

一八四〇年代は、文学においてすぐれた若き才能が集った希有な時代であった。この時期にデビューした作家がドストエフスキイとツルゲーネフ、ネクラーソフだった。いずれも十九世紀のリアリズム文学を代表する作家たちである。

ドストエフスキイの職業意識

この中でも文筆のみを生業とした典型的な職業作家であったドストエフスキイに注目し、彼の目線から当時の文学の現場の変貌をみていきたい。ドストエフスキイが『貧しき人々』でデビューしたのが一八四六年のことである。この頃にドストエフスキイが兄ミハイル宛に出した書簡には、作家を志す夢と不安のなかでドストエフスキイの職業意識が形づくられるプロセスが読み取れる。これらの書簡には、少年時代から流刑までの間に、ドストエフスキイが文学について何を思い、どのように創作活動を展開しようとしていたかが克明に記されている。

ミハイル宛ての一八四五年十月八日付けの書簡の中でドストエフスキイは『ズボスカール』という文集の出版企画について兄に報告をしている。ここでいう文集とは一般的な作品集の意味ではなく、文学、ルポルタージュ、そしてイラストレーションから構成されたこの時代に固有の形式を持ち、ロシア語でアリマナフと呼ばれる文学メディアである。ドストエフスキイはこの書簡に、企画の中心人物であるネクラーソフの人となりや出版への期待、あるいは『ズボスカール』の企画に対するまわりの文学者の反応を綴っている。ここから、ドストエフスキイが文集《アリマナフ》の出版という出来事やそれに関わる作家たちの行動様態をどのような視点から見、どのようなかたちで認識していたのかが見えてくる。

この書簡の中から『ズボスカール』について書いている部分を引用する。

「(ネクラーソフが) 夜に僕のところへやってきて、軽装版の小型アリマナフを出版する計画を持ちかけました。文学に携わる人間がそれぞれ応分の協力をしてこのアリマナフを作ることになります。その責任編集者には、僕と、グリゴローヴィチとネクラーソフがなる予定です。ネクラーソフが、自分で経費を持ってくれます。アリマナフは印刷全紙二枚からなり、二週間に一度、毎月七日と二十一日に出版されます。『ズボスカール』という名前です」。*3

この後の文章で、ドストエフスキイは『ズボスカール』という文集のあらましや創刊号の内容、掲載予定の自分の小説について書いている。「ズボスカール」というタイトルは「歯をむいて笑う人」という意味で、この文集の風刺的な性格を端的に表している。ドストエフスキイはこう続ける。

「これはとてもいい仕事です。なぜなら収入は最低でも、僕だけの分で月に一〇〇ルーブリから一五〇ルーブリにはなりそうだからです。この本は売れますよ。」*4

ドストエフスキイにとって、『ズボスカール』の出版は金銭的な利益をもたらしてくれるが故によい仕事なのである。このとき、この雑誌に載せるための小説の執筆もまた金銭的利益を生むための仕事となる。

深遠な哲学性を帯びた作品からは想像しにくいかもしれないが、ドストエフスキイは文学への高邁な志と、出版はビジネスであり、作家業は生きるための労働という割り切りを器用に両立させていた。こうした職業意識をもつ若き作家が四〇年代以後の文学の一翼を担ったのである。

職業作家と並び、この時期に出版界で活躍するようになったのが職業画家であった。イラストレーション、とくに木版画の需要は急速に高まり、雑誌や文集にとって版画家や画家はなくてはならない存在になった。画家の世界に起きた変化は、一八三〇年代から職業化が始まっていた作家以上に目まぐるしいものだった。

この時代には、地方からペテルブルグにやってきてロシア最大の芸術の高等教育機関である芸術アカデミーで学び、仕事を求めて都市の片隅でくすぶっていた若い画家たちが沢山いた。こうした才能に活躍の場を与えたのが出版界だった。とりわけ、若い出版者であったネクラーソフの存在は大きかった。ネクラーソフはラズノチンツィによる新たな時代の文学、出版活動の核に位置していた。ドストエフスキイをはじめ若い作家や画家たちは、ネクラーソフと知己を得て活躍の場を得た。

ネクラーソフはドストエフスキイと同世代で、リアリズム時代を代表する優れた詩人であるが、出版におけるビジネスの才能でも際だっていた。ネクラーソフは一八四〇年代のロシアの文壇で先進的な文芸批評家として活躍したベリンスキイと組んで、雑誌や文集の企画を立ち上げ、出版するという仕事に従事した。来るべきリアリズム文学の雛形ができたのは、一八四〇年代、ネクラーソフを中心に集まった作家たちによってである。彼らは文学史においては自然派と呼ばれる。

2　新たなスタイルの模索

輸入されたまなざし

ロシアの文学は歴史的に、内容においても制度上も正教会と深く結びついていた。世俗における文学や翻訳文学も存在したが、こうした世俗の文学がロシア帝国の諸制度、例えば科学アカデミーや宮廷社会、官僚組織、知識人のコミュニティを場として展開するようになるのは十八世紀以降のことである。ピョートル一世の西欧化によってロシアの文学は言語とその背景にある文化的広がりというレベルから大きな転換を経験したため、他の文化領域に比べその変化はゆっくりと現れた。

十八世紀の前半にロモノーソフによってロシア詩作法が確立され、ロシア語文法もまとめ上げられた。その成果の上に、十八世紀後半にはロシア宮廷を中心とする貴族社会で理性と均整を重んじる古典主義文学が全盛期を迎える。これに続き、十八世紀末には西欧文学の影響を強く受けて、感情や自然を重んじるセンチメンタリズムが大きな潮流となった。

十九世紀初頭、具体的には一八一〇年頃から一八四〇年代前半までがロシア文学におけるロマン主義の時代である。ヨーロッパからその周縁国にまで広まったロマン主義は、文学だけでなく芸術の諸領域で多大な影響を与えた。ロマン主義は個性の自由な表現を尊重し、知性よりも情緒を、理性よりも想像力を重んじるという普遍的、情熱的な傾向を持つばかりでなく、政治的理想と結びついて十九世紀の革命運動の原理となった。さらには、民族的覚醒を促し、国民文学という強力な枠組みで国民国家を想像力によって構築する原理としても働いた。

一八四〇年代はロマン主義からリアリズムへの大きな転換の時期である。美学的にも方法の面でもこのパラダイムの転換は文学にとって大きな転換だったが、ナショナリティ構築をめぐる問題は、ロマン主義とリアリズムを貫くテーマであった。ロマン主義の時代に、文学や思想など社会の様々な領域において、ロシア民族によるロシアという国、すなわち近代的な国民国家の輪郭が描かれ、その構成員としてのアイデンティティとロシアを導いていかなくてはならないという使命感が知識人たちの間で共有されるようになった。また、デカブリストの乱やプーシキンの人生に見られるような国家権力との戦いと挫折の記憶を通じて、知識人たちのアイデンティティは権力を持つ側ではなく、市民や民衆などの支配される側に寄り添う形で形成された。こうした国民、すなわちロシア人に形象を与えることが、作家の重要な役割となった。確かにそれまでのロシアの文学においてもロシアに住む人々はさまざまな登場人物として言語化されてきた。しかしここで求められていたのは国民という新しい枠組みで捉え直したロシア人の概念、形象を作り上げること、すなわちナショナリティの構築だった。

ナショナリティの構築はこの時代の文学がロマン主義から引き継いだ大きな使命であったわけだが、ナショナリティとはどのようにして形成されるのだろうか。ナショナリティの形成に必要なもの、それは外部である。国家が自己意識を持つためには、外部の認識が不可欠である。ナショナリティはその共同体にアプリオリに備わる本質を想定し、立脚点に据えるが、その本質は外部に対した時に初めて認識することができる。ロシアが近代国民国家としての自己意識をもつことを迫られたときに自らを相対化するための外部として働いたのは、ヨーロッパ諸国、とりわけ文化的先進国であったフランスやロシア帝国の周辺国などの地理的な外部であった。

だがそれだけではない。そもそもこうした外部を生み出す眼差し、すなわち国民国家としてロシアを見るという枠組み自体がロシアの外からやってきたものである。外部に対するということは、同時にそのような枠組みを内面化して世界を見るということであり、認識の方法自体を外部のものにすげかえなくてはならないことを意味していた。

このように外から来た認識の枠組み、眼差し、それによって描き出される「われら」の形象というひとつながりの総合的な知的生産の回路を、ロシア人はどうやって我が物にしたのだろうか。

それは、芸術を通じてであった。この膨大な情報とロジックのすべてをコンパクトに展開し尽くすのが芸術である。一八四〇年代のロシアにもっとも見事な形でこのナショナリティ構築の方法を伝達した芸術は文学とイラストレーションであった。文化の担い手として台頭してきたラズノチンツィは、新しい文学とイラストを学びながら「われら」を描きだす方法を模索し、そうした形象の集積の上にいかにも本物らしい、ロシアの姿を立ち上がらせるリアリズムへの道を開いたのである。

お手本となったのはフランスから輸入された文学文集だった。文集はフランスからロシアに入ってきた。代表的なものに『フランス人の自画像』(一八四〇－四二)、『パリの悪魔』(一八四五－四六)がある。[*5] これらの文集のテーマはずばり、「われわれはなにものか」であった。この中には小説や木版画による挿し絵が収録され、それらはちょうど新聞がやっていたように、パリの町に住む人々の生態を活写した。都市を身体に見立て、内部を子細に分析する方法で書かれたそれらの作品は、医学の一部門であった生理学になぞらえて「生理学もの」と呼ばれた。

ロシアの当時の出版界では、ロシアの書店が新しい本などの企画・出版・販売を行うというかたちでロシア製の出版物が盛んに作られていたが、それとは別に、ヨーロッパから本の輸入もおこなわれていた。知識人は外国語としてフランス語を学ぶことが多かったので、とくにフランスからの出版物は翻訳しないで販売されることもあった。

『フランス人の自画像』はロシアに輸入されると、相当な人気を博した。これは当時フランスで流行した中流階層向けの高価な木版画の挿絵入り文集であり、有名作家バルザックやジョルジュ・サンド、人気画家ガヴァルニ、ドーミエらが作品を寄せた。ガヴァルニが絵を載せた同種の出版物『パリの悪魔』と並んで、『フランス人の自画像』は挿絵の豊富さ、内容の充実度で抜きんでた書物だった。*6

当時フランスの出版物はパリで出版後すぐロシアに輸入された。ペテルブルグに輸入されて販売されたばかりの『フランス人の自画像』第一巻について『北方の蜜蜂』（一八四〇年第一三〇号）が評論を載せたことから、『フランス人の自画像』第一巻がパリで出版された一八四〇年に早くもペテルブルグに輸入されていたことが分かる。*8

ネクラーソフは一八四四年に『文学新聞』に以下の記事を載せた。

「多くのロシア人がこれまで、例えばエルミタージュのギャラリーに保存されている芸術的な宝物よりも、パリで出版されるすべての版画により多くの注意を向けてきた……。〔中略〕皆さんはパリについてほどペテルブルグについては知らない。」*9

これはあながち誇張ではない。パリの生理学ものはロシアで熱狂的に迎えられ、数多く出回ったのみならず、大勢の模倣者を生み出した。

図1.『フランス人の自画像』第1巻の扉絵。*7

出版者が受けた影響

『フランス人の自画像』に倣ってロシアで出版された文学文集は、新聞に胚胎した思考、すなわち現実の断片と視覚的イメージの集積の上に仮想の現実を立ち上がらせていくリアリズム的思考が、ロシアの文学によって実践された初期の事例であった。

フランスの出版物は、生理学的眼差しや観相学、新聞的知性の複合体であり、画家は絵を通じて、作家は文学を通じてこれを学び取っていった。彼らの創作は出版活動と一体だった。雑誌の創刊、豪華本や豆本など多様化を見せる当時の出版界の中でリアリズム文学を胚胎したのが、文集であった。文学史においてあまり表舞台に出ることのないこの地味なメディアが、一八四〇年代の若きラズノチンツィたちの壮大な実験場になった。

その最初の事例が、バシュツキイの出版した文集『ロシア人の描く我ら自然の姿』（一八四一―一八四二、以後『ロシア人』と略記）である。タイトルの類似から明らかなようにこれは『フランス人の自画像』に倣って作られた。バシュツキイは当初『フランス人の自画像』を露訳して出版する計画だったが、それを変更してロシア人の力だけで美しい書物を作るべく、内容から紙、印刷までロシア製に統一した。しかし文集を見ると章立てからレイアウト、絵の構図までフランスの出版者キュルメルが考案した『フランス人の自画像』の形態をそっくり真似ている。

レイアウトや構成などの形式には、それを作る者の世界の認識の方法や思考法が描きこまれる。都市を描いた文章や版画を集めた『フランス人の自画像』の編集方法には、出版物という形で都市のミクロコスモスを作ろうとする考え方があった。『ロシア人』は形態を模倣することで編集作業に内在する思考法までも模倣したのである。すべてをロシア製にし、地域性を強調したこの出版物は、同時にフランスの出版物と深くつながっていた。

　一八四〇年代のアリマナフの特徴は判型の点からも読み取れる。一八四〇年代のアリマナフは、それ以前のサロンで作られていた文集と呼び名は同じでも形態の点で大きな違いを見せている。サロンを母体として制作された文学文集は、「ポケット本」と呼ばれるくらいに小さな判型だった。*11 一八三〇年代には本当に手に収まるくらい小さなミニアチュール本と呼ばれる本が好んで制作されることもあったのである。

　しかし、『ロシア人』をはじめ一八四〇年代に出版された文学文集、例えばヴラジスラフによる『曙』（一八三九－四三年）、クーコリニクによる『ダゲロタイプ』（一八四二）、ソログープによる『昨日と今日』（一八四五－四六年）などは判型が大きい。先に言及したネクラーソフによる『ズボスカール』はイラスト付きの文集で、未刊に終わったものの縦三十センチメートルほどの八つ折版で企画されていた。

　この大きさに近かったのが『パリの悪魔』などのフランスの生理学ものを載せた文集であった。一八四〇年代を代表するロシアの文学文集『ペテルブルグの生理学』の

図2.『ロシア人』の中表紙。チム画。*10

126 LE TIROIR DU DIABLE.

Pour le pêcheur à la ligne, il n'est point d'intempérie; il brave tout,

la violence de sa passion ne connaît pas d'obstacle.

Le pêcheur à la ligne est un agneau si le poisson n'est pas rebelle; c'est un tigre, un requin, s'il résiste. Il contemple avec amour un goujon; une ablette même lui arrache un sourire; une vieille savate ou l'une des mille immondices que roule la Seine le met en fureur.

Le dimanche et les jours de fête, le pêcheur à la ligne pêche en famille,

avec sa femme, ses enfants, sa bonne et son chien.

図3.『パリの悪魔』の紙面。木口木版画が文章の中に挿入されている。＊12

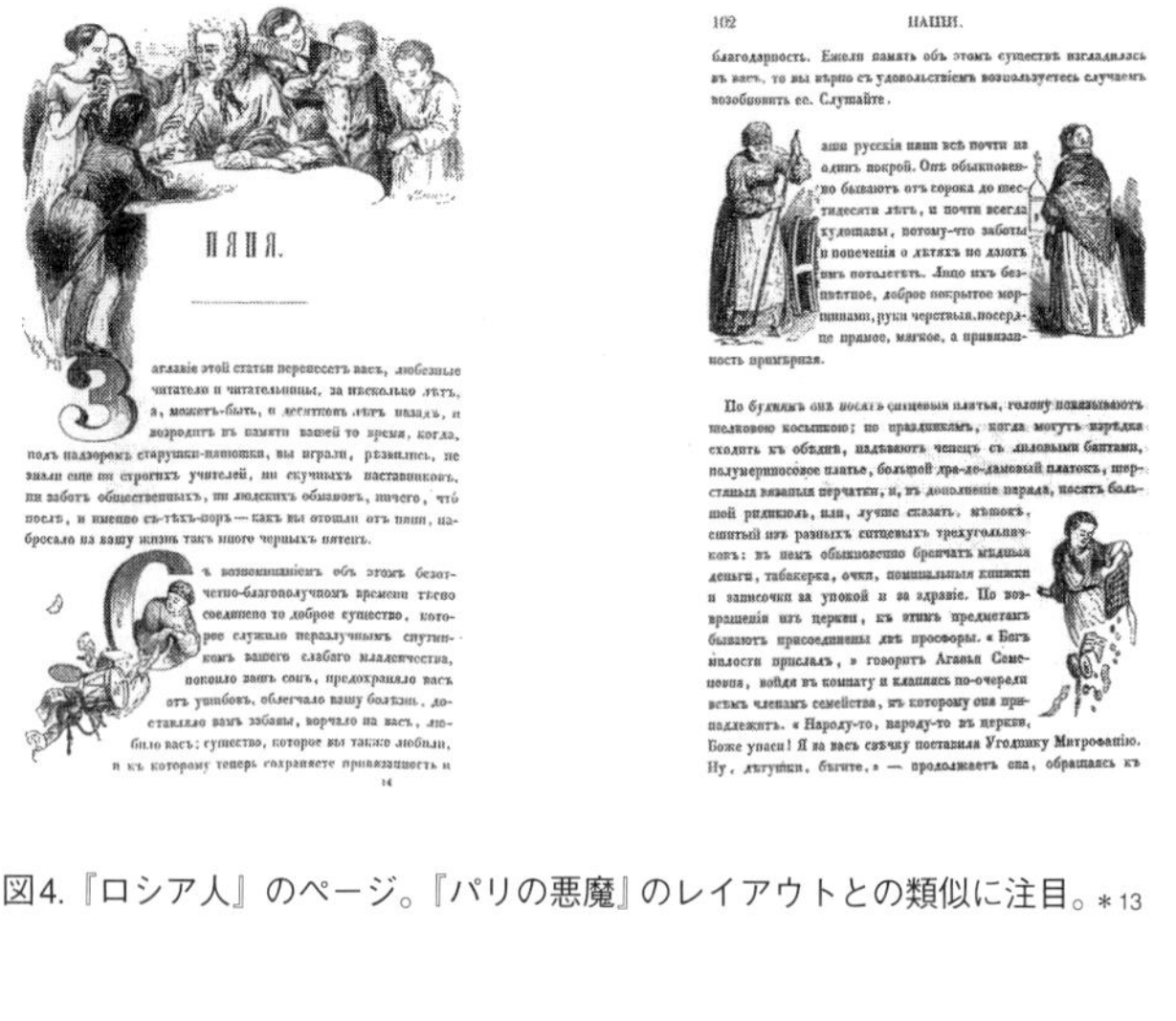

НЯНЯ.

Заглавіе этой статьи перенесетъ васъ, любезные читатели и читательницы, за нѣсколько лѣтъ, а, можетъ-быть, и десятковъ лѣтъ назадъ, и возродитъ въ памяти вашей то время, когда, подъ надзоромъ старушки-нянюшки, вы играли, рѣзвились, не знали еще ни строгихъ учителей, ни скучныхъ наставниковъ, ни заботъ общественныхъ, ни людскихъ обмановъ, ничего, что́ послѣ, и именно съ-тѣхъ-поръ — какъ вы отошли отъ няни, набросало на вашу жизнь такъ много черныхъ пятенъ.

Съ воспоминаніемъ объ этомъ беззаботно-благополучномъ времени тѣсно соединено то доброе существо, которое служило неразлучнымъ спутникомъ вашего слабаго младенчества, покоило вашъ сонъ, предохраняло васъ отъ ушибовъ, облегчало вашу болѣзнь, доставляло вамъ забавы, ворчало на васъ, любило васъ; существо, которое вы также любили, и къ которому теперь сохраняете привязанность и

14

102 НЯНИ.

благодарность. Ежели память объ этомъ существѣ изгладилась въ васъ, то вы вѣрно съ удовольствіемъ воспользуетесь случаемъ возобновить ее. Слушайте.

Наши русскія няни всѣ почти на одинъ покрой. Онѣ обыкновенно бываютъ отъ сорока до шестидесяти лѣтъ, и почти всегда худощавы, потому-что заботы и попеченія о дѣтяхъ не даютъ имъ потолстѣть. Лицо ихъ безцвѣтное, доброе покрытое морщинами, руки черствыя, посерде прямое, мягкое, а привязанность примѣрная.

По буднямъ онѣ *носятъ* ситцевыя платья, голову повязываютъ шелковою косынкою; по праздникамъ, когда могутъ изрѣдка сходить къ обѣднѣ, надѣваютъ чепецъ съ лиловыми бантами, полумериносовое платье, большой гра-де-дамовый платокъ, шерстяныя вязаныя перчатки, и, въ дополненіе парада, носятъ большой ридикюль, или, лучше сказать, мѣшокъ, сшитый изъ разныхъ ситцевыхъ треугольничковъ: въ немъ обыкновенно брянчатъ мѣдныя деньги, табакерка, очки, поминальныя книжки и записочки за упокой и за здравіе. По возвращеніи изъ церкви, къ этимъ предметамъ бываютъ присоединены двѣ просфоры. « Богъ милости прислалъ, » говоритъ Агаѳья Семеновна, войдя въ комнату и кланяясь по-очереди всѣмъ членамъ семейства, къ которому она принадлежитъ. « Народу-то, народу-то въ церкви, Боже упаси! Я за васъ свѣчку поставила Угоднику Митрофанію. Ну, дѣтушки, бѣгите, » — продолжаетъ она, обращаясь къ

図4.『ロシア人』のページ。『パリの悪魔』のレイアウトとの類似に注目。＊13

序文で、ベリンスキイはロシアに輸入され、すでに話題になったフランスの文集について詳細に言及する。

「素晴らしい贈答用美装本が出版された。『パリの夏』という題名の、ジュール・ジャナンの本である。今や、パリにおいて再び同じくパリを詳しく書いたイラスト付きの出版物『パリの悪魔』が出版される。間断なく出版されるこれらの出版物をすべて読み返すことは難しい。『フランス人の自画像』はフランス人の社会的な習慣の叙述に費やされている。」*14

ロシアで出版された生理学文集は、文学作品の内容ばかりでなく判型に至るまでフランスの文集を見本とし、フランスの文集がパリを描写したのと同じことをロシアでやろうとしていたことがわかる。

木口木版画

一八四〇年代のロシアで、文集などに用いられたイラストのほとんどは木口《こぐち》木版画という技法で作られた。イラストと聞くと文学の添え物のように思われるかもしれないが、この時代の木版画は添え物というにはあまりにも見事な表現力と独立性を持っており、むしろ外から文学に働きかけるだけの力を宿していた。時代を象徴する芸術が多くの場合そうであるように、木版画は同時代の人々の欲望とうまく繋がり合い、強烈な伝染力を持ち、文学やメディアなど、当時の社会の様々な領域と手をとりあって新しい現実を生み出す重要なジャンルとなった。これがどのような芸術であったのかを以下に見ていきたい。

技法の特徴と普及の理由

一八四〇年代のロシアで広まった木口木版画は、木版画の中でもやや特殊なものである。以下では木口木版画とはどのような技法で、いかにして広まったかについて見てきたい。

木材の縦方向の断面を板目というのに対し、木材を輪切りにした断面を木口という。板目に比べて表面が固く、キメが均一で丈夫なため細い線を彫ることができる。木口木版が誕生したのは十八世紀後半のイギリスである。トマス・ビュイックという版画家が銅版を応用し、堅いつげ材などの木口に銅版画用の細い彫刻刀（ビュラン）で細かい線を彫り付ける技術を開発した。木口木版は木材を使用しながらも銅版に比べてそれほど遜色ない細密描写を可能にした。当初は需要が伸びなかったが一八三〇年代以降イギリス、フランスを始めヨーロッパ各国で広く用いられるようになった。*16

木口木版が十九世紀以降広い地域に普及したのは技術上の利点が多かったためである。木口木版は小さな木片を繋ぎ合わせた一枚の板に下絵を書き、そのあと木片ごとにばらして彫版した後再び一つに繋ぎ合せる。この方法は分業が可能で、銅版に比べ作業の効率が良い。また耐版性に優れた鉛版にし直すのが容易であったため、出版産業が急成長し、出版の量とスピードが求められた一八三〇年代に需要が伸びた。

また木口木版は凸版なので、凸版の活字と同じ頁に組み合わせて同時に印刷できる。これにより出版

図5.『トマス・ビュイック制作の木口木版画。『英国鳥類図鑑』（1804）の挿絵。*15

物のレイアウトや表現の幅が広がった。以上の利点から木口木版画は一八三〇年代以降、イラストレーションの主要な技法として急速にヨーロッパで定着していく。*17

芸術は記号、コンテクスト、コードなどの複合体であるがゆえに、社会と縦横に繋がり、またそのつながりに規定されて表現が育っていく。木口木版画は新しい技法であっただけに、成立当初からのメディアとの関係は表現の題材、方法、メッセージ性などの開発に大きな役割を果たした。では木口木版画はどのようなメディアと結びついて発展したのだろうか。

文集（アリマナフ）の登場

マスメディアの先進国であったイギリスで木口木版画をよく用いたのは新聞だった。例として『イラストレイテッド・ロンドン・ニュース』をみてみよう。これは一八四二年に創刊されて以後、世界中に特派員をおいた十九世紀のイギリスを代表する新聞である。その名の通り紙面には多くの挿し絵がつけられており、その大半が木口木版画だった。その中には火事の場面などの報道画、肖像画、ファッション画、芝居の場面を描いたものなど、多くのジャンルが含まれている。木口木版画は、現実におきた出来事や社会の関心事に視覚的なリアリティを与え、それを迅速に共有させる新聞にうってつけの技術だった。

新聞は一八三〇年代のフランスにおいても急成長した。新聞王と呼ばれたジラルダンは新聞を創刊し、たちまち大部数を売り上げるモンスターメディアに成長させた。ジラルダンの新聞の成功の理由の一つは連載小説にあった。ジラルダンは新聞にバルザックやユージェーヌ・シューなどの人気作家たちの小説を毎号掲載した。読者たちはその続きが読みたくて新聞を買った。文学は新聞の看板商品であった。

バルザックが新聞に小説を連載していたことと、バルザックの作品がまるで新聞に掲載されるルポルタージュのような文体を持っていることは無関係ではない。メディアは一つの小宇宙である。新聞にはありとあらゆる雑多な題材が寄せ集められ、縦横の線で区切られた紙面の上に並べられる。しかしルポルタージュであろうと小説であろうと挿し絵であろうと、それらはジャンルを超えた同一の思考によってとらえられた世界の断片である。言葉によって、あるいは視覚によって世界を切り取って紙面にはめ込んでいく新聞的な知性の上で小説と挿し絵とルポルタージュは出会い、読者たちが住む町を克明に描写し、新聞を通じて世界を紙面の上に作り上げていく。それはノンフィクションとフィクションの垣根を軽々と越え、世界を作り上げる新たな方法となった。ここに新たな美学が発生する。リアリズムである。

木口木版画の美学はもう一つ、大きな文化的水脈にも根を張っていた。それは視覚的な情報、視覚的な快楽へのあくなき欲求である。世界を収集し、描写し尽くそうとした博物学が発展した十八世紀、さらにさかのぼれば線遠近法が洗練されたルネサンス以降、人の目でみた視覚的なイメージにこそ真実を見る価値観は社会の隅々に浸透し、十九世紀にいたって新聞、文学、学術などあらゆる領域を横断する知的な規範となっていた。トマス・ビュイックの鳥類の図鑑から新聞報道、文学のイラストレーションにいたるまで、視覚的快楽の大衆化の道を開いた木口木版画は、歴史的な伝統を持つ視の欲望と結びついたメディアだったのである。

ロシアにおける木版画

市場化を進めるロシアの出版界は、こうしたヨーロッパの先進的なメディアを積極的に取り入れた。

ロシアの木口木版画は外国製、特にフランス製の版木と出版物を輸入し、再利用するところから始まった。一八三〇–四〇年代にペテルブルグの活字鋳造兼印刷業者レヴィリオンは中古を含む版木や鉛版をパリで購入した。そしてそれらを自分の活字鋳造所に貯え、印刷所でいろいろな出版物の装飾用イラストとして印刷した。これらの版木や鉛版は銅版とは違い、使い回せるため相対的に安価だったので、ペテルブルグ、モスクワの他の印刷所でも使用された。

一八四〇年代以降ロシアで木版画が本格的に製作されても外国製の版木は使用され続けた。印刷業者はフランスの版木を輸入したり、版画の制作をドイツに注文した。概してパリ製の木版画はロシアで人気が高く、わざわざパリに版画の制作・印刷を依頼することもあった。

ロシア語の文章に外国製の版画をつけた出版物の例としてはロシア初のイラスト雑誌『絵画による評論』(一八三五)が挙げられる。これは創刊当初、イギリスやフランス製の中古版木や鉛版をロシア語の文章につけて印刷した。[*18]

文章だけロシア語訳し、原書と同じ版木で挿絵をつけた翻訳出版物もあった。例えばフランス製版画を掲載した『ナポレオン物語』(一八四二)、ドイツ製の版画をつけた『フリードリヒ二世』(一八四四)である。

ロシアは、まずは外国製の版木の使用を通じて木口木版画とそれを用いた出版物を取り入れた。一八四〇年代のロシアに見られる外国製・ロシア製版画の共存は、国際的な版木や技術の流れに与しようとする動きの必然的な結果であった。

木口木版画の担い手たち

外国製の版画の流入から間もなくして、ロシアで木口木版画の製作が始まる。ロシアで最初に木口木版画を手掛けた版画家はコンスタンチン・カルロヴィチ・クロート（一八〇七―一八七九）である。クロートはフランスで版画家ポレに師事し、木口木版画の技術を学んだ。帰国後一八四〇年にペテルブルグに木版画工房を開き、木口木版画の製作と弟子の指導に携わった。

弟子の中に一八四〇年代を代表する版画家となるエフスタフィイ・エフィモヴィチ・ベルナルツキイ（一八一九―一八八九）がいた。ベルナルツキイは活動期間こそ短かったが、版画家として、また指導者としてロシアの木版画の歴史に大きな足跡を残した。単に絵を彫版するだけでなく画家の共同製作者として版画を製作したため、ベルナルツキイの作品には彼の意見や思想が濃厚に表れている。代表作には『ペテルブルグの生理学』（一八四五）、『旅行馬車』（一八四五）、『ペテルブルグ文集』（一八四六）、『百枚の絵』があり、いずれも四〇年代を代表する出版物である。

四〇年代にはアレクサンドル・アレクセエヴィチ・アーギン（一八一七―七五）、ヴァシーリイ・フョードロヴィチ・チム（一八二〇―九五）ら出版物専門の画家が登場した。アーギンは四四年から『文学新聞』にイラストを描き、『旧約聖書』（一八四六）や『ペテルブルグの生理学』などの挿絵をベルナルツキイと組んで制作した。『百枚の絵』では一〇四枚に及ぶ版画の原画を描いた。画家として有名なパーヴェル・フェドートフもまた、イラストレーションの制作に従事した。

彼らがイラストレーターになるまでの歩みは互いによく似ている。才能に恵まれていた彼らは、絵の勉強をするために地方から首都ペテルブルグにやってきて、一八三〇年代に芸術アカデミーで絵を学んだ。

アーギンは、同じく画家を志す弟とともに、絵の勉強をするためペテルブルグにやってきた。一八三四年、アーギンはペテルブルグの芸術アカデミーに入学した。はじめの二年間は絵画の一般クラスで学んだ。その後アーギンはカルル・ブリュローフが担当する歴史画と肖像画のクラスに入って伝統的な絵の勉強に励んだ。*[19] アーギンが出版物のイラストを書く仕事を始めたきっかけは、アカデミーを卒業して間もなく、学資を援助してくれていた芸術家奨励協会の勧めで、『旧約聖書』のイラストを描く仕事を請け負ったことであった。*[20] 初めのころは、アーギンが描いたものでもアーギンのサインはつかなかった。

図6.『旧約聖書』の挿絵。アーギン画。*[21]

フェドートフは一八四四年に軍隊を退役し、画家として活動した。週に二、三回はフェドートフが友人を訪ね、また友人たちもフェドートフの家をよく訪れた。アーギン兄弟や、当時ギムナジヤ（中等学校）で美術の教師をしていたベルナルツキイ、貴族幼年学校を卒業したのち美術アカデミーに入学したレフ・ジェムチュジニコフたちである。フェドートフのもとには詩人のプレシチェーエフ、作家のドストエフスキイ、ゾートフもやってきた。ゾートフは集まりの中で知り合いの詩人であるネクラーソフの話をし、詩を紹介した人物である。*22ここで彼らは絵画の技法やロシアの文学について話をした。

このときの交友関係を示す一枚のスケッチがロシア美術館に残されている。これは、フェドートフがなかばいたずら書きのようにして仲間たちの似顔絵を描いたスケッチである。

ベルナルツキイは一八三八年に故郷のノヴゴロドからペテルブルグにやってきた。同年、芸術アカデミーの歴史画のクラスに入学した彼は早くに才能を見出され、一八三九年には芸術アカデミーの展覧会に出品を認められた。

図7. フェドートフによる仲間たちの似顔絵。ゾートフ（中央）、フェドートフ（上）、アーギン弟（右上）、アーギン兄（右下）、コズロフ（左下）。*23

一八四〇年にベルナルツキイは歴史画から木版画へ転向し、木版画家のクロートの下で版画を学び始め、一八四三年にアカデミーを卒業した。一八三九年から芸術家奨励協会はベルナルツキイの技能を高く評価し、奨励金を支給し支援した。報告書の中で協会は、以下のように述べている。

「協会の奨学生ベルナルツキイは二年間に渡りコンスタンチン・クロートの指導下に置くこととする。〔中略〕現在のベルナルツキイの二つの能力、すなわちすぐれた版画家としての、そして熟達した画家としての能力が結びつけばいっそうベルナルツキイの能力は独自性を高めるだろう。画家としての能力が版画家としての成長を促すように、二つの能力が結びつくことではじめて版画家は真の芸術家たりうる。」*24

このころ彼には、芸術家の仲間ができた。アーギン兄弟、イラストレーターのゴルブノフ、そしてフエドートフである。*27 彼らはベルナルツキイの仕事仲間であり、気の合う友人でもあった。ベルナルツ

図8. アーギンの肖像。*25

図9.『クルジュコヴァ夫人』の挿絵。チム画。*26

キイはアーギンやフェドートフとの共同作業によって後世に残る見事な木版画を生み出した。一八四〇年代に手がけた作品は膨大な数に上ったが、多作なだけでなく、新しい木版画のスタイルを確立するほどの高い技術と表現力があった。ベルナルツキイが制作した数々の版画からは、同時代のフランスで流行した新しいスタイルや、ロシアの一八四〇年代の若者が共有した社会思想への傾倒が読み取れる。

チムは『ロシア人』で『クルジュコヴァ夫人の事件と批評』（一八四〇－一八四四）の挿絵などの風刺画や生き生きした庶民の生活を描き、一八五〇年代以降も活躍を続けた。*28

こうした優れた版画家と画家たちが、四〇年代にロシアの木版画出版物を開花させた。特にアリマナフと言われる文集は木版画つき出版物の代表的ジャンルとなった。

ガヴァルニの影響

一八四〇年代には、アーギンやチムたちは二十代の若さだった。アカデミーを出て、いよいよ自分たちの画風を確立し、世に出ようという気概に満ちていた彼らは出版物のイラストに活躍の場を見出すのだが、新しいタイプの出版物にスタイルの点でも思想的にもふさわしい絵を身に着けるためにフランスの木口木版画つき出版物の画法を熱心に学んだ。

彼らにもっとも大きな影響を与えたのはフランスの画家ガヴァルニとグランヴィルの絵を掲載した出版物であった。

ロシアの木口木版画の製作者たちが絵を学び、活動を展開したのは一八三〇年代後半から一八四〇年代である。これはロシアでフランスの挿絵画家ガヴァルニやグランヴィルの木版画が盛んに出回った時期にあたる。とくにガヴァルニが彼らに与えた影響は大きかった。

ガヴァルニは一八三〇年代に雑誌『ラ・モード』等に寄稿し、一八三八年から『シャリヴァリ』紙に石版の諷刺画を連載した挿絵画家である。*[29]パリの市井の生活を題材にした戯画を得意とし、その軽妙な面白さで人気を博した。

ガヴァルニの絵は様々な木版画出版物や版木の輸入と共にロシアに入ってきた。中でもガヴァルニの人気を決定づけたのは、ガヴァルニが中心となって挿絵を描いた『フランス人の自画像』だった。ガヴァルニがロシアで最も影響力を持ったのには二つの理由が考えられる。ガヴァルニの絵がロシアで多く出回ったことと、ロシア人画家の社会的関心に合致したことである。

特にチムはガヴァルニの模倣者と呼ばれるほど強い影響を受けた。*[30]このことは実際にチムの絵とガヴァルニの絵を比べれば明らかである。

一八四〇年代を通じてチムは貴族、農民や乞食などロシアの様々な人々を実際の観察に基づいて描いたにもかかわらず、それはロシア的とは見なされなかった。ベリンスキイはチムの絵を高く評価する一方で、「チム氏は確かにロシアで最も優れた画家だが、彼の絵には全くロシアらしさがない」*[31]と批評した。チムの絵はロシアを題材としてはいたが、そのことが絵のロシアらしさを保証するわけではなかった。

それはなぜだろうか。見本となったガヴァルニの絵の中にこの原因を探ってみよう。例えば『フランス人の自画像』でガヴァルニはアパートや横丁の日常的な情景を描いている。そこには都市を大きな生き物に見立て、都市の内部に分け入り観察した物を分析的に断片化して描こうとする眼差しがあった。この様な出版物は「生理学もの」と呼ばれたことから分かる通り、身体内部を研究することで体全体の仕組みを理解しようとする生理学の思考法をもとにしていた。ガヴァルニの絵を構築していたのはこの生理学の眼差しだった。チムは画風だけでなくこの眼差しそのものをも取り込んだ。チムの絵がロシアの風俗を描いてもガヴァルニの絵と酷似するのは、対象を見る眼差しのレベルから同じだったからである。

フェドートフもまた、チムと同じようにガヴァルニの強い影響を受けた画家の一人だった。フェドー

図10.『フランス人の自画像』のイラスト。ガヴァルニ画。＊32

図11.『ロシア人』のイラスト。チム画。上の絵との類似に注目。＊33

トフは模写のための見本として、ガヴァルニの絵を大切に手元に置いていた。フェドートフの友人であった画家のジェムチュジニコフは、回想録の中でフェドートフがガヴァルニに傾倒していたことを以下のように書いている。

「若いころ、ガヴァルニに影響を受けていたのは私だけではなかった。フェドートフも彼に影響を受けており、このように話していた。『私たちは（ガヴァルニに）魅了され、模倣しているんだ。つまり彼は我々よりも上だ』。」＊34

ジェムチュジニコフもまた、アカデミーで勉強のためにラファエロやミケランジェロ、プッサンを模写するかたわら、自由な筆致に惹かれ、ガヴァルニの絵を二、三倍に拡大して模写する訓練をしていた。＊35しかしフェドートフは単にガヴァルニの技術を学んでいたわけではなかった。彼がガヴァルニの

図12. フェドートフの自画像（上部）とスケッチ。＊38

先に見ていたのは、パリではなくペテルブルグの街の情景を、自分の絵の中に描き出すことだった。＊36

フェドートフがガヴァルニの絵を模写することで習得しようとしたのは、生理学的なまなざしばかりではなかった。彼はガヴァルニの卓越した人物造形の技術、すなわち表象に性格を刻みこむ技を学んだ。＊37ガヴァルニは観相学的なスケッチの名手だった。フェドートフは、模写を通じて、観相学の眼差しを習得しようとした。

観相学とは人間をその人の顔に似た動物の寓意に

よって説明しようとする似《え》非《せ》科学である。観相学を画家がいかに応用したかについてはガヴァルニもさることながら、寓意画に秀でたグランヴィルの作風を例に述べるのがよいだろう。*41グランヴィルはこの観相学の眼差しをフランス社会に向け、外面的特徴によって人間の本性を描く方法として発達させて一連の寓話画を描いた。『当世風変身譚』（一八二九）で人間の性格を動物になぞらえた獣頭人間の挿絵で人気を博し、ラ・フォンテーヌの『寓話』（一八三八）にも挿絵を付けた。グランヴィルのロシアへの影響は大きく、ロシアに輸入されてクルイロフの『寓話』の挿絵に使われたほか、ロシアの画家コヴリギ

図13.『当世風変身譚』。動物達が人間のように描かれる。ジャナン他文。グランヴィル画。彩色木口木版画。*39

図14.『寓話』の「ウサギとカメ」。ラ・フォンテーヌ文、グランヴィル画。*40

ンは擬人化したウサギが出てくる風刺物語『ウサギの旅行記』（一八四四）の挿絵を製作した。*42

3　自然派

ロシアにおけるリアリズムの模索とラズノチンツィ

フランスの文学文集をそっくりまねてつくられたのが『ロシア人』だったとするなら、模倣の域を脱して文学的にも、挿絵においてもロシアの社会をより力強く形象化することを目指した文集が、『ペテルブルグの生理学』と『ペテルブルグ文集』だった。

この二冊の文集は、当時急進派知識人の精神的なリーダーであった文芸評論家ベリンスキイと、詩人にして敏腕編集者でもあった若きネクラーソフの二人が中心となって編纂、出版した。彼らはペテルブルグの片隅でくすぶっている才能を掘り起して、二人が出版にかかわっている雑誌にデビューさせるプロデューサーとしても優れていた。『ペテルブルグ文集』で、のちの文豪ドストエフスキイがデビューした、という事実が象徴的に示しているように、この文集はロシアのリアリズム文学が形作られようとするまさにその端緒を成したといえる。

文集は、当初、短編小説、ルポルタージュを主体とし、内容に即した木版画をつけて出版することが計画されていたので、人脈の広かったネクラーソフは、ベルナルツキイ、アーギンらにこの文集の挿絵を依頼した。

ロシアにおけるリアリズムの美学は、もとはヨーロッパから学び取ったものである。外部からやってきた眼差し、思考法、表現方法のすべてを輸入して、芸術とメディアの創造を通じてロシアはこれらを吸収した。だがその方法は、生理学のように都市の秘められた内部にある貧困や絶望に分けいることと一体であった。こうした美学の表現者として貧窮を身近に知る雑階級出身の作家や画家が活躍したのは必然であった。

アーギンは学生だった頃、芸術家奨励協会から学資の援助を受けていたが、それでも兄弟は貧しさにあえいでいた。画学生のクロートが絵の家庭教師をしていたアーギンの家に授業を受けに行くと、兄のアレクサンドルは麻のジャケットとぼろぼろに着古したズボンを身に着け、弟のヴァシーリイはなんと下着姿で座っていたという。兄弟は二人で一着の洋服しか持っていなかったからである。[*43]

友人のジェムチュジニコフも、アーギン兄弟の生活について回想録のなかでこう述べている。

「アーギン兄弟はヴァシリエフスキイ島のはずれで家賃を捻出するための仕事をして暮らしていた。彼らが食べるのは黒パンとジャガイモで、とくにジャガイモが手に入ったときには喜んでいた。」[*44]

フェドートフの暮らしも困窮していた。フェドートフの住むヴァシリエフスキイ島のはずれの荒地にある家賃五ルーブリの小さな部屋には壁紙がなく、画架の置き場にも困るような粗末な部屋だった。小さな玄関と寒い部屋が一室と同居人が住む物置からなっていた。芸術アカデミーを卒業しても芸術で生計を立てるのは難しかった。

アーギンやフェドートフはそれでも社会の底辺層よりは恵まれた境遇ではあったが、彼らの貧しさからは、それまで文化を担った貴族たちとは生まれも経験も決定的に異なる階層だったことが見えてくる。階級という視点を持ち込んで文学史や美術史を見なおしたとき、貴族からラズノチンツィへという階級の交代がこの時代を特徴づけている。これは担い手の交代という文化的な断層であった。リアリズムはこの意味でも、それまでのロシアの文化にとっての「外部」の到来によって生まれたと言えるだろう。

都市の生理学

ネクラーソフは『ペテルブルグの生理学』に載せた作品『ペテルブルグの片隅』の冒頭に、都市の秘められた内部、すなわち主人公の住居となるべき建物の地階の描写をする。そこは薄暗くて腐った水とキャベツの臭いが充満し、得体の知れない物音が響く場所として書かれている。都市の生活空間は、四〇年代には生き物の腹の内部のメタファーによって、人間を隠す到達困難な深み、都市の秘められた内部として描き出されるのだ。*45 都市を人体に見立て、その腹を切り裂いて内部に分け入るメスのような眼差しを持つ生理学風の文学は、淡々と、時にコミカルに地獄を活写する。貧しい人々への憐みや初期の社会主義思想を持ちながら、悲惨な暮らしを活写することによって笑いを増幅させる冷徹さがこの文学の特徴である。

『ペテルブルグ文集』に掲載された『貧しき人々』では、こうした貧困の描写と笑いが見られる一方で、人間の内面の深さとの結びつきもある。主人公マカール・ジェーヴシキンは、愛するワルワーラあての手紙に、自分の住まいの貧しさ、みじめさを残酷なほど克明に描写し、それを自ら軽蔑し、そのことで生じる自尊心の傷つきを視点に据えて言葉を繰り出していく。ジェーヴシキンは表象行為の主体でもあり、客体でもある。この自意識のラビリンスを発明することによって、冷静な生理学的眼差しと貧窮にあえぐ人間の苦しみ、そして彼らへの共感という異なる視点にあったものを、一体化させることに成功したのである。ここから、ロシアのリアリズム文学の表層と深遠を同時に克明に描写する方法が発展していく。『ペテルブルグの生理学』と『ペテルブルグ文集』は、リアリズム文学の成立に欠くことのできない、重要な通過点だった。

サークルと知識人

出版界はリアリズムを胚胎した場の一つであったが、もう一つのネットワークとして四〇年代に知識人たちを文化や思想の担い手として緩やかに組織したのがサークルである。サークルとは知識人たちが新しい哲学・思想を研究したり文学について論じるために作った任意の団体で、一八三〇年代ごろからモスクワやペテルブルグにいくつも作られた。当時の新しい思想の中にはドイツのシェリングやフランスのユートピア社会主義など、ロシアの政治思想に大きな影響を及ぼすものが少なからずあり、必然的にサークルは政治的な色彩を帯びた。定期的に先進的な知識人が集うため当局から警戒され、摘発されるサークルもあった。ゲルツェン、オガリョーフらによって作られたロシア最初の社会主義の研究サークルのメンバーは、一八三四年に逮捕され、モスクワから追放となった。[*46]

だが多くのサークルは実質的な政治活動を目的とせず、文学や芸術、社会問題について論じる社交の場を提供していた。サークルはペテルブルグに多数存在し、ばらばらに暮らしていた作家や画家の卵を結び合わせる役割を果たしていた。無名の野心家にとってサークルはいわば人脈を得て世に出るための足掛かりであり、有力者が多数参加しているサークルに入ることは成功への近道であった。

当時ペテルブルグで最も有力なサークルと目されたのがペトラシェフスキイ・サークルであった。一八四四年ごろから、ミハイル・ヴァシーリエヴィチ・ペトラシェフスキイという外務省の翻訳官の家に若いインテリゲンツィヤが集まるようになり、一八四五年から金曜会と称して毎週議論を行った。

金曜会ではフランスの社会主義者フーリエの著作やドイツの哲学者フォイエルバッハの著書などを研究した。一八四八年のフランスにおける二月革命の影響を受けて金曜会の内部にはより急進的ないくつかの小グループが作られるようになり、彼らは農民蜂起や秘密文書の印刷、配布について議論するようになった。

ペトラシェフスキイ・サークルには、金曜会の他にもメンバーが個別に開催する衛星サークルが数多くあった。この衛星サークルを含めると参加者の総数は二八〇人に上るといわれる。*[47] ペトラシェフスキイ・サークルは、金曜会を中心に、広い裾野を持つネットワークを形成していた。

ペトラシェフスキイ・サークルのメンバー

新たな参加希望者を会員に加える際、ペトラシェフスキイは自ら選抜を行った。まず参加希望者と知り合いになってその人の興味やイデオロギー、学問等の水準を確認し、足りない場合にはしかるべき本を与えて教育する。その上でサークルに加えるのである。

ベルナルツキイは一八四九年の春にペトラシェフスキイ・サークルに入った。*[48] ベルナルツキイは入会前に、社会風刺的な色彩の強い『百枚の絵』という木版画集を発表している。当時の知識人に共有された社会思想が刻まれた『百枚の絵』は、ベルナルツキイがサークルに入会する際に有利にはたらいたと思われる。

ペトラシェフスキイ・サークルに入会した人々には、ベルナルツキイのほかにもドストエフスキイ、作曲家のグリンカ、ルビンシュテインなどがいた。いずれも文化の優れた担い手であった。*[49] アーギンやフェドートフも、ペトラシェフスキイ・サークルに参加していたという記述が同時代の友人の回想録でなされている。*[50]

ドストエフスキイは一八四六―四七年にペトラシェフスキイ・サークルに加わった。*[51] ドストエフス

図15. ペトラシェフスキー。＊54

キイはペトラシェフスキイ・サークルのメンバーが一斉検挙された一八四九年のペトラシェフスキイ事件で逮捕された後、公式審問に対する供述の中でペトラシェフスキイと出会った時のことを述べている。

「私が初めて彼に会ったのは一八四六年の春でした。」＊52

「私たちは偶然知り合ったのでした。（中略）ボリシャヤ・モルスカーヤ街まで行かぬうちでしたが、ペトラシェフスキイは私と肩を並べ、不意にこうたずねてきました。『失礼ながら、あなたの次作のアイデアはどのようなものですか？』（中略）追いついたプレシチェーエフが当惑している私に説明してくれました。そこで二言三言、言葉を交わし、マーラヤ・モルスカーヤ街まで来て別れました。」（中村健之介訳）＊53

ドストエフスキイが初めてペトラシェフスキイと出会ったとき、彼はすでに『貧しき人々』『分身』を発表しており、名の知れた作家であった。

II『百枚の絵』

1　木版画集『百枚の絵』

『百枚の絵』とは何か

ラズノチンツィの作家たちがもたらしたロシアのリアリズム文学は、雑誌・文集などの出版活動やサークルを通じた社交や政治活動と一体であった。アーギンやベルナルツキイら、若いラズノチンツィたちはこのようなペテルブルグの社会の中で新しい思想や文学を学び、腕を磨いて創作を行った。

図16.『百枚の絵』の分冊のカバー。『死せる魂』の登場人物たちが『死せる魂』を読んでいる絵が描かれている。＊55

こうした中で作られたのが、ゴーゴリの作品を題材にした二次的創作物である『ゴーゴリの作品「死せる魂」からの百枚の絵』（以下『百枚の絵』と略記）である。ここには、一八四〇年代の文学に生じた断層、外国の出版物の影響、政治思想が余すところなく展開されていると同時に、ゴーゴリに熱い関心を寄せる若きラズノチンツィとゴーゴリの作品そのものとの間にすでに始まった乖離を見ることもできる。時代を凝縮したきわめてすぐれた二次創作である『百枚の絵』を以下に見ていきたい。
一八四六年に出版された『百枚の絵』はゴーゴリの作品『死せる魂』の物語を百枚のイラストに描き出した版画集である。現在ペテルブルグのロシア国立図書館などに所蔵されている『百枚の絵』の原本は、一冊の本の形でまとめられている。しかし初めて発売された一八四六年当時、『百枚の絵』は分冊形式で出版された。では『百枚の絵』が実際に売られていたときのことを詳しく見てみよう。『百枚の絵』の発売を知らせる書店の広告はラチコフ書店が一八四七年の『祖国雑記』に掲載したもので、以下の内容だった。

「『ゴーゴリの作品『死せる魂』からの百枚の絵』。アーギン画、ベルナルツキイ製版。全二五分冊。各分冊は四枚のイラストからなる。『死せる魂』と同じ判型。購読料一〇ルーブリ。送料込みで一一ルーブリ五〇コペイカ。購読申込にあたっては、既刊の一六仮綴じ分冊が配布される。」[*56]

『百枚の絵』は四〇年代の他の出版物にはない特異な要素をもっていた。まず、これはゴーゴリの『死せる魂』(一八四二)をイラストにした作品なのに、小説とは別に版画単独で出版された。また二五巻中第一八巻まで刊行された後刊行が途絶えている。こうした特異性に関しては後に詳述する。

『百枚の絵』は一言でいうと木口木版による版画集なのである。この『百枚の絵』は一八四〇年代の名匠達が模索した表現方法と技術の結晶であり、質・量ともに一八四〇年代を代表するイラストつきの出版物の最高傑作となった。

木版画とメディアのつながり

まずは『百枚の絵』のイラストがどのような系譜にあるのかを考察してみよう。一八四〇年代のロシアの挿絵画家は外国文化、特にフランスの出版物とガヴァルニの影響を強く受けていたことはすでに述べたが、イメージの表層だけでなく、イメージを構築する思考や社会的コンテクストも含めて『百枚の絵』の特徴を見ていきたい。

『百枚の絵』は、新聞などに多種多様な用途で掲載された木口木版画の系譜に連なっているが、単にそのバリエーションの一つであるというよりも、木版画のもつ表現力を研究し尽くして文学の挿絵として昇華させた表現の実験場になっている。『百枚の絵』は木版画が担った様々なジャンルを忠実に再現しながら文学を描いているのである。具体例を見ていきたい。

『百枚の絵』の四六番目の絵は、チチコフが旅館に帰ってきた場面を描いている。その絵とガヴァルニの「パリの夜」を比べてみよう。ガヴァルニの絵は石版画であるが『シャリヴァリ』という新聞に掲載されたセリフつきの一枚版画である。版画の下に書き込まれたセリフが、どういう場面かを示している。

「オレの可愛い娘ちゃんは、いないのかい?」

「お出かけよ……何か御用ですか?」

「別に! ちょっと話があったんだけど……サン＝ジョルジュ通りで待ってるってお伝え願えますか……それで何の用事かわかると思うんだけど。」

「失礼ながら、私にも何の用事かわかってしまいましたわ。」[*57]

戸口を出会いによって何かが起こる場として用いるガヴァルニの構図をはじめ、人々の服装や職業、住みか、遊び場など美化せず生活臭を描きとるガヴァルニの技法、セリフを付した版画の形式など、フランスの新聞の版画のスタイルが『百枚の絵』に忠実に引き継がれているのがわかる。

次に『百枚の絵』と新聞の報道画との共通点を探っていきたい。『イラストレイテッド・ロンドン・ニ

図17. 1840年の『シャリヴァリ』に掲載されたガヴァルニの石版画《パリの夜》。＊58

図18.『百枚の絵』の46枚目。チチコフが旅館に帰ってきた場面。＊59

ユース』をみると、木版画にはいくつかのジャンル、用途があることがわかる。肖像画、風景画、舞台画、挿絵、ファッション画などである。

『百枚の絵』はいくつものジャンルを巧みに使い分けているが、中でも多く用いられているのが小説の挿絵と舞台画の描き方である。『イラストレイテッド・ロンドン・ニュース』で小説の挿絵（図19）や舞台の場面（図21）を描く際には、背景は人物の周辺に限られ、場所の説明が必要な場合に大まかに描き込まれるのみである。人物のポーズは大げさだが描写はシンプルで、輪郭線は一本の太い線で描かれ、髪や服装の描線は細いが簡略化されている。このスタイルは、マニーロフ夫妻を描いた七枚目の絵（図20）

のほか、『百枚の絵』の多くに見られる。

『百枚の絵』の中には肖像画や風景画、ファッション画などほかのジャンルの特徴を持つ版画もある。たとえばチチコフが鏡に向かってにやりと笑う絵では、ほかの絵に比べて人物の顔に陰影が細かく書き込まれ、細かい線で克明に描写されている（57ページ参照）。これは新聞で有名人を紹介するときなどに使われる肖像画の技法である。

また、『百枚の絵』の一枚目の絵（図22）は他の絵と異なり俯瞰の視点を取っている。人物は小さく、むしろ風景の描写に力点が置かれている。この描き方からこの絵を小説の舞台設定を示すための、導入

図19.『イラストレイテッド・ロンドン・ニュース』に掲載された小説の挿絵。＊60

図20.『百枚の絵』の7枚目。マニーロフ夫妻。＊61

の絵として機能させる意図があったことがわかる。この絵においては人物の動きより情景が重要なので、風景画の描き方が採用されている。それは『イラストレイテッド・ロンドン・ニュース』でイベント会場の報道に際し、引きの視点を取り、場所を特定するために背景を綿密に書き込んだ絵が使われているのと似ている。

次に『百枚の絵』で『死せる魂』の「ただ感じのいい婦人」と「何事につけても感じのいい婦人」*63が登場する場面を見てみよう（図23）。着飾った二人を並べた構図や衣服、帽子の凝ったデザインを柄や襞など細部まで書き込んでいる。人物のうごきはそれほどなく、背景も省略されている。原作でこの二人の婦人は以下のような会話を交わしている。

「ええ、とても素敵でしょう。でも、プラスコーヴィヤ・フョードロヴナは、このチェックがもっと細かくて水玉が茶色ではなく空色だったらもっと素敵だっていうのよ。プラスコーヴィヤ・フョードロヴナの妹にも生地を送ったんですけど、それは口ではうまく言えないようなすばらしい柄でしたわ。」

「レースなのよ、なにもかもレースなのよ。レースのショール、袖にもレース、肩当てもレース、裾

図21.『イラストレイテッド・ロンドン・ニュース』に掲載された舞台画。＊62
こうした様々なタイプのイラストを『イラストレイテッド・ロンドン・ニュース』では記事の内容に応じて使い分けている。

にもレース、どこもかしこもレースなのよ。」＊64

婦人たちの衣服に対する関心を誇張した叙述にふさわしく、この絵では衣服のディテールを克明に描写する方法が採られている。これは『イラストレイテッド・ロンドン・ニュース』のファッション画の描き方に近い（図24）。

『イラストレイテッド・ロンドン・ニュース』の挿絵の中でも時期によってイラストのスタイルが少しずつ変わる。人物の描き方の類似に注目すると、同じ木版画でも『イラストレイテッド・ロンドン・ニ

図22.『百枚の絵』の1枚目。＊65

図23.『百枚の絵』の70枚目。＊66

ュース』の初期にあたる一八四二年頃の人物の描き方はクルックシャンクやドーミエの絵に近く、輪郭は数本の細い線からなり、顔や体は縦に細長く、鼻や頬の描写に強い癖がある。

一八四四年前後の『イラストレイテッド・ロンドン・ニュース』では、人物描写はよりシンプルで太い線で描かれ、体や顔は丸みをおびてくる。『百枚の絵』はこの一八四四年前後のイラストと最も絵が近い。『百枚の絵』の制作がちょうどこの頃であったことを考えると、アーギンとボクレフスキイはまさに流行の最先端にあるイラストのスタイルを採用したと考えることができる。

図24.『イラストレイテッド・ロンドン・ニュース』に掲載されたファッション画。＊67

『イラストレイテッド・ロンドン・ニュース』と比較することによって、『百枚の絵』が場面に応じて同時代の複数の木版画のジャンルを使い分けていたことが明らかになる。またアーギンとボクレフスキイの制作した木版画からは二人が技術の高い画家であるばかりでなく、同時代の外国の木版画のスタイルについて研究熱心であったことがわかる。

一八三〇年代、すなわち『百枚の絵』よりも十年ほど前にロシアで制作されていた文学作品の挿絵と比べてみると、このことははっきりわかる。『百枚の絵』はそれまでのロシアのイラストとははっきり違う。ここに挙げたのは、書籍商スミルジンが一八三〇年代に出版した『ロシアの作家百人』という文学作品集の挿絵である。

この文集にはプーシキンの『石の客』やベストゥジェフ＝マルリンスキイの『ムラ・ヌーリ』などが納められている。挿絵の画家にはカルル・ブリューロフがいる。＊68

この版画とチムやアーギンの挿絵を比較すると、人物や描かれるものの単純化のレベルや、背景の書き込みの緻密さ、陰影のつけ方など違いは多岐にわたる。『百人の作家』の挿絵は、伝統的な物語画の技法が用いられ、どの絵も新古典主義やロマン主義の絵画に通じる特徴を備えている。

それに対してチムやアーギンの絵は単純化されている。一つの作品につけられる版画の数も多いので、一つ一つの絵が表現する場面はより短く、こまが複数並べられることによって展開が暗示されるように構成されている。

図25.『ロシアの作家100人』　プーシキン「石の客」の挿絵。ブリュローフ画。＊69

図26.『ロシアの作家100人』　センコフスキー「変身」の挿絵。ブリューロフ画。＊70

2　二次創作の創造性

内容と思想

次に、『百枚の絵』をゴーゴリ作品の解釈と思想性の点から見ていきたい。

『百枚の絵』の画面を生み出すのは四〇年代スタイルの出版物に特有の視線である。それはすでに述べた生理学の視線である。生理学の視線は人々の生活の内部に入り込んで、それまで隠されていた貧しい人々の暮らしやかれらの悲喜こもごもを描き出す。

ドストエフスキイやツルゲーネフら、自然派と呼ばれた若い作家たちに共有されたこのような視線が『百枚の絵』ではイラストの全編を貫いている。『百枚の絵』は旅籠屋の食事風景、召使や農民の姿、寂れた地主屋敷の内部を表情豊かに描き出している。

さらに、内面の深みへ向かうまなざしも『百枚の絵』の人物描写に見ることができる。チチコフが鏡に向かうこのイラストは、ゴーゴリのテクストとはっきりした乖離を見せている。オリジナルのテクストにはチチコフの邪《よこしま》さは描かれない。ゴーゴリの『死せる魂』には、登場人物の内面の深みに降りていく眼差しがないのである。このイラストはゴーゴリのオリジナルから離れ、新しいリアリズム文学の手法によって『死せる魂』を描きなおそうとしたものだといえる。

また、『百枚の絵』には一八四〇年代に知識人の間に広まった社会思想や、圧制に対する批判を込めたイラストがある。それが『死せる魂』の挿話である「コペイキン大尉の物語」を描いたイラストである。「コペイキン大尉の物語」は『死せる魂』のなかでも最も痛烈に官僚制や圧制を批判した箇所として四〇年代の知識人に大きな感銘を与えた挿話である。『百枚の絵』では「コペイキン大尉の物語」に百枚中六枚が費やされ、ゴーゴリの原作よりもはるかに「コペイキン大尉の物語」に大きな比重を置いている。

『百枚の絵』のうち「コペイキン大尉の物語」を描いたシリーズから読み取れるのは弱者を切り捨てる体制や官僚制への痛烈な批判である。こうした表現は当時アーギンとベルナツキイがかかわっていたペ

図27『百枚の絵』の39枚目。チチコフが農民に道を聞く場面。V・マイコフが農民の描き方を賞賛した一枚。*71

図28『百枚の絵』の58枚目。チチコフが鏡に向かっておどけた後、自分に見とれる場面。小説ではコミカルだが、絵では内面のよこしまさが鏡に映し出される。*72

トラシェフスキイ・サークルで学び取った社会思想に支えられている。これらの絵は、当時のペテルブルグの知識人たちが共有したであろう読み方を表現している。

また、前述したように木口木版画の表現には、現実に社会で起きていることを人々に伝えるという文脈が埋め込まれている。『百枚の絵』のイラストでアーギンとベルナルツキイが駆使した報道画のレトリックは、生理学的な視線や社会批判と組み合わさることで、イラストで描かれる官僚の腐敗、地主の不正がまるで現実の社会の出来事であるかのような印象を読者に与えたのではないだろうか。

『百枚の絵』は、読者の想像力に強く訴えるゴーゴリの文学と版画の持つ現実味を融合させることで、同時代社会の象徴的な表象を生み出すという新たな段階へ四〇年代スタイルを導いた。

図29.『死せる魂』の74枚目となる二つのバリエーションのうちの一つ。コペイキン大尉の挿話の一場面。＊73

版画の階層化と読者

『百枚の絵』の強いメッセージはどのような読者に向けて発信されたのだろうか。読者たちは『百枚の絵』とゴーゴリの原作『死せる魂』の関係をどのように理解したのだろうか。以下では読者の分析を通じて同時代における『百枚の絵』の位置づけを考察する。そこで『百枚の絵』の特徴を明確にするため、一八四〇年代のロシアにおける木版画つき出版物を大きく二種類に分けて考えてみたい。

まず挙げられるのは内容、技術の点で粗悪な安物の出版物である。これらは「お菓子のような」「玩具のような」という形容詞付きで呼ばれた。『死せる魂』を木版画挿絵つきで出版する企画に反対する際、ゴーゴリは「作品に甘みをつけて売るべきではない」と述べた。*[74]ゴーゴリは一八三六年から一八四八年まで外国にいたためこの頃出始めた優れた木版画を知らず、木版画挿絵を粗悪な安物と思いこんだ可能性がある。

これに対して上質皮紙である犢皮紙《とくひ》を使い、豪華本として出された高級品の木版画出版物もあった。『百枚の絵』はこの部類に入る。この種の出版物を製作したのはアーギン、チム等の優れた画家や、版画工房の親方クラスの実力者だ。

値段を見ると『ロシア人』は一冊につき銀貨四〇コペイカ（一冊が薄い）、『ペテルブルグの生理学』『旅行馬車』『ペテルブルグ文集』はそれぞれ銀貨四ルーブリ。『百枚の絵』は特に高価で銀貨一〇ルーブリである。*[75]

これがどれほど高価かは当時の物価と比べれば分かる。例えば成人一人の一日分の食費が銀貨一五コペイカ（＝一ヶ月四・五ルーブリ）、子守り女の月給が銀貨四ルーブリ、九等官の月給が銀貨八－一〇ルーブリ、粗悪な古本は紙幣二－三ルーブリ（銀貨一ルーブリ＝紙幣三・五－四ルーブリ）。*[76]計算すると、

『百枚の絵』は、一ヶ月分の食費、子守り女の二・五ヶ月分の月給、九等官のひと月分の月給に相当する。また、古本市場で売っているパンフレットや歌集は紙幣一－三ルーブリ。『百枚の絵』は紙幣ルーブリに換算すると三五－四〇ルーブリなので粗悪な本とは相当格差がある。

読者の二極分化

『百枚の絵』は高級な部類の木版画であった。では高級品としての『百枚の絵』の読者層はどのような人々だったのだろうか。これを考える上で、まずフランスやイギリスの挿絵付き出版物の部数と挿絵の機能を参照することにしたい。

イギリスでは、一八三〇年代から読者層がはっきり二極分化する。一方は知的な中産階層の読者、もう一方はようやく字の読める三百万人の読者である。

銅版か木版の挿絵入り大衆向け新聞は週に約十万部前後、特別多いもので四十五万部出た。一八四一年に創刊されたイギリスの週刊誌で、風刺的な絵を多数掲載したことで知られる『パンチ』は週三万部で木口木版が主体である。こういう出版物の挿絵は絵を楽しむためか、言葉からイメージを膨らませられない読者の理解を補うためのもので、いわば図解の役割を果たしていた。

中流向けは少し高く一冊一シリング、約一二ペンスである。イラストをつけ月間分冊で出されたディケンズの小説『ピックウィック・ペイパーズ』や小説叢書があった。*77

フランスでも二極分化ははっきり見られた。同じ生理学ものでも一冊一フランのものと豪華本とで格差がある。また毎日二－三万部発行の庶民も読む新聞『コンスティテュショネル』に人気作家シューの連載小説が挿絵付きで載った。その挿絵も図解の機能があったと考えられる。

一方単行本の小説の部数は大作家のユゴーでも初版は二〇〇〇部程度で、庶民には買えない一〇フラン以上の値段だった。*78

ロシアの高価な木版画の推定発行部数は月刊分冊の『ロシア人』で大体五〇〇部、最高は八〇〇部である。値段や発行部数からすると、読者は限られた裕福な階層と考えられる。

図30.『パンチ』の表紙。1849年。リチャード・ドイル画。木口木版画。1854年まで継続して表紙に使われる。不敵な笑みをうかべるパンチ氏と愛犬ドビイ。*79

図31. シューの『さまよえるユダヤ人』を読みふけって鍋を焦がす料理女。グランヴィル画。*80

『百枚の絵』の新しさ

『百枚の絵』の読者が裕福な階層の人々であったことは、『百枚の絵』の書評からも伺える。ヴァレリアン・マイコフは『百枚の絵』の書評を一八四七年の『祖国雑記』という雑誌に載せた。『祖国雑記』は政治・経済・文学など様々な分野の論文や批評を載せた「分厚い雑誌」と呼ばれる部類の総合誌であり、発行部数が約二五〇〇部で、地方の地主や官吏など中流階層が読者だった。時々巻末にファッション画が載る以外、挿絵はほとんどない。『祖国雑記』の読者は小説を読む上で挿絵の要らない、教養の高い人々である。このような読者達が『百枚の絵』の書評や広告の読み手、つまり『百枚の絵』の購読者として想定されていた。

またマイコフは『百枚の絵』の読者が『死せる魂』の読者であることを前提に書評を書いている。「ロシア社会にとっての『死せる魂』のあらゆる重要性を理解し、ロシアの絵画の成功に共感する人々はベルナルツキイの事業を心から歓迎した。」*81

『死せる魂』の一八四二年初版の発行部数は二四〇〇部、価格は一〇ルーブリ。貸本屋で読む読者を入れても、『死せる魂』の読者自体がロシア全体で見れば限られた階層だった。

このことは『百枚の絵』のイラストがどういう目的で制作され、どのように読まれたかを知るための手がかりとなる。たとえば『百枚の絵』はゴーゴリの『死せる魂』の図解として作られたのではないか、と問うこともできる。確かに図解はイラストの主要な役割の一つであった。しかし教養の高い『百枚の絵』の読者層にとって図解は必要ない。出版者のベルナルツキイ自身も、『百枚の絵』を図解にする目的で出してはいない。このことはベルナルツキイが当初からイラスト単独での出版形態を構想していたことから伺える。原作と別にイラストを単独で出版すると、原作の図解としての役割はどうしても弱くなる。

では『百枚の絵』は何の目的で出されたのだろうか。ほかに考えられるのは視覚的な楽しみを与える豪華本としての役割である。『ロシア人』『ペテルブルグの生理学』など一八四〇年代の高価な木版画出版物において、木版画は図解というよりむしろ書物を豪華に飾り視覚的快楽を与える役割を果たしていた。チムが挿絵をつけた小説『クルジュコヴァ夫人の事件と批評』が最初のロシア製贈答用豪華本と呼ばれたように、木版画は装飾性が高く、書物を所有すること自体を楽しむ受容の仕方があった。

しかし『百枚の絵』が視覚的快楽を提供するためだけに作られたのかというと、それも違うように思われる。確かに『百枚の絵』は表現力の点で優れており、笑いを誘う描き方をした場面があるなど、娯楽性を備えている。しかし全体としてみれば、ゴーゴリの作品の中で最も絵画的な部分よりも、チチコフと地主達が座って商談している場面など、むしろ動きが乏しく絵として成り立ちにくい部分に多くのページを割いて描かれている。チチコ

図32.『百枚の絵』の36番目の絵。チチコフとソバケーヴィチが商談をしている場面。＊82

フがソバケーヴィチを訪問しているところなど、二人が並んで描いてある絵が五枚にわたって続いている。

『百枚の絵』の中で一貫して描かれているのはチチコフが死んだ農奴を買う行程である。こうした場面の選択には『死せる魂』に対するアーギンとベルナルツキイの読み方が現れているように思われる。登場人物達はシンプルな描線でコミカルな描写をされてはいるが、実在の人物を描いたかのようなリアルな表情を見せている。新聞の報道画に通じる技法で描かれていることも、物語世界を描いていながら現実の世界のルポルタージュをみているような表現として成功している要因となっている。

絵によっては、チチコフを醜悪に描いたものもある。社会風刺性の強い「コペイキン大尉の物語」には六枚もの枚数が割かれたことにも注目したい。アーギンとベルナルツキイは『百枚の絵』の中で、『死せる魂』を社会諷刺として展開することを目指したのである。

図33. 1892年の再版の73枚目。40年代には発行されなかった絵。「コペイキン大尉の物語」より。コペイキンが訪ねた大官の邸宅の傲慢な門番。＊83

購読者を得られなかった理由

こうした目的の下に出版された『百枚の絵』はしかし刊行中断に追い込まれ、ついに最後まで刊行することがかなわなかった。刊行を中断した理由はいくつも考えられる。検閲で原画の一部が出版禁止となったり、スポンサーが離れ資金繰りに苦労するなど、『百枚の絵』の出版の道のりは険しかった。またペトラシェフスキイ事件との関わりも中断の大きな理由となっている。これについては後述する。

しかし、ベルナルツキイとアーギンは検閲を通すため代わりの版画を製作し、資金調達に努力してトラブルを乗り切った。結局、最終的に考えられる理由は購読者数が少なかったことである。『百枚の絵』は最後まで出版するのが困難なほどに売れなかったのである。

だが、原作であるゴーゴリの『死せる魂』は二〇〇〇部とはいえ当時のベストセラーであった。なぜその挿絵が受け入れられなかったのだろうか。この出版物の当初の出版予定と照らし合わせながら、なぜ『百枚の絵』が購読者を獲得できなかった理由を考察していきたい。

『死せる魂』が出た一八四二年に、早くもベルナルツキイはプレトニョフを介してゴーゴリに『死せる魂』に木版画をつけて出版したいと申し出た。ベルナルツキイはプレトニョフ宛の書簡で出版企画について書いている。

「第一。百枚の絵は、八つ折版の大きな紙葉で出版されます。毎週一分冊ずつで一分冊は四枚からなります。それぞれの絵の下には、絵の内容を説明するテクストがつきます。（中略）第三。わたしが『死せる魂』のテクストの出版権を得た時には、わたしは今あなたが見ている大きな百枚とは別に更に百枚の小さな版画をテクストに付け加えます。」[*84]

このようにベルナルツキイは当初、（1）単独で百枚の絵を出版、（2）イラストを『死せる魂』に挿入し、さらにもう百の小さな挿絵を加えて出版、という二つの出版形態を計画していた。しかしゴーゴリが（2）を拒否したため、最終的に（1）の方だけ出すことになったのである。（2）が実現した場合、『百枚の絵』は図解として機能しなくても、小説を読みながら挿絵を楽しむ喜びを読者に与える。また更に百点の小さな版画を入れるとより装飾的になり、読者に所有の喜びも与えられる。

しかし（1）の方は、図解でもなく視覚的快楽もそれほどない、しかも既に『死せる魂』を読んでいる読者でなくては買う意味を見出しにくいものになる。

『百枚の絵』は描かれた場面に相当する文章と、その文章が出ている原作本のページ数を絵に添えて絵と原作の対応を示してはいるが、木版画の主要な用途が文章に即した図解や装飾であった一八四〇年代において、絵だけが独立した『百枚の絵』は読者にとって受け入れにくいものだったのではないだろうか。

また単独で出版する形態をとると、イラストだけで表現が完結するため内容面においても小説からの独立性が強くなる。実際、『百枚の絵』が展開する物語世界は、原作『死せる魂』のままでは決してない。小説では穏やかな顔をしているチチコフを醜く笑う姿に描き、社会風刺性の強い場面ばかりを選択するなど、『百枚の絵』は小説の言葉には必ずしも従わず、アーギンとベルナルツキイの表現形式と眼差しを持っている。結果的に『百枚の絵』はゴーゴリの小説を題材としながらも小説からは独立した表現となった。

『百枚の絵』が「挿絵」であることを期待して読んだ読者の目に、ゴーゴリの原作との違いは際立って見えたことだろう。『百枚の絵』を見たマイコフは、書評の中で紙幅を費やして原作と絵の差異を列挙し、惜しむべき欠点と見なした。

このように考えると一八四〇年代に『百枚の絵』の出版が中断した理由が見えてくる。まず『百枚の絵』が余りに高く、基本的な読者層が薄かったことである。そしてその独自の形態のために木版画作品として受け入れられなかったことである。結果的に『百枚の絵』は当時の読者達にとって買う意味が見出しにくかった。それは一八九二年に『百枚の絵』の再版である『ゴーゴリの叙事詩「死せる魂」につけた一〇四枚の絵』*85が非常に良く売れたことと比較したとき明らかである。一八九二年に『百枚の絵』は一冊三ルーブリで二万部再版され、その後十五年間ほど発行され続けた。これは既に古典となった『死せる魂』の風俗を学び理解を助けるための学生向けの教材として用いられた。一八九〇年代になると出版・読書状況が大きく変わるので単純に比較はできないが、一八九〇年代には一八四〇年代より広い読者層がより明確な目的をもって『百枚の絵』を読んだのである。

これは『百枚の絵』が当時の挿絵本のカテゴリーからも、装飾的な豪華本のカテゴリーからも逸脱した本であったことの帰結だった。しかしこのように『百枚の絵』が逸脱した本になったのは、製作者であるアーギンとベルナルツキイが木口木版画で自分たちの表現を追求したためだった。アーギンとベルナルツキイはゴーゴリ作品を好み、当時の知識人の間で共有されていた社会思想に基づいてゴーゴリ作品を独自の読み方で解釈した。彼らは、それを木口木版画という新たな表現技術と、それに内在する新たなパラダイムによって『死せる魂』を新しく作り直したのである。

ゴーゴリ作品の自由で創造的な読みとそれに基づく二次創作は十九世紀を通じて行われた。『百枚の絵』はその歴史の最初の一ページを飾る作品である。

物語の自由な解釈や改変は、人類が物語という表現形式を生み出した時からあったはずである。現代まで伝わる口承文芸や民話には数多くのバリアントが存在する。シンデレラ物語などはその好例で、世界各地にそれぞれの文化に即して変形を遂げたシンデレラ物語が語り継がれている。物語の原型は忘れ去られてしまっても物語が人々の間に生き続けているのは、時代や文化に即して形を変えることによって新たな生命を獲得してきたからである。

創造的な読みと改変は受容の重要な側面なのである。人々は世界について考え、想像し、今を生きる思想を展開するために、つまりはこの世界を生きるために物語を必要とする。物語はこうした知的な営みをおこなうための方法なのである。したがって、こうした既存の物語の世界観と現実を結び合わせる二次創作もまた、高度に知的な創造であるといえる。

二次創作の存在をこのように見直す視点は作者を特権化する考え方とは相いれない。『百枚の絵』から始まる受容の歴史は、オリジナルのテクストを前提とした評論や読書史の枠組みとは異なって、正統的な文学史にけっして登場することはないかたちで物語を楽しみ、生きた人々の営みを開いて見せる。

III　四〇年代スタイルの解体

1　ペトラシェフスキイ事件

四〇年代スタイルは一八四〇年代の末に急激に勢いを失った。一八五〇年代に入っても木版画つきの出版物は依然として出版されていたが、技術的な発展は横ばいとなった。それとともに木版画は文学との緊密な結びつきを失い、文学メディアにおける役割は小さくなった。『百枚の絵』の出版も中断に追い込まれ、十九世紀末になるまで残りの絵が出版されることはなかった。

四〇年代スタイルはなぜ衰退したのか。その理由は担い手であった知識人のコミュニティの解体にあった。その最初にして最大の引き金は、一八四九年にペトラシェフスキイ事件といわれる政治的事件である。これによってアーギンやベルナルツキイ、ドストエフスキイなど四〇年代スタイルの担い手たちの間に構築されたつながりの解体が始まった。以下ではペトラシェフスキイ・サークルに深く関わったベルナルツキイとドストエフスキイを例に、彼らがサークルに入り、後に逮捕されるまでの経緯を追っていきたい。

ペトラシェフスキイ事件

一八四九年四月十三日に密告によってペトラシェフスキイが逮捕され、二十三日にペトラシェフスキイ・サークルのメンバーのうち、三十四名が一斉検挙された。その後九月までに二五二人が取り調べを受け、多くの流刑者を出すことになる十九世紀半ばにおける最大の政治的事件が、ペトラシェフスキイ事件である。

一斉検挙にいたる経緯は以下のようなものだった。反動的な皇帝として知られるニコライ一世は、秘密警察を組織して政治犯の監視と検挙を行っていた。この組織は「第三部」と呼ばれ、ペトラシェフスキイ・サークルにもスパイを送り込んでいた。ペトラシェフスキイは入会者をチェックするために面接をしていたが、それを潜り抜けてスパイはサークルに参加し、サークルの活動状況や話の内容に関する情報を報告していた。

そのころニコライ一世はハンガリー蜂起をきっかけに、ロシア国内にも蜂起の種が存在する疑念を強く抱いていた。おりしもパリの新聞に、ペトラシェフスキイ・サークルが「コップを溢れさせる一滴」となる可能性を指摘した「ペトラシェフスキイ」と題する論文が掲載された。その論文には「ハンガリーの問題に対応している間にも、ツァーリ（皇帝）は自国の問題に奔走することになるだろう」と書かれていた。これを知ったニコライ一世は、すでにスパイを派遣していたペトラシェフスキイ・サークルに対して一層警戒を強めた。政治活動の策謀が発覚したとして、一八四九年四月十三日にペトラシェフスキイが逮捕された。*86

ニコライ一世は四月二十日に、ペトラシェフスキイ・サークルのメンバーを逮捕するよう命令を下した。第三部やスパイであったペロフスキイ、リプランジはそれに反対し、監視の延長を請願したが、ハンガリー蜂起やパリの新聞報道で警戒を強めたニコライ一世はそれを退けた。一斉検挙は、四月二十二日金曜日から二十三日土曜にかけての夜に計画され、未明の六時に逮捕が実行された。「金曜会」と称されるペトラシェフスキイ宅での集まりの後のことだった。逮捕され、ペトロパブロフスク要塞に送られたのはあわせて三四名。この中にはベルナルツキイとドストエフスキイが含まれていた。[*87]

ベルナルツキイはペトロパヴロフスク要塞のトルベツコイ砦の五号室に監禁された。取調べを経て、逮捕から一ヵ月半後の六月に重要人物でないと判断された者たちが釈放された。この中にベルナルツキイが入っていたが、釈放後もベルナルツキイには監視がついた。[*88]

一方、ドストエフスキイは相変わらず拘束されていた。一八四九年四月十五日にペトラシェフスキイ・サークルにおいて『ゴーゴリへの手紙』を読んだのをはじめ、何度かこの手紙を朗読したことが重大な罪に問われたためであった。[*89]この期間のドストエフスキイの取調べ資料は膨大な数に上る。この中にドストエフスキイがベルナルツキイとの面識を問われたときの証言が残されている。

「問　以下に列挙する人物はペトラシェフスキー宅の集会に頻繁に出席していたか。いつ頃から出席していたか。また、彼らの名前、父称、身分、勤務先、住所は。答　ヴェルナツキー《ママ》。ペトラシェフスキーのところでそのような姓は聞いたことがありません。また彼のところでヴェルナツキー《ママ》なる者に会ったこともありません。」（中村健之介訳）[*90]

この供述を読むと、一見ドストエフスキイはベルナルツキイを知らなかったように思われるが、実際には両者は知り合いであった。前述したように、ドストエフスキイが小説を単行本化しようと計画していたとき、ベルナルツキイはその小説に挿絵を製作したい、さらに出版権も購入したいと直接申し出をしている。

供述書の中で、ドストエフスキイはアヴデーエフという人物に関しては「そのような人物は知りません」[*91]と明言しているが、ベルナルツキイを「知らない」とは言っていない。ペトラシェフスキイ裁判の詳細な研究を行ったベリチコフは以下のように述べている。

「ドストエフスキイは供述において多くのことについて完全に黙していたし、サークルに加わった当事者として知っていた事実でも全部は言わなかったことが多くある。それゆえ、彼の供述は補足や訂正が必要になる。誤った情報や嘘はないのだが、色々なものが不足しているのである。」（中村健之介訳）*92

ベリチコフは、ドストエフスキイが予審委員会を前にして、自分の仲間を擁護する立場をとっていたことを指摘している。ベルナルツキイに関する供述もまさにその一つであった。

流刑と監視

ペトラシェフスキイをはじめとして軍法会議にかけられた二二名のうち二一名が死刑判決を受けたが、当局にあらかじめ用意されていた筋書き通り、執行直前に流刑に減刑となった。このとき死刑囚の列に加わっていたドストエフスキイは、のちにこの時の体験を小説『白痴』の中でつづっている。ドストエフスキイはその後十年間にわたる収容所生活を送ることとなった。

ペトラシェフスキイ事件は直接サークルに関与した者以外にも多くの人びとを巻き込んだ。逮捕はされなくても、衛星サークルに一時的に参加・訪問した事のある人々を含めるとサークルのメンバーは五〇〇人から八〇〇人に上った。*93 これは四〇年代スタイルを支えた集団を含む大きなサークルのネットワークの解体に直結した。この中には画家のフェドートフがいた。フェドートフにはベルナルツキイ同様、その後も政治的監視下におかれた。ベルナルツキイとフェドートフは、このころ二人で風刺雑誌を出版する計画を進めていた。しかしこの計画はペトラシェフスキイ事件によって中断された。さらに監視下に置かれたことによってこの雑誌の出版は実現しなかった。

ロシアの版画と書籍の歴史を専門とする研究者のシードロフは、『ロシアの本の装丁史』という著書の中で以下のように述べている。「その後のベルナルツキイの、フェドートフと組んだ風刺画の出版の計画は実現しなかった。この時点でロシアのグラフィック・アートの、そして書物の装丁芸術の発展は強制的に中断されることとなった。」＊94

政治的監視下におかれたせいでフェドートフは精神に異常をきたした。フェドートフは一八五二年に没する。その原因がペトラシェフスキイ事件とその後の監視にあったことは多くの研究者が指摘している。

また、アーギンもロシアの出版史から姿を消す。

図34.フェドートフの自作戯画（1848－1849）。キャプション「まあ、パパ、お帽子よく似合うわ」＊95

これに関するアーギン自身の言葉が残されていないため、理由は明確にはわからない。だがアーギンも事件に関連して何らかの形で挿絵画家としての活動に障害をきたした可能性が高い。事件のおきた一八四九年、アーギンは『文学文集』のためのイラストを最後に、挿絵画家としてのキャリアを終えるのである。このときアーギンはまだ三十歳であった。その後、彼は陸軍幼年学校で図画の教師となり、二度と出版の世界に戻ることはなかった。＊96

そのほかにも、四〇年代スタイルを担った芸術家たちが大勢ペトラシェフスキイ事件に巻き込まれた。彼らと親交が深く、重要な資料となるジェムチュジニコフの回想録にはペトラシェフスキイ事件に巻きこまれた友人の芸術家や出版者の名が上げられている。その中にはアーギン兄弟、ベルナルツキイのほかドストエフスキイの旧友であったトルトフスキイやペトラシェフスキイ事件で有罪判決を受けたバラソグロ、ベイデマンも入っていた。*97

ペトラシェフスキイ事件と直接の関係こそなかったが、四〇年代スタイルを支えていた多くの人々も世を去っていった。『ペテルブルグの生理学』『ペテルブルグ文集』で出版の中心人物であったベリンスキイは一八四八年に死亡する。一八四〇年代の若手評論家として活躍し、『百枚の絵』の書評を書いたヴァレリアン・マイコフも一八四七年に死亡する。かれらは、サークルはもちろん、分厚い雑誌で評論をつとめる重要な立場にいた人々であった。

四〇年代スタイルを支えた画家たちも、四〇年代末を境にイラストレーションの最前線から姿を消してしまった。イラスト付きの風刺雑誌『エララーシ』（一八四六―一八四九）の出版者兼画家であったネヴァホヴィチ（一八一七―一八五〇）は一八五〇年に死亡した。ネヴァホヴィチはネクラーソフを介して出版物のイラストを制作する仕事をし、四〇年代スタイルを支えた人物の一人であった。*98

アーギンやチムとともに一八四〇年代に書籍の挿絵を制作した画家のジュコフスキイ（一八一四―一八六六）は長命だった。しかし一八四〇年代以後、ネクラーソフとの関わりは途絶えてしまう。

文集『ロシア人』に提供した挿絵でベリンスキイに絶賛された画家のチムは依然として挿絵の制作を継続したが、一八五〇年代以降は出版物の挿絵よりも肖像画など水彩・油彩画に仕事の中心を移した。

2　四〇年代スタイルのその後

だが、ネクラーソフはペトラシェフスキイ事件に巻き込まれずに、その後も順調に出版活動や作家としての仕事を継続し、残った四〇年代スタイルの作家とのつながりを維持した。

それでも四〇年代スタイルがよみがえることはなかった。四〇年代スタイルが立ち消えになった原因については、ネットワークの解体以外に、木版画つき出版物というメディアと、それを支えた出版の状況に眼を向ける必要があるだろう。

以下ではネクラーソフの雑誌『同時代人』における活動に注目し、一八四〇年代末から一八五〇年代におけるメディア環境の変化という視点からその原因について考察する。

ネクラーソフが企画したイラストつき文集

ネクラーソフは一八四六年から「分厚い雑誌」の一つである『同時代人』の出版に関わった。「分厚い雑誌」は、読者が政治や文学など様々なテーマで言論を共有する知的共同体の媒体の役割を果たしていた。

一八四七年から編集・発行人として『同時代人』の出版に携わることとなったネクラーソフは、『同時代人』の広告の中で四七年の執筆陣を紹介している。

「一八四七年から『同時代人』では以下の学者と作家が参加します。ベリンスキイ、ガマゾフ、グラノフスキイ、グベル、ゴンチャロフ、ダーリ＝ルガンスキイ、ドストエフスキイ、ザシャトコ、イスカンデル、カヴェリン、コマロフ、コルシ、クローネベルグ、ケトチェル、メリグノフ、マイコフ、ネボリシン、ネストロエフ、ネクラーソフ、ニキチェンコ、ナジェジディン、オガリョーフ、オドエフスキイ、パナーエフ、プレトニョフ、ペレヴォシチコフ、レトキン、サチン、ソログープ、ストルゴウシチコフ、ツルゲーネフ。」*99

この中には自然派の作家やベリンスキイとネクラーソフの文集『ペテルブルグの生理学』『ペテルブルグ文集』に参加したメンバーが大勢いる。彼らは一八四六年の初頭に雑誌『祖国雑記』から一挙に離れ、ネクラーソフが『同時代人』の出版者になった時、『同時代人』に移ったのである。*100

一八四七年の第一号では文芸欄を担当するのがパナーエフ、ツルゲーネフ、ネクラーソフであり、評論欄はベリンスキイとなっている。またこの号には無料の特別付録がついており、それにはイスカンデルの小説と、クローネベルグによるジョルジュ・サンドの翻訳が掲載された。*101

一八四七年第二号の広告では、第二号に載せられた主だった内容が著者名とともに列挙されている。イスカンデル、ゴンチャロフ、ネクラーソフ、ツルゲーネフ、クローネベルグ、ベリンスキイ、ソログープ、ナジェジディンと、やはりほとんどが自然派の作家である。*102一八四八年号では、ドストエフスキイ、パナーエフ、イスカンデル、ダーリ、マイコフ、グリベンカも参加する予定であることが報じられている。*103

このようにネクラーソフが『同時代人』に携わると同時に、ネクラーソフのアリマナフにそれまで参加していた若い作家たちのグループが、『同時代人』に活動の拠点を変えたことがわかる。ネクラーソフは『同時代人』の編集者になった後も、一八四〇年代の半ばに築いた人脈を出版活動に生かし、作家たちもまたその人脈を通じて仕事を受けていたのである。

ネクラーソフは『同時代人』の編集に携わってからも、イラストつきの文学文集の出版に力を注いだ。

中でも注目すべきは『イラスト・アリマナフ』である。これは『同時代人』の付録として企画された文集だった。この『イラスト・アリマナフ』が新たに発行されることを報じた広告が一八四八年第一号の『同時代人』に掲載された。*104

『同時代人』一八四七年第二号で一八四八年に発行予定の付録を紹介する際、ネクラーソフは注に以下の文章を付け加えている。

「ベルナルツキイ氏の出版物『ゴーゴリの叙事詩「死せる魂」の百枚の絵』を読者の皆さんはよくご存知である。このうちの大半はすでに出版されており、まもなく残りの絵が出版される手はずになっている。ベルナルツキイ氏の希望により、残りの絵の見本としてここに三枚の絵を掲載することになった。ベルナルツキイ氏の『百枚の絵』が前半と比べ遜色ない、すばらしい仕上がりであることを認めずにはいられない。」*105

その三枚とは、検閲で最も厳しい扱いを受けた「コペイキン大尉の物語」の挿絵であった。

『イラスト・アリマナフ』第一号の目次を見てみよう。第一部はスタニツキイの長編、第二部はダーリ、ドルジニン、ガマゾフ、ドストエフスキイ、パナーエフ、スタンケヴィチ、ツルゲーネフ、ネクラーソフそれぞれの短編小説と詩が掲載され、そのほかに雑記がついている。そして『イラスト・アリマナフ』に掲載される絵も紹介している。画家はネヴァホヴィチ、ステパーノフ、フェドートフ、アーギン、そして版画家のベルナルツキイが予定されていた。*106

しかし、『イラスト・アリマナフ』が世に出ることはなかった。検閲がこの時期に厳しくなり、それまでは検閲を通過した類の出版物でさえも、許可が下りることが少なくなったためである。『イラスト・アリマナフ』も例外ではなく、あらかじめ検閲の許可を受けていたが、のちに発禁処分を受けた。*107

最終的にネクラーソフは『イラスト・アリマナフ』を再編集し、『イラストつき文学文集』（一八四九）として出版した。この文集は『同時代人』の付録として出版された。これにより初めて「コペイキン大尉の物語」は日の目を見たものの、三枚のうち二枚の版画が破損したために結局掲載されたのは一枚のみであった。*108

『同時代人』一八四九年第四号に掲載された『イラストつき文学文集』の広告によると、作家のソログープ、スタニツキイ、ドルジニン、スタンケヴィチ、ダーリ、ドストエフスキイなどが作品を寄せた。絵を担当したのはフェドートフ、ネヴァホヴィチ、アーギン、ベルナルツキイであった。*109

受容層の欠落と四〇年代スタイルの衰退

ネクラーソフが『イラストつき文学文集』でやろうとしたことはなんだったのか。ネクラーソフは、『同時代人』以前に行っていたアリマナフの四〇年代スタイルの出版活動を、雑誌の付録という形で継続しようとしていたのである。メディアに備わる社会的な役割という視点から見ると、これは分厚い雑誌と木版画つき文集という異質のメディアを結びつける試みでもあった。

だがこの試みは成功しなかった。そして一八五〇年以降、『同時代人』誌はこの種の出版物をほとんど発行しなくなった。

それは何故だろうか。『イラスト・アリマナフ』の出版の企画をもとに考察してみたい。『同時代人』一八四七年第二号の広告の中で、ネクラーソフは一八四八年の付録について言及している。その中で、「一八四七年に『同時代人』を購読せず、一八四八年から購読される方には更にディケンズの長編小説『ドンビーと息子』と『イラスト・アリマナフ』を差し上げます」*110と書いている。ディケンズはイギリスでは挿絵つきで安価に出版される作家であり、読者層は比較的教育水準の低い人々を含んでいた。ロシアではディケンズはあくまで知識人階級の読み物だったがその中では比較的、軽い読み物として人気が高かった。

当時の読書状況から見ると、この付録には購読者の数を増やすというよりは、現行の購読者の読みものに新しいジャンルや文学を加えようという目的が見いだせる。

しかし、この試みは失敗におわった。イラストは「分厚い雑誌」本誌に掲載されることはなく、別冊の付録として雑誌とは区別されたメディアによらなくては出せなかった。このことはイラストが読みものや大衆紙と結びついた新しい社会階層の芸術と見なされていたという社会的文脈によるところが大きい。

『ペテルブルグの生理学』が参考にした『パリの生理学』や『パリの悪魔』などの読者、そして一八四〇年代の挿絵画家たちがこぞってまねたガヴァルニの絵をフランスで消費していた読者は、インテリではないが中程度の教育を受けた中間層であった。メディアは対象となる読者に応じて掲載内容が決まる。ロシアにはまだフランスのような中間層の読者が育っておらず、イラストを掲載するメディアは思想的に先進的で、新しいもの好きの知識人の読みものの一部をなすにとどまっており、文化的に高い位置づけにあった「分厚い雑誌」とイラストを掲載した文集は同じ発行人が企画したものではあっても異なる系譜に属していた。

言い換えれば四〇年代スタイルは、才能豊かな若い作家や画家の輩出という条件や、知識人の間に広まった社会思想、そしてイギリス、フランスにおける新しいメディアの成立とそのロシアへの導入という条件が重なったこの時代でなくては成立し得なかったものである。裏を返せばそれは、条件が欠ければすぐに成立が危うくなるほど脆弱なものであった。ベルナルツキイとアーギンの『百枚の絵』はこの脆弱な四〇年代スタイルの盛衰と運命をともにした出版物であった。

五〇年代におけるゴーゴリ作品の扱い

ゴーゴリは一八五二年に死亡した。享年四十二であった。ゴーゴリの死亡記事は『同時代人』一八五二年代三二号の一四三－一四四頁に掲載された。記事自体は『ペテルブルグ報知』第五二号からの引用であった。一時代を築いた大作家の死ではあったが、このときのメディアの反応はそれほど大きくはなかった。

だがゴーゴリの死は同時代の人々に少なからぬ衝撃を与えた。ツルゲーネフはゴーゴリが亡くなった二月二十一日にその知らせを受け、驚いて友人に書簡を送った。ツルゲーネフは三月までに更に三人の友人にあててゴーゴリの死を嘆く手紙を書いた。

ゴーゴリの死後、ゴーゴリは出版物の中でどのように扱われたのだろうか。『同時代人』一八五三年第一二号の「文学ニュース」では「ゴーゴリの伝記の試み」という論文に関する言及がある。この論文はゴーゴリの書簡をもとに書かれたもので『同時代人』一八五四年第二号から四号に掲載された。*[111]ゴーゴリの死後早くも伝記の作成が始まっていたことがわかる。

また『同時代人』一八五五年第八号には、ゴーゴリの作品集の販売を知らせる広告が載った。この作品集はゴーゴリが死の直前に自ら出版する準備をしていたもので、一八四二年に出版された作品集の再版である。実際にはこれは出版権を相続した甥のトルシコフスキイによって出版された。*[112]

更に一八五五年第九号にはゴーゴリの作品集四巻本の出版が報じられている。*[113]この作品集の出版にあわせて、ゴーゴリ作品に関する評論が雑誌に掲載された。チェルヌイシェフスキイは『同時代人』に評論を続けて書いた。

『同時代人』のような分厚い雑誌においては、一八五〇年代になってもゴーゴリへの関心は高かった。ゴーゴリは依然として偉大な作家として扱われ、ゴーゴリの死後三年間で早くもゴーゴリに関する伝記や作品集、評論が出版された。

一方、『百枚の絵』のような、分厚い雑誌や作品集以外のメディアによる異本は一八五〇年代にほとんど制作されなかった。『ロシア・イラスト・アリマナフ』でドブロリューボフがプーシキンに言及する際、ゴーゴリにもついても書いているが、ほかにはあまりみられない。

五〇年代のゴーゴリ作品の読者

一八五〇年代にゴーゴリ作品を読んだのはどのような人々なのだろうか。一八六〇年代から一八七〇年代にかけて、ゴーゴリ作品の再評価や異本の制作に携わった人々の中には一八五〇年代にゴーゴリ作品を読んで感銘を受けたと回想する人物が多い。その中には一八六〇年代の教育改革に携わり、ゴーゴリ作品をロシア語の授業の教材として用い始めた教育者のヴォドヴォーゾフがいる。

また一八七〇年代にゴーゴリ作品を題材に油彩画や挿絵を制作した画家クラムスコイの日記にも、子供時代にゴーゴリ作品を読んだ感想がつづられている。クラムスコイの一八五三年八月十三日の日記には、ゴーゴリの『イヴァン・イヴァノヴィチとイヴァン・ニキフォロヴィチが喧嘩した話』を夢中になって読んだ感想が書かれている。*114 クラムスコイは当時十六歳の若者であった。

一八五〇年代の若者たちもゴーゴリ作品を読んだが、その多くは一八四〇年代と同じく、知識人階級であった。それはイラストつきの出版物のような新しいメディアではなく、『同時代人』のような分厚い雑誌や、銀貨七ルーブリの単行本などの知識人むけのメディアによって受容された。

こうした読書事情から、一八五〇年代のゴーゴリ作品の再版において、『百枚の絵』のようなゴーゴリの異本が制作されなかったことが説明される。

四〇年代スタイルの終焉

一八五〇年代に四〇年代スタイルが活気を取り戻すことはついになかった。そして一八五〇年代末には木版画に変わって、石版画がイラスト制作の主要な技術として用いられるようになる。一八五〇年代は四〇年代スタイルの木版画から石版画、風刺画への転換期に当たる。
アーギンが挿絵画家として最後の作品を残し、ネクラーソフが発行した『イラストつき文学文集』(『イラスト・アリマナフ』の名称を変えて出版された)は、事実上、四〇年代スタイルの最後の出版物となった。この『イラストつき文学文集』は、書誌学者の間では、文集の時代区分をする際に指標としてよく取り上げられる文集である。たとえばシードロフは『ロシアの書物の装丁史』の中で四〇年代最後の文集として『イラストつき文学文集』を挙げている。[*115]またスミルノフ＝ソコリスキイは、自ら編纂した文集事典の解説の中で、一八四八年をロシアのアリマナフの時代区分に設定し、一八四八年以降の文集の幕開けとなったのが『イラスト・アリマナフ』であるという見解を示している。[*116]
シードロフも、スミルノフ＝ソコリスキイも、文集の時代区分の明確な基準を示しているわけではない。また、文集そのものはよく似た形式で一八五〇年代も発行されるし、その中には一八四〇年代のものとほとんど見分けがつかないものもある。だが、それでも『イラストつき文学文集』を一八四〇年代最後のイラスト付き文集としてみるのは理由がある。これは四〇年代スタイルのネットワークが残した最後の出版物だったのである。ゴーゴリ作品の新たな異本の制作は、一八五〇年代を経て、次の時代まで待たなくてはならない。

第二章

ゴーゴリ作品の受容の転換点

一八四〇年代スタイルは悲劇的な形で解体した。しかし、逮捕や断筆を免れて出版界に残ることのできた人々は道を引き継ぎ、一八六〇年代にはリアリズムの全盛期が到来する。

一方、ゴーゴリ作品に対する読者の熱意は、ゴーゴリが事実上、作品を発表しなくなる一八四〇年代後半から冷めはじめる。一八五二年のゴーゴリの訃報は同時代の作家や読者たちに衝撃を与え、没後も著作集が一八五五年から一八五七年にかけて出版され、関心は持続した。しかしゴーゴリ作品のイラストが制作されても出版が実現しないなど人気のかげりも見え始めた。

一八六〇年代にはこの傾向がいっそう顕著になった。画家であるボクレフスキイをはじめ、パーヴェル・ソコロフ、ジチイなどがゴーゴリの代表作に見事なイラストを制作するが、それが同時代に出版されることはなかった。一部の知識人の間ではゴーゴリへの関心が高かったが、文集においてもゴーゴリが出てくる件数は一八六〇年代にたったの四回*1と意外なほど少ない。新たな作家たちが活躍する中でゴーゴリはすでに過去の人となっていた。

しかし一八七〇年代以降、再びゴーゴリ作品への人気は高まり、作品の出版が活発になる。そして、ゴーゴリを読んだことのない階層を含む大勢の読者を獲得することになる。ゴーゴリ作品の古典化のプロセスという本書全体のテーマから考えたとき、一八六〇年代から一八七〇年代は一つの転換期とみることができる。

大改革の時代

この変化は、一八六〇年代から一八七〇年代における、ロシア社会の大改革と連動している。一八五〇年代に起きたクリミア戦争の敗北で、ロシアの社会、産業の後進性は白日の下にさらされた。ロシアの発展を妨げる最大の要因は農奴制であるとして、一八六一年に農奴解放令が出された。その内容は不徹底ではあったが、農村人口の半分を占める農奴が地主や土地から解放された。都市に出て工業分野で労働に従事する農民が増え、ロシアの工業生産量は飛躍的に伸びた。

一八六四年には地方行政改革が行われ、ゼムストヴォと呼ばれる自治体が設置された。ゼムストヴォは地方における道路建設、医療・保険、初等教育、警察業務などを国の監督下で担う行政機関であり、ロシアで初めての近代的な地方自治組織である。ゼムストヴォのもとで民衆の教育は拡大した。

このほか、司法改革、軍事改革も大改革期の重要な柱を成した。一八七四年の兵役法によって二十一歳以上のすべての男子に兵役が義務づけられる一方、体罰の緩和などにより従来ほど過酷ではなくなった軍隊で初めて読み書きを覚える農民も増えた。

こうした一連の改革は農民の暮らしを大きく変え、読み書きできる人口を増やした。さらに産業の進展により、都市に住むブルジョワジーや富裕な住民の層が厚くなったことで都市文化は一八七〇年代ごろから急速に発展し始める。人々の教育や文化環境の変化はメディアの多様化と部数の増加に直結し、出版界は新たな状況を迎えた。その大きな特徴は、基礎的な教育を受けた読者向けの雑誌や単行本などが増えたこと、従来、知識人が占有していた文学や科学を万人に開くような啓蒙的かつ娯楽的な出版物が大部数で発行されるようになったこと、こうした出版と読書の拡大を支える印刷設備や輸送網などの社会的インフラが整いはじめたことである。

文学の大衆化

社会の変化は文学の読み方にも大きく影響した。読者は階層を超え、教育水準や年齢層も超えて急速に拡大した。読む能力、職業などの点で極めて多様な集団が、未曽有の巨大な市場となって現われた。大衆読者の台頭が始まったのである。

この変化を一言で表現するなら、文学の大衆化である。これが本章のテーマである。ゴーゴリ作品がインテリゲンツィヤの専有物だった一八四〇年代の状況から、大衆読者に開かれた作品に生まれ変わるうえで、作品をめぐる文化的コンテクスト、社会的意味づけが大きく書き換えられるプロセスがあったはずである。文学の受容が根本から変わろうとする過渡期に、読み方は具体的にどう変わったのか。本章ではこれについて、三つの題材を挙げて考察する。一つ目はゴーゴリ作品のイラストレーションである。二つ目は初等教育におけるゴーゴリ作品。三つ目は大衆向けの雑誌『ニーヴァ』の付録になったゴーゴリ作品集である。いずれも多様化する読み方、読者の痕跡を辿るために重要な題材である。

大衆化をもたらしたものは何か。そして人気を回復した後のゴーゴリ作品の受容には、一八四〇年代と比較してどのような変化が見られるのか。本章ではこれについて論じていきたい。

I　複製されるゴーゴリ

1　ボクレフスキイのイラストレーション

作品の断片化

大衆化という言葉には、従来、社会の一部に占有されていたものが、枠を外れて無制限に広まっていくというイメージがある。ゴーゴリ作品について考えてみると、一八四〇年代には学生や知識人が読者の中心であったが、十九世紀末には民衆を含む広い階層がゴーゴリを知っている状況に変わっていた。この間に、大衆化が進行したということになるが、これを教育の拡大などの社会の変化からのみ説明することは難しい。

その理由の一つは、ゴーゴリ作品が言葉の点で難しいことにある。作品は豊かな語彙に溢れ、中には伝統的な事物を指すウクライナ語なども混入しており、読み書きを覚えたばかりの子供や民衆には読みこなせない。彼らは本を直接読む以外の形で断片的・間接的にゴーゴリ作品にふれたと考えるべきなのだ。

こうした状況は珍しいものではない。わたしたちも、読んだことのない小説の大体の内容を知っているということはある。わたしたちがその要因として経験的に知り、ゴーゴリの受容の現場にもよく見られた現象、それは断片化された作品がメディアに溢れかえることである。原典を経由せずに、物語世界に接続するメディアの代表格が現在では広告である。コピーやイラスト、テクストの一部などの断片をつなぎ合わせて、物語の全体像を想像することは可能であり、これによって圧縮された情報は効率よく社会に広まる。

ゴーゴリの大衆化を考えるうえで、物語世界の解体と断片化は重要な要素である。では作品はどのように分解されたのか。断片はどのように物語世界を広めたのか。これを考えるための題材として、まずは一八六〇年代に作られたイラストレーションを取り上げる。

『死せる魂』の知名度を上げたイラスト　ボクレフスキイの『死せる魂』

イラストは十九世紀において文学作品の内容を簡単に伝える最もすぐれた表現形式の一つであった。特にゴーゴリの場合、イラストの存在は重要である。十九世紀を通じて、シェフチェンコ、アーギン、ボクレフスキイ、ソコロフ、コロヴィン、イエヴレフ、ペロフ、マコフスキイ、レーピン、ミケシンその他大勢の画家たちがゴーゴリの作品を題材とした絵画、版画、挿絵を制作した。単行本で出版されたもの、雑誌に掲載されたもの、絵画として展示されたものすべてを含めると作品数は夥しい数にのぼる。

以下ではこうしたイラスト作品の一つ、『死せる魂』を描いたボクレフスキイの一連の絵（以後これらの絵をボクレフスキイの『死せる魂』と表記する）を取り上げ、ボクレフスキイの『死せる魂』の内容と、製作時期の文学やジャーナリズムとの関わりを考察する。*2 さらに一八六〇年代以降、メディアでどのように使われたのか、それによってロシアにおけるゴーゴリの受容はどう変化したのかについて考察する。

ボクレフスキイとその作品

ピョートル・ミハイロヴィチ・ボクレフスキイ（一八一六–九七）は出身地リャザン県のギムナジヤを卒業後、一八三四年にモスクワ大学に入学した。その後官吏となるが、一八四五年に聴講生としてペテルブルグの芸術アカデミーでブリュローフに師事し絵画を学んだ。一八五二年、水彩肖像画家の称号を得て卒業する。*3

ボクレフスキイは一八五〇年代半ばから画家として、主に風刺画と文学作品のイラストの分野で活躍した。初期の作品に戯画集『今度の戦争』があるが、文学作品につけたイラストが非常に多く、オストロフスキイの喜劇やドストエフスキイの『貧しき人々』『罪と罰』、ツルゲーネフの『父と子』、グリボエードフの『知恵の悲しみ』、レールモントフの『現代の英雄』、プーシキンの『エヴゲニー・オネーギン』にイラストを制作した。

中でもゴーゴリはボクレフスキイが特に好んだ作家だった。ゴーゴリ作品『ミルゴロド』『イワン・イワノヴィチとイワン・ニキフォロヴィチが喧嘩した話』のほか『検察官』*4『死せる魂』に多くのイラストを付けた。特に『死せる魂』には生涯を通じて膨大な数のスケッチを残した。アルバムの形で出版されたのはその一部に過ぎない。これらのアルバムのうち、写真製版によりボクレフスキイの絵を正確に伝える一九〇五年のゴーチエ版のイラストを分析対象とする。

ボクレフスキイの特徴は、アーギンの『百枚の絵』と比較するとわかりやすい。両者は同じ連作形式を採用しているが、アーギンが粗筋に沿って物語の場面を描き進めているのに対し、ボクレフスキイは登場人物だけを描き、物語に一切触れていない。

当時、文学作品の挿絵としては物語の場面を描いた絵が一般的だった。場面のクローズ・アップとして人物を単独で描く挿絵もあったが、ボクレフスキイの人物画はこうした絵とは異質である。ボクレフスキイの描く人物にはほとんど動作がなく、物語を示す背景もない。アルバムには一枚につき一人がページの中央に同じ大きさで描かれている。これは物語中の場面を描いたイラスト集ではなく、ゴーゴリのテクストから人物たちを切り離し、並べ直した肖像画集なのである。

ではは人物の描き方はアーギンとボクレフスキイでどう異なるのだろうか。チチコフに注目して見て行きたい。まずアーギンの場合、チチコフの顔の一番の特徴は個性のないことである。つるりとした丸い

図1.ボクレフスキイの自画像（1848年）＊5

図2.アーギン画『百枚の絵』の61枚目。夜会の場面。右端がチチコフ。＊6

図3.ボクレフスキイ画《チチコフ》（正面）。＊7

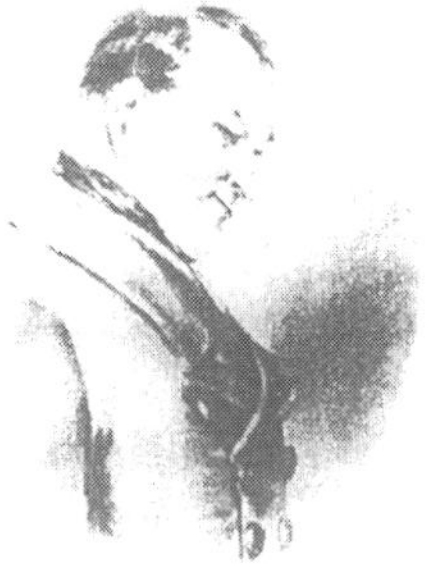

図4.ボクレフスキイ画《チチコフ》（横顔）。＊8

輪郭に小さな目鼻で眉、目、口元の表情も抑えてある。特徴づけが明確な他の人物に比べ、書き込みの少ない単純な顔に描かれている。これは、否定形を重ねることで個性のなさを強調する以下のような原作の表現と通じ合う。

「別に美男子でもないが、醜男でもなく、太りすぎても痩せすぎてもいず、老けているともいえないが、大して若いほうでもなかった。」＊9

また県知事の夜会の場面（図2）でチチコフは以下のように描かれる。

「われらの主人公は一同にも個人にも挨拶をかえし、われながらそのまれにみる如才なさに感じ入った。（中略）まったく闊達自在に右に左にと会釈をかえして、すっかり皆を虜にしてしまったのである。」＊10

ここでは別の箇所でも強調されるように、そつがなくうわべを取り繕うチチコフの高い能力が強調されている。

人物造形に関して見れば、無個性で内面を出さない顔に描いたアーギンの解釈はゴーゴリのテクストに忠実である。

それに対してボクレフスキイのチチコフはつりあがった目、とがった顎と鼻が強調された個性的な顔をしている。目を細め唇の端を吊り上げた微笑を浮かべ、表情もはっきりしている。二つあるチチコフの絵のうち正面顔（図3）は上目遣い、横顔（図4）は目線を斜め下に落とし、ほくそえむポーズをとっており、狡猾さを表現しようという狙いが明白である。

ここにはゴーゴリの描写から離れ、独自のチチコフ像を提示しようとするボクレフスキイの意図が読み取れる。原典に対し距離をとるボクレフスキイの立場は、チチコフを物語の場面に位置付けて描かなかったことにも現れている。

このことはボクレフスキイがゴーゴリのテクストに添える予定で挿絵を描いたのではないことも関係している。だが人物の顔を独自の表現で作り直すことへのボクレフスキイのこだわりはそれだけで説明できない。これを考察するため以下ではボクレフスキイが制作に用いた描写方法に注目しながら絵を読み解いていきたい。

ボクレフスキイ作品の文化的系譜

まずボクレフスキイのアルバムが醜く個性的な顔を並列する形式をと

図5.グランヴィル画《投げかけられた影》＊11

っていることに注目したい。この形式自体は珍しいものではなく一八三〇年代からフランスのジャーナリズムの領域でドーミエやグランヴィル（図5）、トラヴィエス（図6）などの風刺画家がよく用いていた。この形式にはいくつかのジャンルがあった。顔を誇張して政治家の群像を風刺的に描いた肖像漫画、

図6.トラヴィエス画《渋面》＊12

図7.ステパーノフ画《立派な人とその影》＊13

動物と人間をアナロジーで結びつけた類型像、職業や性格を類型化し固有名詞をあたえた「寓意的類型」と呼ばれる人物像などである。*14 性格の特徴と顔の造作を結びつける観相学に依拠した描写方法を駆使している点がどのジャンルにも共通している。

ロシアにおいてこれらのジャンルは一八五〇年代後半から一八六〇年代の諷刺雑誌で開花した。『イスクラ（火花）』（一八五九－一八七三）、『グドク（汽笛）』（一八六二－一八六三）に代表される、諷刺画を最大の売り物にした雑誌が登場し、N・A・ステパーノフ、N・V・イエヴレフ、A・P・レトキンなどの画家が同時代の社会、政治を諷刺した戯画を載せた。寓意的な風刺画はロシアの画家たちに踏襲され（図7）、ロシアの書籍用イラストや版画アルバムに大きな影響をあたえた。*15

このジャーナリズムにおける諷刺画の影響がボクレフスキイの絵に強く現れている。ボクレフスキイが出したゴーゴリの『検察官』のアルバムには顔、体つき共に誇張された官吏の群像が収録されている。*16 そしてこれに続くのが一八六六年頃にひとまず完成をみた『死せる魂』の連作であった。

ジャーナリズムで使用される諷刺画は人物のどの点を諷刺しているのかを読み手に瞬時に伝えなくてはならない。人間の性格を動物などになぞらえることによって記号化し、その記号を再構成して性質を誇張した人物像を作り上げる観相学の手法は五〇年代以降もジャーナリズムやイラストレーションで広く使われた。

ボクレフスキイの『死せる魂』にはそれが随所に見られる。チチコフ、ソバケーヴィチ、プリュシキンの顔は目や口もとの表情など細かなところまで記号化されている。チチコフの細くつりあがった目は狡猾さを、ソバケーヴィチの眉の奥から光る小さな目、垂れ下がった頬は疑い深さと頑固さを（図8）、プリュシキンの三白眼と嫌悪にゆがんだ口は狂気じみた偏執を表している（図9）。人物はこうした記号によって人間離れした醜い姿にデフォルメされた絵から、どんな動物になぞらえてあるのかを推測するのもこうした絵の読みとき方の一つである。ボクレフスキイの研究者オルロヴァは、「ジェルジモルドがブルドックに似ていて、ソバケーヴィチが熊に、チチコフがずるい狐に似ている」*19と述べている。

図8.ボクレフスキイ画《ソバケーヴィチ》*17

図9.ボクレフスキイ画《プリュシキン》*18

ボクレフスキイによる人物造形

だが『死せる魂』の絵はデフォルメされているにもかかわらず、他の諷刺画やボクレフスキイ自身の『検察官』の群像と異なり、コミカルな軽さが見られない。過剰なほど念入りに陰影や細部の処理を施された顔は見る者にむしろ不快感さえ呼び起こすのである。

この特徴を説明する鍵は同時代の文学理論の中にある。ボクレフスキイは『モスクヴィチャーニン』

誌の編集部に参加し、大学で知り合ったグリゴリエフやオストロフスキイとの親交を通じて文学理論を吸収した。ここで注目したいのは一八六〇年代の文学が目指した人物の構築の仕方である。

この時期の文学において人物像は物語内における経験や理念、観察などを統合する存在としての性格を強めた。人物は強い主観と独自の性格を与えられることによって想念や心理的内容の濃さと広がりを獲得した。トルストイ、ドストエフスキイ、オストロフスキイ、ゴンチャロフ、ツルゲーネフらの作品の人物には一つの類型にはおさまりきらない多様な広がりをもつ性格が形成されるようになった。[*20]個々の人物像は一般的な類型に回収されるのではなく、性格の内的深みをともなう新たな類型を作り上げたのである。

このような人物造型の方法は彼らよりも前の世代に属するゴーゴリの『死せる魂』にもある程度当てはまる。ゴーゴリの描き出した『死せる魂』の人物像はゴーゴリ自身が以下に述べるように、現実に見られるいくつかの性格を文学の中に初めて形象化する試みであった。「わたしが自分の作品の中で描きたかったのは、未だ誰からも正当に評価されていないロシア的な本性のとりわけ高い特質であり、また、未だ誰からも十分に嘲笑されず粉砕されてもいない、あのとりわけ低い特質である」。[*21]

しかし一八六〇年代の人物像はゴーゴリの人物像とはっきり異なる点があった。一八六〇年代の人物像が強烈な主観を基礎に性格を構築するのに対し、ゴーゴリの『死せる魂』の人物像には主観と呼べるものが希薄なのである。ユーリイ・マンが指摘するように『死せる魂』で内省的に自己を観察する内観が描かれているのはチチコフとプリュシキンのみであり、ほかの人物たちは「内観の最も単純な形式だけが用いられているか、あるいは内観そのものが皆無である」（秦野一宏訳）。[*22]

ゴーゴリの人物の類型は人物の内面よりも外面的な特徴を重ねることによって作られている。例えばソバケーヴィチは以下のように描写されている。「中くらいの大きさの熊そっくりに見えた。その上、わざわざ似させているみたいに、着ている燕尾服までが熊の毛色そのままだったし、（中略）顔も五コペイカ銅貨みたいに真っ赤に焼けたような色をしていた。」*[23]外面的特徴はこの場合、熊などの比喩を多用することによって描写されている。

ゴーゴリの研究者プロファーがゴーゴリ、プーシキン、レールモントフ、ブルガーリンらの作品の総語数にしめる直喩を示す言葉の割合を析出した統計によると、ゴーゴリの作品は他の作家に比べて直喩の使用頻度が高く、とりわけ『死せる魂』はゴーゴリ作品の中でも高い。*[24]外面的な特徴を重ねることによって、ゴーゴリの描写は人物をより的確に表現するというよりも、グロテスク、コミカルに外面のイメージを横滑りさせる方向に進むのである。

ゴーゴリと一八六〇年代の文学の違いを見ると、ボクレフスキイの人物像はゴーゴリよりも一八六〇年代の文学に近い。これを物語る一つのエピソードがある。ボクレフスキイは『死せる魂』の人物像を制作するにあたり、知り合いの顔をモデルに使ったというのである。サバケーヴィチのモデルはリャザン県のある地主であることはよく知られており、実際にボクレフスキイの同世代の老人はチチコフやマニーロフのモデルの名を知っていたという。*[25]

ボクレフスキイの絵は単なる記号の集積ではなく、強い主観によって統合される性格を新たに作り出したものであった。ボクレフスキイの絵が諷刺画と比べ笑えない重さを持つことはこのことと関係している。様々な記号はモデルのリアリティを核にすることで掘り下げられた性格の生々しさを伝える方向に働く。この意味でボクレフスキイの絵はゴーゴリのテクストを再現したものではなく、ゴーゴリの描き出した世界観と人物像の基本形をもとに一八六〇年代の様々な表現手法を用いて創造した、独立した作品なのである。

このことはレスコフによるアーギンとボクレフスキイの絵に関する評論にも見ることが出来る。レスコフは一八九二年の『ニーヴァ』誌でゴーゴリの『死せる魂』のイラスト作品に関し以下のように述べた。

「ボクレフスキイの絵は陽気さで賞賛されるものであり、その意味では非常に良い。しかしこれらの絵は誇張に、そしてカリカチュアにまで流れ込んでしまっている。したがってそれらはアーギンの絵と比較するわけにはいかない。アーギンは同時代人としてよく知っていたゴーゴリの典型を非常に正確に表現しようとして描いた。」[*26]

レスコフにとって原作への忠実さ、正確さはイラストに不可欠の条件であった。この価値基準のために原作と明らかな距離をとるボクレフスキイの絵は逸脱と低く評価されてしまった。しかしボクレフスキイの作品の原作からの独立性を指摘した点でレスコフの批評は的確であった。

最終的にアーギンの絵とボクレフスキイの絵を分けたのはゴーゴリのテクストをイラストに変換する際に用いるコードの違いである。アーギンの絵は小説の中で流れる時間を場面ごとに分節し、場面ごとの変わり行く表情を捉える方法をとる。ここにはゴーゴリの物語を同時代の社会を生き生きとルポルタージュ風に描くことにたけた木版画のイラストという表現形式によって伝達することに社会的意義を見出す価値観がある。この価値観の背景には、画家たちが置かれていた一八四〇年代の出版状況があった。一八四〇年代はイラストが技術、商業上の要因によって増加し始めた時期であり、同時に芝居の一こまのようなガヴァルニの絵、自然派作家たちの生理学的手法で書いたルポルタージュや小説が流行した時代であった。イラストつきメディアに掲載されたこうしたコンテンツに特有の物語性とスケッチの重視という性格が『百枚の絵』に見事に受け継がれている。

一方ボクレフスキイの絵は、登場人物に関する無数のテクストの記述から一つの像を結んだものといえるだろう。これが制作された一八五〇年代末から一八六〇年代はイラスト文集や諷刺雑誌が次々と登場し、視覚メディアが挿絵、風刺漫画などに多様化しながら出版物の中で独自の地位を占めた時期にあたる。それらの多様化した方法を挿絵に応用したのがボクレフスキイの絵だった。

コードは『百枚の絵』の一八四〇年代、ボクレフスキイの一八六〇年代それぞれの時期における視覚メディアのあり方から導かれている。この二つの時代の違いは複製としての両者の性格を分けた。アーギンの絵が『死せる魂』の原作から切り離して用いるのが難しいのに対し、ボクレフスキイの絵は小説の時間を越えた絵であり、ゴーゴリのテクストから独立させても十分鑑賞に堪えるものであった。

2　複製されるイラスト

ボクレフスキイの絵の再版

ボクレフスキイの絵は制作後、様々なメディアにのって流通した。ボクレフスキイの『死せる魂』は一八七五年に初めて『蜜蜂』に掲載された。その後『蜜蜂』が刊行を中断し、これに載るはずだった絵を『絵画時評』が買い取って一八七九年と一八八〇年に掲載した。*27

これらの絵の評判がよかったため一八八一年にチャプキン出版社が初めてイラストだけのアルバムの形で出版した（以後チャプキン版と表記する）。このアルバムのために一八七四、一八七五年にパノフが絵を木版画に製版した。しかしこの版画の質が悪く、ボクレフスキイの繊細な筆致はゆがめられ、ボクレフスキイは「汚された」と不満であった。*28 文学者のストュニンは序文の中でボクレフスキイの絵をこう賞賛した。

「彼のプリュシキン、コロボチカ、フェチニヤ、ペトルーシカ、ノズドリョフ（中略）は、一般的な意味においてばかりではなく、『死せる魂』の時代のロシアの顔という意味で典型的な人物である。（中略）様々な特徴が彼らの顔に刻み込まれたとき、彼らの魂の中になにが創造されるのかを見抜くために、その顔を見つめたくなる。ボクレフスキイの絵は、ゴーゴリの物語の不可欠の補完である。」*29

ストュニンはボクレフスキイの人物画を『死せる魂』の作品人物としてテクストに帰属させるのではなく、『死せる魂』の時代のロシアに帰属させている。ボクレフスキイの絵に見られるテクストからの独立性を積極的に評価していることは、ボクレフスキイの絵そのものが単独で鑑賞と考察に足る作品として見られていることからも窺える。

図10.ボクレフスキイ画《コロボチカ》*30

このアルバムは評判がよく、幾度も再版された。イラストのアルバムを購入、あるいは貸し本屋などで鑑賞する受容者の母体は四〇年代に比べて確実に成長していたのである。一八六〇年代の諷刺雑誌の時代を経て一八七〇年にマルクス出版社がイラスト週刊誌『ニーヴァ』を創刊したのはこうした状況を象徴する出来事だった。『ニーヴァ』は発行部数を創刊時の九千部から一八八〇年代半ばには十万部にまで伸ばした。*31 この数字は他の雑誌、新聞を大きく引き離していた。

『ニーヴァ』は「文学・政治・現代の生活のイラスト雑誌」

というサブタイトルが示すように文学や時事問題を豊富な写真や挿絵と共に読者に提供する雑誌であった。文学を売り物にし、同時代の作家に連載を任せる傍ら、ロシアや外国の名作の有名な場面を挿絵つきで紹介するコーナーをたびたび設けた。『ニーヴァ』をはじめとするイラスト雑誌の広い読者集団は、一八八〇年代半ばにはイラストと文学を組み合わせた読み方を日常のものとしたのである。

ボクレフスキイの絵はアルバムのほか一八八〇年代後半まで『絵画時評』などのイラスト雑誌に掲載された。ボクレフスキイのこれらの絵は学校や演劇にも取り入れられた。版を重ねるにつれてボクレフスキイの絵を参考に舞台づくりをしていることがしばしば芝居のポスターで宣伝されるほどの知名度を獲得した。*[32]

二極化する複製

ゴーゴリの死後五十年が経ち、著作権が消えた一九〇二年には、ゴーゴリ関連の書籍は異例の二百万部に達した。*[33]（ロシアにおける著作権に関する最初の法律は検閲に関する法律の一部として一八二八年に制定された。検閲制度における著作と出版にまつわる権利関係を明確にするためと考えられる。当初、作者の権利は死後二五年まで保護されたがその後何度か法改正が行われ、一八五七年には著作権の期限は作者の死後五十年までと定められた。一八八六年に成立した著作権保護に関するベルヌ条約にソヴィエト時代の一九七三年に加盟するまで、ロシアは独自の法体系を維持した。）一九〇〇年の『ゴーゴリ著作集』の雑誌広告において『ニーヴァ』誌はゴーゴリをまともに読んでいる人が少ないことを指摘しているが、*[34]そんな状況下でゴーゴリが広い読者たちに古典作家として認知されていた要因として、ボクレフスキイの絵をはじめとする多くのイラストの流通があったことは確かである。ゴーゴリの作品を題材にした挿絵が他の作家に比べ、特に多かったことがこれを裏付ける。

マルクス社の『ゴーゴリ著作集』は従来の版に散見された誤植や削除を排し、文献学者チホンラボフによりゴーゴリの原稿と綿密に照合され、小さな雑誌記事までも掲載し、各巻に注を付した記念碑的『ゴーゴリ著作集』であった。*35 そこには完璧なテクストによってゴーゴリの作品をより純度の高い伝統へと高め、古典としての権威を確認する出版社の方針があった。

マルクス社の方針をなぞるようにして三年後の一九〇五年にボクレフスキイの絵を出版者ゴーチエが写真製版の一種であるコロタイプで印刷した豪華版アルバムで新たに出版する。パノフの木版画によってボクレフスキイの原画が見る影もなく歪められたチャプキン版に比べ、このアルバムの印刷は写真製版のため非常に美しく、ボクレフスキイの精巧な筆致を余すところなく伝えていた。

このアルバムはゴーゴリの『死せる魂』の登場人物を各頁に掲載している。人物たちの絵の下にはイラストの番号や描いた人物の名前と並んで、絵に対応する原作本の頁の番号が記されている。原作本に採用されているのはマルクス版チホンラボフ編集による『ゴーゴリ著作集』である。

ボクレフスキイの絵は場面を描いていないので、実際には該当頁を示すことにそれほど大きな意味はないはずである。これはチホンラボフ版に準拠していることを示すためだけのしるしであろうか。ゴーチエ版のアルバムは古典を集大成した権威ある『ゴーゴリ著作集』に準拠する姿勢を見せることによってもチャプキン版のアルバムと一線を画している。

ゴーチエ版のアルバムの装丁が非常に立派であることも無関係ではない。このアルバムは本文用紙に厚い上質紙を用い、表紙は皮装の縦三十九センチメートルの大型本であった。これとよく似た装丁の本がもう一つある。マルクス出版社が一九〇〇年に出版した『チチコフの遍歴、あるいは死せる魂』であ

図11.「ゴーゴリの典型」という商品名のキャラメルの包み紙。ソバケーヴィチが描かれている。[*37]

る。これは『死せる魂』の大型の豪華本で、五百六十点のイラストがついていた。大きな判型で、本文の印刷には高級紙を用い、装丁は型押しのハードカバーである。[*36]マルクス社の古典の価値を重視する出版方針はここにも現われている。

書物はしばしば装丁、販売の仕方、種類（雑誌か単行本か）等のハード面によって内容の格までが変化する。こうした立派な装丁を施し、権威ある全集に準拠しているという事実は一八九〇年代初頭におけるゴーゴリの古典作家としての名誉ある位置づけを示すとともに、イラストの格を上げたのである。

マルクス社や、ゴーチエ版のこだわりは、ゴーゴリ作品の海賊版、誤植だらけの作品集、ボクレフスキイの絵を本人や家族に断りなく転用した出版物や、ボクレフスキイの絵を明らかに模倣したイラストによって作品のオリジナリティが侵害されだしたことに対する抵抗でもあった。しかし彼らは古典の大衆化そのものに抵抗したわけではなかった。正典化された書物を大量生産して民衆を啓蒙しようとする出版社と、彼らの理想を裏切り続ける雑多な複製品の増加はそれぞれに大衆化の一局面であった。

これらの出版物とほぼ同時期の十九世紀末から二十世紀初頭にかけてボクレフスキイの絵は書物の枠を超え、陶磁器などの工芸品や映画にも使われだした。

クズネツォフ工場はボクレフスキイのイラストを焼き付けた皿を販売し、当時最も大きな菓子会社はキャンディの包み紙にイラストを印刷した。ボクレフスキイの絵はペンの箱、郵便用紙、彫像、灰皿などにも用いられた。[*38]

クズネツォフ工場の皿がいつ頃製作されたのかは不明だが、ロシアの磁器の歴史から大体の年代が推測できる。磁器製品の絵付けの見本として版画を用いる十八世紀以来の技法は一八四〇年代以降廃れたが、一八八〇年代に再び使われだす。この技法の復活はイラスト雑誌が出版業界において種類、部数共に成長し大きな市場を獲得する過程、及びリトグラフが技法の発展につれ美的価値を高める過程と平行していた。この時期からクズネツォフ工房、コルニロフ工場などが『ニーヴァ』などのイラスト雑誌の絵を転写した磁器製品を制作する。*[39] こうした製品は一八九〇年代、二十世紀に入っても継続された。ボクレフスキイの絵皿もこの一つであると考えられる。

クズネツォフ工房はコルニロフ工房と共に二十世紀まで続いた私立の磁器工房である。この二つが存続した最大の要因は、高級な磁器製品ではなく大衆向けの日用品を大量に製造し、手広い経営を行ったことにあった。*[40]

クズネツォフ工房の絵皿やキャンディの包み紙をボクレフスキイの絵を載せた一つのメディアとして見たとき、ボクレフスキイの絵の複製としての性格を改めて考察せずにはいられない。十九世紀のゴーゴリ関連のイラストは多いが、これほど多様なメディアに転用され、生き続けた作品はほかにない。

ボクレフスキイは物語世界のキャラクター化を行った。ボクレフスキイのキャラクターたちの造形の中には彼らの性格が刻み込まれ、彼らは『死せる魂』の物語世界を指し示す記号となっているが、この記号化はボクレフスキイの作品はテクストの流れや場面ごとの具体的描写が希薄であることと表裏をなしている。アーギンとベルナルツキイの作品は独自の解釈による改変を加えているとはいえ、テクストに添って行われた二次創作であり、二次創作に対するテクストの特権性が維持されている。これに対してボクレフスキイの断片化されたキャラクターは『死せる魂』のテクストそのものに添うのではなく、テクストが指し示している世界、すなわち登場人物たちが暮らす架空の世界*41から直接、独自の創作手法によって造形を行っている。チャプキン版の序文と並びゴーチエ版の書評がボクレフスキイの絵を「ゴーゴリ作品を描いた」のではなく「ゴーゴリの同時代を描いた」と評価したことは偶然ではない。*42こうした作品の登場は、ゴーゴリの受容における一つの断層が生じたことを示している。

これが断層というほど大きな変化と考える理由は、キャラクター化が、オリジナルに対する解釈というよりもむしろオリジナルと等価の創作だからである。オリジナルのテクストから物語世界の設計図であるプロットを取り出し、それをもとに別の、しかしオリジナルと対等なほど独創的な作品を作る。それはキャラクターだけではあっても、内部に物語世界の情報を凝縮しているために、物語の特徴をコンパクトに表現することができる。

キャラクターだけでは情報として不十分であるが、だからこそ、それを見る側にとっては想像が膨らみ、楽しむことができる。さらにキャラクターは物語世界のシンボルとしても機能し、単独でさまざまなメディアに載せやすい。それ自体が広告となるのである。ボクレフスキイのイラストは、来るべき文学の大衆化に向けて、ゴーゴリ作品の受容の新たな段階を開いたのである。

複製の歴史

ボクレフスキイの絵をはじめとするイラストはオリジナルから見れば二次的な作品、いわば複製である。しかし、「作者は何をなそうと、書物を書かない」*43という言葉が示すように、オリジナルといわれる原作でさえも複製であることを免れない。作家が書くのは原稿である。それを本にするのは作家ではなく出版社や多くの職人である。原作本はオリジナルでありながら常に複製品であり、作られた時代や社会から決して自由ではない。

ゴーゴリの作品が存続するためには、まず印刷物という物の形で存在しなくてはならなかった。さらに数十年にわたり再版やイラスト作品として制作されることによって人々の間で更新されなくてはならなかった。変化を続ける受容の形態や人々の読書への欲望は、本をはじめとする複製品の制作に還元され、新たな複製品によって更に変化を進める。受容史は一つの本やアルバム、皿やキャンディの包み紙など現われては消える小さな複製の歴史である。

ボクレフスキイのイラストは、こうした小さな複製の一つである。ボクレフスキイ自身は、同時代人による回想があまり残されておらず、歴史の中では小さな人物である。だがボクレフスキイのイラストは読者や出版業、出版以外の産業との新たな関係をとり結びながら生き抜き、小さいままに多くを語る存在である。

ゴーゴリの作品が十九世紀末に古典として権威と人気を獲得した要因の一つは、ゴーゴリの作品そのものが優れていたためだけではなく、ボクレフスキイのイラストをはじめとする二次的な作品が作られて人々に愛されたためであった。

ボクレフスキイのイラストを辿ると、ボクレフスキイの同時代の人々ばかりでなく、その後の一八七〇年代以降の再版や複製を受容した人々のゴーゴリ作品に対する読み方をみることができる。そしてこれまで論じてきたように、イラストの使われ方に、ゴーゴリに対する個々の読者の関心のありようとはべつに、社会におけるゴーゴリへの関心の変化を広く見て取ることができるのである。この意味でボクレフスキイのイラスト集は十九世紀後半におけるゴーゴリの受容を例証する出版物であった。

Ⅱ　教育改革とゴーゴリ作品の読み方の変化

1　一八六〇年代におけるゴーゴリ作品の読みかえ

ゴーゴリ作品の読み方の変化

キャラクター化と並んで、ゴーゴリ作品の大衆化を進めたもう一つの注目すべき現象は、ゴーゴリ作品が学校の教材や民衆の啓蒙のための本として、教育上の意味づけを獲得したことである。こうした意味づけは一八四〇年代、一八五〇年代には見られない。これは読者層の変化、教育改革など社会の動きと連関した出来事である。以下では一八六〇年代の教育改革を経て、ゴーゴリ作品の意味づけがいかに変化したかをテーマに考察する。

一八六〇年代に農奴解放にともない、教育の拡大がロシアの課題として浮上したことを考えると、啓蒙を目的としたゴーゴリの読み方は啓蒙書が盛んに出されるようになる一八七〇年初頭よりも前、すなわち一八六〇年代に準備されたとみてよい。一八六〇年代は一般のゴーゴリへの関心が弱まったが、一部の知識人によって社会思想と関連づけた読み方が優勢となった時期である。読みかえは一八六〇年代の知識人のもとで行われた可能性が高い。以下では、一八六〇年代にどのようにして読みかえが行われたかを考察する。

ロシアの教育制度

ロシアの教育制度は大改革の時代、すなわち一八六〇年代に大きく変わる。この変化がどのようなものであったのか、それ以前の時代と比較して概観したい。

帝政ロシアにおける教育制度の大転換は、十八世紀初頭のピョートル一世の時代にさかのぼる。西欧化政策を強力に推し進めたピョートル一世は、サンクト・ペテルブルグ科学アカデミーや大学を創設し、西欧的な教育制度を導入し、それを実現する教育機関を設立した。

西欧的なシステムの上に成立したロシアの教育制度は、身分制に基づいていた。近代のロシアには、歴史的、社会的にみて身分の在り方が多様であり、かつ身分間の移動にも若干の流動性があったためにその実態は非常に複雑である。ただ、農奴解放以前の身分の区分を規定した『身分法典』を参考に整理することは可能である。ロシアでは住民の身分を本源的住民（都市住民および農村住民からなる）、異族人、外国人という三つの範疇に区分したうえで、本

図12.ニコライ・ボグダノフ=ベリスキー画《暗算、ラチンスキーの国民学校にて》（1895年制作）
1870年代頃のスモレンスク県の国民学校をモデルに描いた絵。＊45

源的住民を貴族、聖職者、都市民、農村民の四つの身分集団に分けた。*44住民は身分ごとに異なる法的権利義務を持っており、その中に教育を受ける権利義務も含まれていた。貴族階級の子弟には、海軍アカデミーや陸軍幼年学校のような特権的学校が用意され、聖職者身分の子弟には神学校や神学アカデミーが、非貴族の子弟には、その家庭が従事する職業を世襲するための学校が用意され、教育は身分を再生産する制度としての性格を強く持っていた。*46神学校等を除き、こうした教育機関は国民教育省管下に整備されたが、これとは別に宗務院管下の教区学校も存在した。初等普通義務教育は実施されず、身分に応じた学校以外への入学や進学には制限が設けられていた。*47

大改革は、貴族身分の屋台骨を支えていた農奴制の廃止に伴う貴族階級の経済力の弱体化、農村住民の都市への移動をひき起こしたために、所属の身分は変わらなくても人々の暮らしの実態は変化した。農奴解放に引き続き行われた教育改革は教育の機会の均等をめざし、具体的には大学やギムナジヤ（中等教育機関）入学への身分、宗派、民族的制限を撤廃し、卒業後の任官資格にも身分の制限を設けないことを法令で定めるに至った。これにより農民をふくむすべての国民に教育を介した社会移動の可能性が開かれた。*48

この改革がどのような目的のもとになされたのかについて、橋本伸也は以下のように述べている。

「旧来の身分制秩序が動揺し、再編を要していた状況に対応し、他方で、長くその未成熟が問題視されてきた商工業者等の中間階級の育成を必要とした時代の課題を、教育システムの面で引き受けようとするものであった。身分制そのものは温存しながらも、財産および知識・教養をメルクマールとして編成された西欧の市民社会的階層構造を組み込んだ、旧来とは微妙に異なる階層的秩序への転換を図り、専制体制を護持しながら経済発展を達成しうる新たな形式の社会秩序の形成が目指されたのである。」*49

農民の子弟を含む幅広い階層を教育の対象とすることによって中間層の創出を目指すというのが、大改革における教育改革の意図であった。その後こうした当初の意図に反する形で大学やギムナジヤをめぐる法律が改正されることはあったが、農奴解放以後の社会の流動化は進行し、都市と農村間の激しい人口移動は続いた。

こうした中で農民の身分にとどまりながら工場労働者となったり、都市で商工業に従事する者も多くいた。[*50] 彼らはギムナジヤや大学などの中・高等教育には至らなくても、多様な学習の場が提供される中で教育の機会を得ることができた。また農村においては一八六四年に設置された地方自治組織であるゼムストヴォによる初等教育が実施され、農民の子弟も、全員ではないにせよ教育を受けることができた。

教育改革の生み出したもの

大改革以降の教育改革が生み出したのは多様な職業集団から構成される膨大な人数の中間層であった。彼らこそは新しい時代の大衆読者であった。その教育レベルはギムナジヤや大学を卒業した高い水準からやっと読み書きができる水準まで幅があったものの、大改革から十年後には、ロシアの文学と出版業界は歴史上、未曽有の規模の受容集団を獲得することになる。この集団を相手とした出版活動については本章の後半で詳しく取り上げることにしたい。

教育改革は、従来の身分制秩序を超えて、近代国民国家にふさわしいロシア国民をより大きな枠組みから創出しようとする試みであったということができる。ここで重視されたのは、彼らはどのような人間となるべきなのか、どのような知識、技術を習得し、どのような社会で活躍するのかというヴィジョンであった。こうしたヴィジョンは制度の改革に先んじて確固として存在したというよりは、改革に際して生じる議論や試行錯誤を通じて形を成していったというほうが実態に近く、一八六〇年代にはまだ誰もが共有する国民像があったわけではない。しかし、コンスタンチン・ウシンスキイ*51などの教育学者による国民教育をめぐる理念はまさにこの時代の教育改革とともに登場し、大改革以後の教育の枠組みを構築する柱の一つとなった。

こうした中で、新たな教育プログラムを作る試みはさまざまな教育現場で行われた。それらは国民教育省等の方針の枠内にとどまってはいたものの、目指すべき国民像の模索を含む一からのスタートであるがゆえの自由さを持っていた。教材なども従来用いられなかったものが積極的に採用された。その中の一つにゴーゴリ作品を含む、ロシアの文学作品があった。

以下では、教育現場にかかわった教育学者たちがどのような教育を志向していたのかについて概観したのち、ゴーゴリ作品をどのような目的のもとで解釈し、教育に取り入れたのかについて実例を見ていきたい。

2 教育例

教育学者

ゴーゴリ作品をはじめとするロシア文学の作品を教材として積極的に採用したのは、教育改革にかかわったウシンスキイや、彼と方針を共にする教育学者たちであった。彼らが目指したのは、教育制度を近代的なシステムとして作り替えることであった。

国民教育省とならび、教育に関与できたのが宗務院である。農奴解放後も宗務院は僧団が開設した初等教育機関の管轄権をもち、教育省とは別個に教育活動を行う権限を持っていた。さらに宗務院の管轄する教区学校以外の学校における教育活動を指導する郡学校委員会という機関にも、宗務院の代表が委員として参加していた。しかし教育現場における神学教育は形骸化し、かつては保持していた教育に対する教会の勢力は政府により制限されることになった。*52

ウシンスキイやヴォドヴォーゾフなどの教育学者は、形骸化した神学教育を批判し、教育を教会の影響を受けない近代的なシステムに作り直すことを目指した。一八六〇年代の教育改革は教育を統制する世界観を巡る、教会と近代的教育を目指す知識人の間の争いという性格を持っていた。ウシンスキイやゲルツェンは、中等教育機関である古典ギムナジヤにおける神学教育の偏重についても批判した。

これに加え、古典語の扱いも教育改革における論点となった。ヨーロッパに比べ、ロシアの教育ではギリシア語、ラテン語の教育は徹底されていなかったが、古典語がヨーロッパの文化を根源から習得するための手段として重視されていたことは確かである。だがこの見方は、貴族的な官吏、すなわち身分制に根差したエリートを養成するというニコライ一世治下のギムナジヤの方針と強く結びついていた。大改革では、実学を中心とする教育こそが中等教育の任務であるという主張が大勢を占め、古典語偏重からの脱却を目指す者たちもいた。ウシンスキイはまさにその代表者であった。*53

彼らはニコライ一世時代、あるいはその前の時代から続く教育体制からの脱却を図った。宗教に変わって文学と自然科学、古典語に変わってロシア語やドイツ語、フランス語等の近代ヨーロッパ語でカリキュラムが組まれた。科目の変化は教授法の変化も伴っていた。ウシンスキイをはじめとする教育活動家は、自然科学やロシア語の授業で考える能力をはぐくむ教授法を、論議を繰り返しながら実践していった。*54彼らは、新たな時代の要請にかなう人材、すなわち宗教にとらわれず、論理的に思考し、社会に自律的に参画できる人間を育てる役割を中等教育に見ていたのである。

この中でゴーゴリを含むロシア文学が教育に取り入れられ、読み方が構築されていく。教育改革はゴーゴリの読みかえにどのように関係したのだろうか。

ゴーゴリ作品の授業例

ゴーゴリ作品を教材に用いて行われた授業の実践例を通じて考察したい。取り上げる授業例は数が少なく、十分に当時の文学の読み方を抽出することはできないのだが、教育改革に携わった教育者が時代の変化にふさわしい教育プログラムとして考案した授業であるという点で、国民意識、新たな人間観とロシア文学教育との関係を知る手掛かりとして有効だと考えられる。

ここで紹介するのは、教育者ヴォドヴォーゾフ*55がゴーゴリの『昔気質の地主たち』を教材として初等教育の読本の科目で行った授業である。この授業は三つの段階を踏んで進められている。

第一段階は読解の授業である。ここでヴォドヴォーゾフは地主夫婦の屋敷の描写について質疑応答を繰り返す。例えば「回廊の描写は何のためになされていますか」と質問すると生徒が「家の描写のためになされています」と答える。こうしたやりとりを通じて屋敷の作りを把握しようとする。

第二段階の解釈においては、情景描写からゴーゴリがどのような農村観を持っていたかを析出しようとしている。この際ヴォドヴォーゾフは語り手の「わたし」とゴーゴリを同一視する。

最後にヴォドヴォーゾフは生徒に作文を課す。まず読解で学んだゴーゴリの観察方法と作品のプランを確認させる。その上で生徒に作文のプラン作りなどの実践を通じて作文させる。作文の課題とは、たとえばゴーゴリが『昔気質の地主たち』に出てくるものをどのように観察して表現したのか、どのような構造の文章を書いたかという技術的な点、さらには主題をどのように表現したかという主題と文章表現とのかかわりに至るまで授業における解釈をもとに記述することである。さらにこうした学習を通じて今度は自分の身の回りのことについて、学んだことをもとに作文するという課題が出される。*56

この授業においてはゴーゴリ作品の独自性や作品世界の把握といった、文芸批評的な方向性は見られない。ヴォドヴォーゾフの読み方は徹底して、書き手が叙述した文章を、書き手という主体とその周りの世界という図式の中で把握しようとするものである。ヴォドヴォーゾフが目指した読む能力とはこの意味で、まず言葉を運用する主体を想定し、この主体が言葉を通じて世界と関わっていくことができるようになることであった。

これは、ヴォドヴォーゾフの構想する文学教育の方針に沿って組み立てられたものであった。ヴォドヴォーゾフやウシンスキイは、従来の文学教育が修辞や述語の詰め込み教育と化していると批判したうえで、より科学的と彼らが考える読解の方法を教育に組み込んだ。それがゴーゴリ作品の授業であり、身近な情景、たとえば子どもの身の回りにある教室や自然の情景を叙述した文章を実際のものや事柄に直接関連づけて把握していく読本の授業であった。*57

興味深いのは、こうした解釈の方法をヴォドヴォーゾフは実証的で科学的な方法であると考えており、このような文学の読み方が多くの教師の目を開かせたということである。ヴォドヴォーゾフはこの教育方法を、『範例と解釈による文学教育』に記した。これはヴォドヴォーゾフがジュコフスキイ、プーシキン、レールモントフ、ゴーゴリ(『検察官』『死せる魂』『昔気質の地主たち』)を用いて実証的な解釈を行った文学の授業をまとめたものである。科学的という言葉がさす意味内容には幅があるが、この場合は、読本の授業が言葉の能力、すなわち言葉を現実の事柄と結びつけ、言葉を通じて有機的に世界を把握していく能力を伸ばすことを目指したものであった。それは自己に対し世界を外界として位置づけ、客観的な観察と言語化の積み重ねによって世界の認識を深め、同時に認識の主体として自己を強化するという、近世以降の西欧の科学を成立させる基礎となった認識の在り方を、言語習得の基本段階から内面化させる試みであったと言える。文学は作家や内容以前に、西欧的、近代的な世界認識と思考の方法としての言語を習得するための教材として使われた。

新しい教育プログラムとしてのゴーゴリ作品

新しい教育プログラムで目指されたのは、言葉の習得を通じて独自の思考ができる人間の育成であった。この思考力は実践を通じて培われ、社会秩序の把握、認知の構造化などを通じて獲得される。この種の教育法には、主体が能動的、かつ創造的であり、実践とその意義の確認を通じて世界を構築していくという人間観が前提となっている。*58 こうした教育は、生徒一人一人が世界に参画し、世界を構築していくことを目指したものという意味で身分原理を超え、民主的な理念を内包していたといえる。

それならば、教材としての文学作品は有機的、論理的に統合された文章であればよく、外国文学でも用を成したのではないかと思われるのだが、実際にはヴォドヴォーゾフやウシンスキイが選択した教材には一定の傾向が見られた。

彼らが選んだのは、ロシアの民話、ジュコフスキイ、クルイロフ、プーシキン、ゴーゴリ、ネクラーソフなどであった。ヴォドヴォーゾフの考えによれば、ロシア人にとって外国の文学は現実から遠く教育的意義が薄い一方、ロシア文学はより人間的で理解しやすく、ロシア国民の国民性や現実の生活についての理解を深めるものであった。そこではロシア文学の思想は重要視されず、文学の勉強を通じて生活を変革することを目指すべきだと考えていた。*[59] 文学はロシア人が新たに国民として生きるための価値観、考え方、生活を記した情報源であり、一つのプログラムとして捉えられていた。文学を通じたロシア語の学習は、こうしたプログラムを言葉の学習を通じて習得していくことであった。

これは貴族と農民を分かつ身分制原理で捉えられる個々の社会集団や、伝統的にナロード（民衆・人民）と呼ばれてきた大多数の住民とは異なる国民という概念が教育に組み込まれていったことを示している。一八六〇年代はまだ身分や階級による教育水準や生活文化の違いは大きく、異なる階級のロシア人同士よりも、むしろ同じ階級の外国人との方が共通点は多かったかもしれない。ウシンスキイやヴォドヴォーゾフのようなリベラル派の教育学者は、現実の身分制原理を超えた理念的な社会構想によって、数十年後の未来を作る教育を構造的に作ろうとしたのである。

正統な文学としてのゴーゴリ作品

教材として選ばれた文学作品が、国民教育の構想の中でどのような意味を持つようになったのかについて、ウシンスキイが「公教育における国民性について」という論文の中で述べる国民教育の条件をもとに考察したい。

ウシンスキイは論文の中で、イギリス、フランス、ドイツなどのヨーロッパ諸国における教育史を各々の国が自国の歴史、文化を教え、それぞれの教育制度に基づく国民教育があらわれてきたという物語に編集する。そしてこうした公教育こそが近代的な教育形態であると述べている。つまり公教育は各国の国民性や歴史の中で生み出された伝統などの上に成立するものだと考えている。

ウシンスキイによると、ロシアではこのような教育が実現されていない。「ロシア教育のなかの道徳的な要素について」という論文の中で、ウシンスキイはロシアの教育はロシアの国民性や歴史、ロシアに関する知識を教えていない不十分なものであること、さらには国民教育というものがどうあるべきかということすら構想されていないと指摘する。*60

ウシンスキイは国民教育は国民とともに生まれ、国民とともに成長し、国民の歴史や国民のあらゆる特質を反映すると述べる。*61 つまり教育は国民性や伝統、ロシアについての知識を基礎として成立するべきであると考えていた。ウシンスキイが教材として選択した作品はこの意味で国民教育にふさわしい条件を備えていた。それらの作品や民話はロシアの生活のプロトタイプや民族性が見いだしやすいという特徴を持っていた。ゴーゴリとロシア性を結びつける読み方はベリンスキー以来受け継がれてきた。ウシンスキーやヴォドヴォーゾフはこうした読み方を教育の領域に持ち込み、文学作品をロシアの伝統や国民性を学ぶにふさわしい、新しい教育プログラムとして活用したのである。

国民性は、アプリオリに存在しているものでもなければ、普遍的に共有されている了解事項でもない。ナショナリティを求めるコンテクストの中で、特定の表象が、国民的・伝統的という意味を帯びるのである。ゴーゴリ作品を含む文学に国民性や正統性の核を見出すことは、広く国民を育成する新たな教育機構による発明であった。教育改革は新たな国民という枠組みの創出を目指す社会的な事業であり、この中で明確な目的意識のもと、文学が国民性育成のプログラムとして選び出され、実際に教育現場で活用されたことは重要な意味を持っている。ここにおいてゴーゴリ作品は、エリート知識人を読者とし、教養を介してその風刺性や思想、娯楽性を読み取るような知的に高度な作品であるという一八四〇年代以来のコンテクストから引き離され、身分も社会階層も超えた不特定多数を国民という枠組みに収めるための物語に切り替わった。ゴーゴリの作品のこのラディカルな意味の転換は、一八五〇年代までとは異なり、身分や民族等に限定されない全住民が、ロシアの歴史上初めて、国民という一つの均質な集団として実質的にとらえるという大改革及び教育改革の所産であった。

Ⅲ　雑誌『ニーヴァ』とゴーゴリの古典化

一八七〇年代以降、ゴーゴリ作品は再び人気を得て、メディアにおいて登場する件数が飛躍的に増加する。出版におけるゴーゴリ作品の扱いは様変わりした。人気を回復したのはゴーゴリばかりではなく、プーシキンやレールモントフなど古い作家の作品も同様であった。

こうした変化は、社会における受容のシステムの大きな変化なしには起こりえない。ではその変化とはどのようなものか。そしてそれは、これまで論じてきた一八六〇年代までのゴーゴリ作品の読み方とどのように関連しているのだろうか。以下では読者の大幅な増加を実現した雑誌『ニーヴァ』を題材に一八七〇年代におけるメディアの成長、読者の増加、共通知識という視点からこれを論じていきたい。

1　イラスト週刊誌『ニーヴァ』

雑誌『ニーヴァ』とは

『ニーヴァ（畑）』は、一八七〇年から一九一七年までペテルブルグで刊行された大衆向けの週刊誌である。A・F・マルクス出版社が創刊したロシア初のイラストつき週刊誌で、豊富なイラストをセールスポイントに、文学、政治、最新のライフスタイルなどの幅広い内容を扱ってたちまち人気を博した。

A・F・マルクス（一八三八－一九〇四）はドイツとポーランドの境にあるシュチェチンのドイツ人家庭に生まれた。一八五九年にロシアにやってきてペテルブルグのボリフ書店等で働いたのち、一八六九年にマルクス社を設立し、翌一八七〇年から『ニーヴァ』を発行した。*62

穏健な編集方針でさまざまな傾向の筆者が寄稿し、ロシア国内ばかりでなく諸外国の紹介やニュースも広く扱った。挿絵や写真も多く掲載され、広告欄も大きく、十九世紀末から二十世紀初頭のロシアの社会や関心を知るうえで貴重な資料となっている。*63

『ニーヴァ』が対象としていた読者層は年間四ルーブリの購読料を支払い、広告の商品を購入できる人々である。『ニーヴァ』を低俗な雑誌として軽蔑する知的上層階級は除外されるが、基礎的な教育を受けた人々や子供を含む中間層を読者として想定していた。こうした読者層に文学を普及させ、それまで知識人だけのものであった文化を階級降下させる役割を『ニーヴァ』は担っていた。

『ニーヴァ』の無料付録

同時代の定期刊行物の中で『ニーヴァ』の発行部数は圧倒的に多かった。その理由は、本誌もさることながら、付録の豪華さにあった。『ニーヴァ』の登場した一八七〇年代にはすでに雑誌に有料の付録をつけるという出版方式は珍しくなかった。『ニーヴァ』にも婦人服の型紙や版画の有料付録がついていた。しかし一八八〇年代初頭にマルクスは出版方針を転換し、『ニーヴァ』の付録を無料に変えた。方針転換の

図13. A.F.マルクス*64

主たる理由は、他のイラスト雑誌や文学雑誌との差異化を図ることだった。*65 このアイデアは見事にあたった。無料付録は多くの読者を獲得し、『ニーヴァ』の発行部数は創刊号の九千部から一八八〇年代半ばに十万部、一八八〇年代末には十七万部に成長したのである。*66

しかしすぐに多くの雑誌出版社が『ニーヴァ』に倣って無料の付録を付け始めた。そこでマルクスは更なる差異化を図るため、『ニーヴァ』の付録に文学作品集を加えることにした。これ以後長年にわたって出された付録には、ロシアの作家のほか、ハイネ、イプセン、ワイルドなど多くの外国作家も採録された。

一八八八年にマルクスは雑誌の値段を四ルーブリから五ルーブリに引き上げ、同時に文学作品の付録を初めて発行した。翌年はさらに購読料を上げ、代わりに二倍の量の付録をつけた。*67

しかし、文学作品の付録も他の雑誌にすぐ模倣された。『ニーヴァ』が比類ない発行部数を誇ったとはいえ、市場における競争は常に厳しかった。『ニーヴァ』と『北方』『処女地』などの刊行物との間では人気作家の獲得競争が常に繰り広げられていた。その中で『ニーヴァ』は基本的な出版方針を大きく変えずに、しかも『ニーヴァ』独自の魅力を打ち出していかなくてはならなかった。これを実現するためにマルクスは付録の分量を増やし、掲載する文学作品の質を上げた。

一八九〇年にマルクスは、年刊の付録を月刊に変更した。一八九四年には付録の数を十二冊から倍の二十四冊に増やした。このうち十二冊は九〇年に開始した月刊付録、もう十二冊がロシアの古典作家の著作集『ニーヴァ文学著作集』であった。*68

『ニーヴァ』の付録はその後も量を増した。一八九九年の『ニーヴァ』第四十三号の広告によれば、一九〇〇年の『ニーヴァ』の付録は『ゴーゴリ著作集』全十二巻のほかにも『月刊文学付録』十二巻、

『月刊流行雑誌』十二巻があり、更に色刷り壁掛けカレンダーまでついていた。*69

『ニーヴァ文学著作集』の集客力

この豊富な付録の中で読者を最も魅了したのは毎月はじめに一冊ずつ配本された「ニーヴァ文学著作集」シリーズであった（作家別の著作集ですべて十二巻本）。文学著作集を付録としてつけて以来『ニーヴァ』の購読者数はさらに増加し、一九〇〇年に出版された『ニーヴァ』の付録の『ゴーゴリ著作集』の発行部数は二十二万四千部に達した。*70

成功の理由の一つは、「ニーヴァ文学著作集」を飾った作家たちがそうそうたる顔ぶれだったことである。一八九三年から一九〇二年の「ニーヴァ文学著作集」のタイトルを見てみよう（著作集、小説集、全集などの区別は広告のロシア語にならった）。

『ロモノーソフ、エカテリーナ二世、フォンヴィジンの著作集』、『F・M・ドストエフスキイ著作集』、『D・B・グリゴローヴィチ全集』、『ボボルイキン小説集』、『ツルゲーネフ全集』、『I・A・ゴンチャロフ全集』、『N・V・ゴーゴリ全集』、『G・P・ダニレフスキイ全集』、『N・S・レスコフ全集』、『V・A・ジュコフスキイ全集』。*71

そしてもう一つの理由は、それぞれの著作集が収録作品、テクストの正確さなど内容面で充実していたことである。一八九九年の『ニーヴァ』四十三号に掲載された広告文には、翌年の付録『ゴーゴリ著作集』について次のように書かれていた。

「読者はわれわれのゴーゴリ作品集が正確さ、信頼性、充実度の点で際立っていることを、そしてわれわれの出版物がその特長においてゴーゴリの古典作家としての偉大な意義にふさわしいものであることを納得するに違いありません。」[*72]

この言葉どおり、付録の『ゴーゴリ著作集』は完成度の高い『ゴーゴリ著作集』第十版をもとにして編集されたため、テクストは正確で収録点数も多かった。ゴーゴリの主要な文学作品は初期のものから戯曲、『死せる魂』第二部まで収められ、新たに発見された原稿や書簡の一部、ゴーゴリの評論も掲載された。そして各巻に編集者の注がつけられていた。

『ニーヴァ』の文学付録に対する読者の側の見方を示す例として、ロシア革命を主導したレーニンが若かりし日に流刑地から家族に宛てた一八九八年二月二十四日付けの手紙をみてみよう。

「子供の本はここでは役に立つでしょう。というのも、プロミンスキイの子供たちは読むものがないからです。私はこういうことをしようかとさえ思います。自分で『ニーヴァ』を購読するのです。プロミンスキイの子供にとってこれは非常に愉快なものでしょう（毎週絵ですから）。ツルゲーネフの全集、『ニーヴァ』が付録として約束しているあの十二巻本が自分用です。これが送料込みで全部で七ルーブリなんですから！　ツルゲーネフだけでもまあまあきちんと出版されているなら（つまり、歪曲や削除、汚い印刷などがないなら）購読に値します。家族で誰か去年の『ニーヴァ』の付録を見ませんでしたか？　確かドストエフスキイだったと思うのですが？　そこそこの本でしたか？」[*73]

レーニンは流刑地エニセイ県シュセンスコエ村で知り合い、親しい付き合いのあったポーランド人革命家のプロミンスキイの子供たちと自分の読書のために『ニーヴァ』の購読を考えている。この手紙は、本が不足していた地方の住人、とくに知識人にとって『ニーヴァ』本誌以上に充実した内容の付録が魅力的であったことを示している。

『ニーヴァ』の付録は内容面で非常に完成度が高く、装丁や紙質の点では簡素だが正確に美しく印刷されていた。付録が充実しているあまり、本誌と付録の主従が逆転したと評されることさえあった。一九〇四年に新聞『ルーシ』で作家のフィンガルは、マルクスが無料付録のついた『ニーヴァ』の出版を止め、付録を出版しその無料付録として『ニーヴァ』を付け始めたと揶揄した。*74 実際には『ニーヴァ』本誌も多彩な内容で読者を惹きつけていたが、フィンガルの発言は『ニーヴァ』の付録の量と内容の濃さが同時代人にとって驚異的であったことを伝えている。

2　マルクス出版社の『ゴーゴリ著作集』

前述したとおり『ニーヴァ』の付録は成功を決定付けた目玉商品だった。このことは発行部数の増加から明らかである。だが発行部数の増加は成功の一局面に過ぎない。『ニーヴァ』の付録の内容に着目すれば『ニーヴァ』の成功を支えたマルクスの出版方針や使命感が見えてくる。また付録が広まった結果、人々の読書の仕方に何らかの影響があったことも『ニーヴァ』成功の重要な側面である。マルクスはどのような出版方針で付録を作ったのだろうか。付録のもたらした影響とは何だったのか。以下ではこうした問題を付録の内容や『ニーヴァ』の広告をもとに考察する。

『ゴーゴリ著作集』第十版

マルクス出版社は『ニーヴァ』以外にも、多くの本の出版を手掛ける大手であった。マルクス社は付録とは別に、一八九〇年代にロシアの作家の文学作品集を次々と出版した。一八九一年の二巻本のレールモントフ作品集に始まり、一八九二年にグリボエードフ、コズロフ、コリツォフ、ポレジャエフの作品集が出版された。*[75]この活動の中でマルクスはゴーゴリの著作集の出版に乗り出した。

マルクス社の出版したゴーゴリ著作集は、モスクワ大学の文学史家・文献学者でアカデミー会員であったチホンラボフと、チホンラボフの死後、作業を引き継いだ文学者シェンロク*[76]によって編集された『ゴーゴリ著作集』（第十―十一版）が基礎となり、これをもとに付録『ゴーゴリ著作集』（第十五―十六版）が発行された。（一八四二年に出版された『ゴーゴリ著作集』を初版（第一版）と数え、その後版を改めて発行された著作集を第二版、第三版と数える。出版社が異なる場合も通し番号で版数をふる。マルクス社の出版したゴーゴリ作品集はすべてこの方法で版数をつけている。）*[77]まずは第十版の編集の経緯について概観する。

まずマルクス社は一八九三年に出版社「サラエフ兄弟の後継者」のドゥムノフ*[78]からゴーゴリの独占出版権を十五万ルーブリという異例の高額で購入した。ドゥムノフはチホンラボフを編集者として『ゴーゴリ著作集』第十版を出版する準備をしていた。この企画をマルクスは譲り受けたのである。*[79]そしてチホンラボフと新たに契約を結び、彼を編集者として出版の準備を進めた。マルクスは第十版の編集作業と並行する形で第十一版の出版を企画し、その編集もチホンラボフに依頼した。

マルクス社の『ゴーゴリ著作集』第十版の出版は一八八九年に始まった。チホンラボフは並行してすすめられた第十・十一版の編集に携わっていたが、十版の第六巻の編集にさしかかったところで一八九三年に没したため出版は一時中断した。チホンラボフの仕事は一八九五年にシェンロクに忠実に引き継がれ、一八九六年に完結した。全七巻中チホンラボフが一―五巻を、シェンロクが六―七巻を編集した。*[80]この作品集の最大の特徴はテクストの正確さにあった。チホンラボフとシェンロクは保管されていたゴーゴリの自筆原稿や初版本とテクストを照合し、全編にわたって詳細な注をつけ、異文《バリアント》も収録した。第十版は学問の分野でも高く評価され、革命以前のゴーゴリのテクスト校訂学の最高到達点となった。また第十版を見本に編集したゴーゴリ著作集が「啓蒙」出版社やブロックハウス・エフロン社から出版された。*81第十版はゴーゴリ作品の出版史においても重要な位置を占めるものとなった。

第十版の成果は、その後のマルクス社発行による『ゴーゴリ著作集』*82に適用された。『ゴーゴリ著作集』第十一版をはじめ、その後、数十年間にわたり多くの種類の『ゴーゴリ著作集』がマルクス社より出版された。『ゴーゴリ著作集』は同じマルクス社から出版されたものであっても収録作品、形態は版によって異なっていた。例えば一九一〇年に出版された第十七版は、テクストそのものは第十版と同じだが、有名な作品のみを二段組で一巻本に収めている。このうちの一つが『ニーヴァ』の付録『ゴーゴリ著作集』だった。

付録の内容

では付録の内容について詳しく見ていこう。一九〇〇年の『ニーヴァ』の付録『ゴーゴリ著作集』は、『ゴーゴリ著作集』第十、十一版を元に十二巻本で発行されたものである。この二つの版はマルクス社からほぼ同時期に並行して出版された。このうちの第十一版の序文で、チホンラボフはマルクス版以前のゴーゴリ著作集と比較しながら第十、十一版の特徴を解説している。

チホンラボフによれば一八八三年までに出版された『ゴーゴリ著作集』、すなわち第九版以前の版には重大な欠点があった。「オリジナルの原稿と常に照合できたわけではないために校正がぞんざいになされ、（中略）時として一行丸ごと抜かされてしまったり、作家による表現が恣意的にほかの表現に変えられるなど、ゴーゴリのテクストの損傷がみられた。」*83

従来の『ゴーゴリ著作集』のこうした欠点を克服するために、チホンラボフは第十一版を編集する際

「(1)作品収集の徹底、(2)印刷されるテクストの正確さ」[*84]の実現を目指した。これは以下の三点によって達成された。「(1)チジョフの版で印刷されず、第十版に掲載されたいくつかの作品を第十一版に収録した。(中略)(2)第十一版では、『ゴーゴリ著作集』第十版でわれわれが出版した断片、草稿、未完の作品のテクストを収録した。(中略)(3)第十一版にはゴーゴリの生前に出版された作品を最終稿の形で掲載した。」[*85]

その結果、第十、十一版にはゴーゴリ作品のほとんどが掲載された。[*86]テクストはゴーゴリの自筆原稿と照合しながら校正した正確なものだった。さらに、ゴーゴリの推敲の結果生まれた複数のバリアントも載った。

『ゴーゴリ著作集』に収録された作品と資料の全内容は、一八九九年の『ニーヴァ』四十三号の巻末にある一九〇〇年の定期購読をすすめる広告[*87]で紹介されている。この広告をもとに、付録『ゴーゴリ著作集』全十二巻の内容の充実度と特徴を見ていきたい。

まず全十二巻中七巻には、書簡を含む主要な作品が収録された。第一巻にはゴーゴリの肖像画、チホンラボフの序文とシェンロクの前書き、シェンロクによるゴーゴリの伝記、『ディカニカ近郷夜話』の初版につけられたゴーゴリの序文、『ディカニカ近郷夜話』第一部・第二部が収められている。

第二巻は『ミルゴロド』と作品にでてくる小ロシアの言葉の説明。第三巻は『鼻』『肖像画』『外套』『四輪馬車』『ローマ』と『検察官』。第五巻は『死せる魂』第一部。第七巻と八巻は『友人たちとの往復書簡抄』。第九巻は青年時代の習作や『ガンツ・キューヘリガルテン』、初期作品の断片と『アラベスキ』第一部。第十巻は『アラベスキ』第二部が収録されている。

以上の巻には註やゴーゴリの古い肖像画なども入っているが、それほど特別な印象は受けない。しかし第四巻は違う。

「第四巻。ゴーゴリ直筆の三枚の絵と『検察官』の最終幕の直筆スケッチの複製写真。喜劇『検察官』への前書き。『検察官』初演の直後にゴーゴリがある文学者に書いた書簡の一部。初版に従って活字を組んだ二つの場面。『検察官』の本に収録されなかった場面。出版にあたり作家によって手直しされた『検察官』第一版の場面（一八四二年）。『検察官』の第二版のために書かれた場面（一八四四年）。第三版の変更箇所。『検察官』を貧しい人々のために出版するつもりであることを述べた予告。『検察官』の結末。『結婚』。戯曲断片。『賭博者』。『実務家の朝』。『民事訴訟』。『下男部屋』断片。『新しい喜劇上演後の跳ね』。編者註。」

第四巻には直筆のスケッチや初版の復元、『検察官』のバリアントや出版の予告文など、一般読書向けというよりは専門家が使う資料が収録されている。

また第六巻は「『死せる魂』第一部の付録資料――『死せる魂』第一部第二版の前書き。第一部に関する覚書。改変後の第四章の結末。コペイキン大尉に関する物語――A．最初のテクスト。B．検閲で削除されたテクスト。『チチコフの遍歴、あるいは死せる魂』第二部（未校正版）。編集者註。」という内容である。これもゴーゴリの覚書やバリアント、検閲で削除されたテクストなど、一般向けではない資料である。

第十一巻は『ゴーゴリ著作集』第一版に掲載されなかった以下の著作が掲載された。『中世に関する講義の構想』、『中世文献目録』、『アルフレッド（イギリス史の悲劇）』、『古代史への導入』、『タラス・ブーリバ（一八三五年の『ミルゴロド』に掲載された版）』、『一八三六年のペテルブルグ雑記』、プーシキンの『同時代人』に発表された評論その他である。

第十二巻には作家の死後出版された一八四〇年代後半に関係する著作が掲載された。『死せる魂』第一部が出版されるにあたり作家自身が手直ししたページ、『死せる魂』第二部で新たに見つかったページ、『死せる魂』第一部の登場人物のいくつかに関する作家の考察その他である。

一八九九年の『ニーヴァ』四十二号の広告は付録を以下のように宣伝している。

「一九〇〇年の『ニーヴァ』の付録につく無料の付録として予定しているゴーゴリの作品集は、十二巻に編纂されテクストの充実度と正確さの点でロシア文学におけるゴーゴリの意義の偉大さと完全に合致するものです。あらゆる点で、この作品集は最新の第十四版をはるかにしのぐものです。」*88

この付録はマルクス社発行のゴーゴリ著作集の中でも、最も完全な部類に属していた。

独占的な出版

ここまで内容の充実した付録を発行できる出版社は稀だった。作家の死後五十年が経過して著作権が切れた作品を除き、出版社は著作権の相続人に対して高額の権利料を支払って出版権を買わなくてはならなかったからだ。マルクスはゴーゴリの出版権を持つドゥムノフに十五万ルーブリ、一八九三年にドストエフスキイの遺産相続人に七万五千ルーブリを支払って出版権を購入した。また、ゴンチャロフの三作品に対して二千七百五十ルーブリ、人気のなかったフェートの全著作に対して三万ルーブリを支払った。これだけの額を支払ってもマルクス社は赤字を出さなかった。ドストエフスキイの作品を付録につけた年に『ニーヴァ』は定期購読者を五万人増やし、二十五万ルーブリの増収を達成した。*89

『ニーヴァ』に文学の付録をつけた時点で作家たちの著作権がまだ切れていなかったことは、発行部数を増大させる重要な要因だった。作家の死後五十年が経過した時点で作品は社会の財産となり、出版権を遺族から購入する必要がなくなるため出版費用は一挙に安くなる。その結果、資本の小さい会社を含む多くの出版社が作品を出版し始め、独占的な出版が不可能となり読者が分散するからである。

顕著な例がゴーゴリである。著作権が切れた一九〇二年以降、一年間に百十三万六千百部のゴーゴリ作品本が出版され、ゴーゴリの関連本の総数は二百万部に及んだ。*90 マルクスにとって一九〇二年より前にゴーゴリ著作集を出版することは『ゴーゴリ著作集』と『ニーヴァ』の付録の売上を伸ばすための必須条件だった。出版権に巨費を投じたとしても、独占的に出版するほうが利潤は大きかったのである。

有名作家の著作に巨額を投資し、それを上回る利益をあげることで雑誌を拡大する。『ニーヴァ文学著作集』はこうした拡大再生産のサイクルの中で成立していた。これを実現させる要因としてマルクスの大きな資金力と企画を成功させる商才は必須だった。

しかしこれが雑誌の無料付録であることを思い起こすとき、この充実度はいささか過剰に思われる。宣伝のために主要な作品を掲載するだけで十分ではないだろうか。マルクス社による付録の完成度の追求を見たとき、我々は宣伝とは別の目的があることに気づかされるのである。

3　読者の創出

出版者の使命

では、別の目的とは何だったのか。これを考える手がかりは『ニーヴァ』本誌にある。『ニーヴァ』は「文学・政治・現代の生活のイラスト雑誌」というサブタイトルどおり文学作品を中心としながらも首都のイベントや政治関連の簡単な記事を載せた雑誌である。それ以外にも科学や珍獣に関する記事、パズルやチェスのクイズなど内容は多彩だった。ページごとに大きなイラストがつき、文字は少なめで、全体に娯楽目的の紙面作りであった。

だが、一つ一つ見るとイラストは従来の報道画のジャンルを古典的なスタイルで描いたものが大半である。文学作品の挿絵や名士の肖像画、イベントの場面などが多く、人物画やカットはモダンな流行を取り入れつつも基本的には十九世紀半ばまでに確立した描き方を踏襲し、諷刺性が弱いため保守的な印象を受ける。記事の内容も、スキャンダルや煽情的なものではなく、名士の紹介や文学関連の記念式典の模様などが選択された。家庭向けの雑誌というコンセプトにふさわしく『ニーヴァ』は年齢・性別の異なる読者の読書に耐える保守的な文学雑誌であった。

雑誌の傾向や水準の評価は、常に相対的である。確かに高等教育を受けた一部の知識人にとっては、『ニーヴァ』は水準の低い娯楽雑誌でしかないだろう。同時代人の証言によればマルクスは商才に長けていた一方、生涯ロシア語に通暁することはなく、文学の真の価値も理解していなかったと言われる。同時代におけるマルクス像は「読者の製造者」というあだ名が示すとおり利益優先の出版者というものであり、このイメージの延長で雑誌『ニーヴァ』の傾向も評価される。

だが『ニーヴァ』に対する見解で今日まで残っているものは知識人の言葉が多いため、われわれが『ニーヴァ』を評価するときにも彼らに近い目線をとりがちになることには注意すべきである。読者たちは、知識人とは違う目で『ニーヴァ』を見ていたはずである。『ニーヴァ』の読者は読書が自由にできる環境にはなく、本を好きなだけ買う経済力もないが、中等教育を受け、知的好奇心に目覚めた人々だった。『ニーヴァ』は文学や科学の知識を手軽に提供し、絵や文学の豊富な付録がつき、しかも安かった。読者の間にも教育水準や経済力に幅はあったが、彼らにとって『ニーヴァ』は決して下らないものではなかった。

マルクスは、他誌との厳しい競争の中で付録を増やすなどの工夫をしたが、本誌の編集方針をより大衆的なものに変えることはしなかった。そして常に出版者には啓蒙活動をする義務があるという使命感を持ち、利益よりもロシアの文化への貢献を優先していることをアピールした。

アドルフ・マルクスの追悼号となった一九〇四年の『ニーヴァ』五十号には、以下のような文章が書かれた。

「そう、マルクスは作家と作家の本を社会の財産とし、人々に愛されるものとし、ロシアにおいてロシアの作家を解放したばかりではなく民主化したのである。（中略）彼は、民衆の啓蒙という畑に種をまく人であった。彼はこの大きな事業には資金も労力も惜しまなかった。（中略）いまや彼によってかたく組織立てられた民衆文学の光による民衆啓蒙の事業はしっかりと確立し、これを揺るがせるのは困難である。」*[91]

マルクスが『ニーヴァ』とその付録の出版を通じて実現しようとしていたのは、知的好奇心の芽生えた読者に知識と文化を広めることであった。

読書スタイルの提案

マルクスの出版者としての使命感を踏まえた上で、『ニーヴァ』の付録『ゴーゴリ著作集』の広告文を読んでみたい。

一八九九年の『ニーヴァ』四十三号の広告欄*[92]で、マルクス社は一九〇〇年の付録としてゴーゴリを選んだ理由の一つに作品の「一流の芸術的な美点、作品が絶え間なく掻きたてる興味」を挙げている。

祖国の優れた芸術を民衆に開くことを出版方針の一つとする『ニーヴァ』にとってこれは当然のことといえるだろう。

それに加えてこの広告文では人々がゴーゴリを知ることの意義が強調された。

「ゴーゴリを知らないということはロシア文学の栄光と誇りを知らないということです。ゴーゴリを知らないということはロシア文学の華やかな開花の源と理由がわからないままでいることを意味し、世界文学の最も優れた作品群の一つを省みないことを意味します。」

この文章の前提には、『ニーヴァ』読者はゴーゴリを満足に読んでいないという認識があった。この認識は、後で詳述するが、一八七〇－一八九〇年代には学校教育によって文学作品を読む能力を備えた読者が増加する一方、図書館や書店は少なく、読書環境が整備されていなかったことと関連している。しかし、彼らが古典に触れる機会がなかったわけではない。少ないながらに図書館はあり、書店では作品集や海賊版が売られていた。人々が乏しい本や不正確なテクストを通じて作品を読み、ゴーゴリという古典作家に興味を抱いていた可能性は大きい。

広告の続きの文章はそれを裏付けている。

「ゴーゴリの作品が（中略）大きな教育的意義をもっていることは誰もが認めるところです。ゴーゴリは学校においてゆるぎない位置を得ています。どんな学校も家庭も、プーシキンと同様、ゴーゴリなしにはすまないのです。しかしゴーゴリ作品は高価なためにまだあまり広まっていません。これらすべての理由により、われわれは来年の『ニーヴァ』の付録としてゴーゴリの作品を読者に提供します。」

ゴーゴリ作品の意義は誰もが認めるが、本は手に入りにくい。『ニーヴァ』はこうした読書状況を打開するために、無料でゴーゴリ作品を提供するのである。広告文はゴーゴリ作品の教育的意義に触れ、読書の場として学校と家庭を挙げている。実際には『ニーヴァ』は家庭向けの雑誌で世帯単位の購読が多かったので、『ニーヴァ』が意図している付録の提供先として事実上、重点がおかれているのは家庭である。

古典文学全集が月刊付録で送られてくることもさることながら、自宅に立派な全集を所有して読むという読書形態は当時非常に新しかった。雑誌の付録として毎月一巻ずつ古典文学全集を購読者の家に届けるという方式を『ニーヴァ』が採用する以前には古典を自宅に揃える読み方は特権階級にのみ許された贅沢だった。ゴーゴリ作品の出版物は一八八〇年代でもすべて合わせて一万部以下、マルクス社の『ゴーゴリ著作集』第十版以前に出された四巻本は三千部程度しか売れなかった。[*93]『ニーヴァ』が文学付録を始める前に、『ニーヴァ』を読む階層の読者が古典を自宅に所蔵することを明確な形でイメージしていたとは考えにくい。階層間の習慣の違いが大きい上に、読者それぞれの読書の方法や作品の好みにはまとまりがないからだ。しかし古典の一部をかいま見るような半端な形での読書を通じて人々の古典への欲望はかえって刺激された。現に古典に対する需要が一八八〇－一八九〇年代に増大していたことはこうした読者の欲望の一端を表していると考えられる。

『ニーヴァ』はこうした集団に対して、送られてきた古典文学全集を自宅で受け取り、所有するという古典との関わり方そのものを提示した。この付録が十万人以上の人々をひきつけた結果が『ニーヴァ』の発行部数の増加であった。『ニーヴァ』は読書に対する欲望に定期購読と所有という方向性を与え、大規模に規格化したのである。マルクス社は、こうした読書形態を通じてゴーゴリの「教育的意義」を人々の間に広めようとした。

では、ここで言う「教育的意義」とは具体的に何をさしていたのだろうか。『ゴーゴリ著作集』の広告にある以下の文章がこれを考える手がかりとなる。

「ゴーゴリを知らないということは（中略）ロシアの生活について、その不完全さと豊かな力を含め熟考することを望まないことを意味します。というのも、ゴーゴリ自身とゴーゴリが描いたロシアは、ロシアの生活にある豊かな力のひとつの表れであることは明らかだからです。（中略）この不滅の作品すべてがロシアの魂のもっとも完全な発露の一つとなっています。ゴーゴリを知らずして、ロシアの民衆の魂を知ることは不可能なのです。」[*94]

ここではゴーゴリの作品が単にロシアの生活やロシアの魂を題材にしているだけでなく、その発露として語られている。ゴーゴリ作品を読むことの意味は、単に教科書や読本として読むことにあるのではなく、ロシアの魂や民衆の魂について人々が多くを知ることに求められているのである。

このあと広告は「われわれの目的が達成されるのは、われわれが読者にゴーゴリの作品を完全な形で提供したときだけである。」[*95]と述べているが、それはなぜなのだろうか。

付録の目的が、単に主要なゴーゴリ作品を読者に読ませることではないことは、過剰ともいえる充実度から明らかである。だがマルクスがゴーゴリの書いた書評や作品のバリアント、検閲で削除された箇所まで読むことを読者に対して期待していたとは考えにくい。『ニーヴァ』が読者に新しい古典の読み方を提示したことを考え合わせると、マルクスは読者が詳細に著作集を読むことよりも、むしろ、読者が著作集を所有しいつでも読める状態をつくることに重点をおいていたのではないだろうか。

このように考えると、『ゴーゴリ著作集』の存在意義はいつでも好奇心や知的欲求を満たし、ロシアの文学や民衆の生活や魂と言われるものについて教えてくれる事典のような役割に収斂する。大勢の人々がロシアの文学や生活に関するイメージや知識を構築すること、そしてそのもととなるにふさわしい文化遺産として人々に所有されることに『ゴーゴリ著作集』の意味があった。実際にマルクス社発行のゴーゴリ著作集は、異文の集成、歴史的・文学的視点からの豊富な註という特徴から、ゴーゴリの百科事典と呼ばれた。*96 この付録はすべてが読まれないとしても、事典のようにゴーゴリの世界を包括的に体現する完全なものでなくてはならなかったのである。

『ニーヴァ』の読者とは、そしてロシア文学の新たな読者とは、こうしたコンテクストに従って、メディアが指し示す身振りや思考を我が物として行う人々であった。したがって、彼らについて考察する際、階級や教育レベルなどの指標からだけで定義することはできない。彼らが読者として存在を始めたのは、思考を内在し、ある程度自律的なネットワークシステムをもつ、メディアとつながりを得たときであった。

古典文学の記号化

『ニーヴァ』が付録として発行した「ニーヴァ文学著作集」シリーズには、ゴーゴリの他、ロモノーソフ、ドストエフスキイ、グリゴローヴィチなどの作家が名を連ねた。十八世紀から十九世紀前半の文学全集のシリーズ化は、古典文学というカテゴリーがこの時期に広い読者に向けて力を持ち始めたことを示している。古典文学というカテゴリーはそれ自体に実体があるわけではなく、有名作家の名前と古典文学であるという保証つきで流通する記号であった。古典の内容よりもむしろ記号に意味を見いだし、古典を新たに知識として蓄え、開放された知の領域に新たに参入しようとする階層の存在が付録の人気を支えていた。

『ニーヴァ』はメディアの力を生かして文化を新しい読者階層に啓蒙する役割を実践した。ここに、当時のロシアにおける文化の枠組みと受容の変化を見ることができる。

これは古典文学が構築されるプロセスであった。作品の選別を行わせたのは、作品にまつわる言説や扱い方などの外的条件であった。例えば『ニーヴァ』は啓蒙を目的として作品の一部のみを紹介する形で掲載した。この編集方針にはすでに認定されている文化を単純化し、伝播する価値があるとする考え方が現れている。

評論や知識人の見解の集積によって保証された作品の社会的評価が雑誌の編集の基準として優先されていたのである。完成度の高い付録にしてもそれは同じことであった。付録のゴーゴリ全集のように、テクストの正確さや網羅性を追求することによってアピールされた作品そのものの価値に対する忠誠は、実は記号化した古典文学の流通を促すためのオプションであり、同時にゴーゴリの古典としての価値を示すオプションであった。まずは知識や枠組みを学んでから、本物を手にして読んでみるという文学への接し方をメディアが誘導し、読者たちはそうした読み方を受け入れていた。

この時期における古典文学の観念は出版社と読者の文学を巡るこうした行為の様態を含む場で構築された。その中で完成度の高さを追求した『ゴーゴリ著作集』は出版そのものがゴーゴリの古典としての価値を表わすシンボルだといえるだろう。

4　ニーヴァの成長の背景

読書環境

次に、『ニーヴァ』の成長の社会的な背景に目を向けたい。それ以前の時代と比較して、大きな転回を見せた出版・読書環境は、社会の複数領域にわたる構造的な近代化と密接にかかわっている。『ニーヴァ』の成功の背景を探りながら、これについて考察していきたい。

『ニーヴァ』の成功は、出版者のマルクスの才覚に負うところが多いように思われるが、実際にはそれだけで決まったわけではない。例えば十九世紀半ばのロシアでは、読者が少なかったため『ニーヴァ』のような企画をたてる出版者は存在しなかった。また一九一〇年代に入ると雑誌の読者は『ニーヴァ』から後進の『ロージナ』や『アガニョーク』に移っていく。『ニーヴァ』の付録の成功は十九世紀末から二十世紀初頭における多様な要因が重なったところに生じた現象だった。

要因のうちの一つとしてまず田舎における読書環境に目を向けたい。一九〇四年の『ニーヴァ』五十号で作家・文学者のスヴェトロフは田舎のインテリには本も読書の習慣もないことを指摘した後に、一八九〇年ごろの地方の図書館の悪条件について記述している。

「読み物を手にするためには、三十‐四十露里離れた町に赴いて図書館から何冊か本を借りてこなくてはならなかった。図書館には普通非常に本が少なく、最も人気のある本は常に借り出されていた。というのも大抵多くても二部しかおいていなかったからだ。本の大半は読まれすぎてぼろぼろになり、ページが破れていて（中略）ロシアの優れた作家たちの作品の多くは、図書館から『排除』されていた。」*97

この頃に地方の図書館の数が少なかったことは、統計から裏付けられる。『ロシア帝国統計』*98には一八八七年の県・州ごとの図書館数が記されているので、この中から平均的な図書館数の県を選んで列挙しよう。例えばヴャトカの図書館は十八、ノヴゴロドは十四、リャザンは十二。ヨーロッパ・ロシア以外の地方になると、シベリアのエニセイは七、ウラルは六、カザフのトゥルガイがゼロと少ない。しかしペテルブルグとモスクワの図書館数は他県と比べて圧倒的に多く、ペテルブルグ県は五十九、モスク

	総人口（人）	識字率（%）		識字人口（人）
ヨーロッパ・ロシア		全体	都市部	
ペテルブルグ	1,264,920	62.6	63.9	791,839
モスクワ	2,430,581	40.2	55.7	977,093
ヘルソン	2,733,612	25.89	43.86	707,732
キエフ	3,559,229	18.1	45.8	644,220
スモレンスク	1,525,279	17.3	51.4	263,873
ドン	2,564,238	22.4	42.9	574,389
アルハンゲリスク	346,536	23.3	53.7	80,743
その他				
ウラル	645,121	12.3	38.2	77,414
トゥルガイ	453,416	4.5	24.4	29,835
アムール	120,306	24.8	39.5	20,403

表1　各県・州の人口と識字率・識字人口

ワ県は四十九あった。この数字から、ペテルブルグ、モスクワと他の地方との間には読書事情の点で大きな格差があったことが窺える。

そこでペテルブルグ、モスクワと他県の読書事情の格差について、図書館の数だけでなく人口、識字率も含めより詳しく調べてみよう。以下では便宜上ペテルブルグとモスクワを中央、その他の地域を地方と呼ぶ。ここで用いる資料は①一八九七年にロシア全国で行われた国勢調査*[99]②『ロシア帝国統計』*[100]の各種印刷所・図書館・書店数の統計（ヨーロッパ・ロシアは第四十巻の一八九六年のデータ、その他の地域は第十巻の一八八七年のデータ）*[101]の二つである。①で人口・識字率を、②で図書館と書店数を参照した。

まず表1では、資料①をもとに各県・州の人口と識字率、識字人口をまとめた。*[102]

ヨーロッパ・ロシアの内部では、各都市部の識字率にあまり差がない。しかし県単位でみると中央と他県の差は大きい。一方、ヨーロッパ・ロシア以外の地域では都市部の識字率がヨーロッパ・ロシアに比べて低い。県単

	識字人口	書店	図書館	合計	A	B
ヨーロッパ・ロシア						
ペテルブルグ	791,839	320	54	374	14,664	2,117
モスクワ	977,093	228	50	278	19,542	3,515
ヘルソン	707,732	80	26	106	27,220	6,677
キエフ	644,220	48	19	67	33,906	9,615
スモレンスク	263,873	22	25	47	10,555	5,614
ドン	574,389	32	11	43	52,217	13,358
アルハンゲリスク	80,743	9	2	11	40,372	7,340
その他						
ウラル	77,414	1	6	7	12,902	11,059
トゥルガイ	29,835	–	–	–	–	–
アムール	20,403	–	–	–	–	–

表2　図書館一館あたりの識字人口と書店一軒ないし図書館一館あたりの識字人口

位の識字率にはばらつきが見られ、トゥルガイは特に低い。

次の表2では、表1にある識字人口と資料②の書店・図書館数の統計を用いて図書館一館あたりの識字人口（識字人口÷図書館数）＝A、書店一店ないし図書館一館あたりの識字人口｛識字人口÷（図書館数＋書店数）｝＝Bを算出した。

Aの値は一つの図書館を利用する識字者の平均人数を表している。Aの値が大きいほど、一つの図書館の利用者は多い。逆に言えば、Aの値が大きいほどそれに反比例して、識字人口に対する図書館の割合が低くなる。スモレンスクを除くヨーロッパ・ロシアの各県の図書館は、単に数が少ないばかりでなく識字人口に対する割合も低いことが項目Aからわかる。またこの結果は、先に引用したスヴェトロフの記述を裏付けている。

更に踏み込んでロシアの各県でどれほど書籍が入手しやすかったかを調べたのが項目Bである。書店と図書館は運営の方法や目的で大きく異なるが、本を提供するという役割では共通している。そこで識字人口を書店と図書館の数の和で割り、一つの書店ないし図書館の利用者の平均人数を出した。これもAと同様、Bの値が大きいほどそれに反比例して、識字人口に対する図書館・書店の割合が低くなる。

具体的に数値を見ると、書店・図書館数がヨーロッパ・ロシア五十県の中で第九位*103であるキエフでさえ、一つの書店ないし図書館の利用者はペテルブルグの四・五倍もいる。南ウクライナのヘルソンも多く、ペテルブルグの三倍の利用者がいる。人々が本を入手できる施設がどれだけあったかという点から計算したBはA以上に忠実に実態を反映していると考えられる。そのBから見た地域格差はAよりも大きい。

ヨーロッパ・ロシア以外の地域になると、図書館数と書店数は更に少なくなる。トゥルガイやアムールについては、値が表記されない理由が統計資料の中で特に言及されていないため、数値が不明なのではなく一般に開放されている図書館・書店数がゼロなのだと考えられる。トゥルガイでは読み書きのできる人間が三万人近くいたにも関わらず、書店や図書館がないことから、本の入手が困難だったことが推察される。

表1、表2から以下の二点が明らかとなる。まずヨーロッパ・ロシアにおいて中央と地方の間には識字率に大きな格差があったということである。これは教育格差が大きかったことを示している。第二に、教育格差以上に書店や図書館の数の差が大きかったということである。読み書きはできても本が不足している状態が地方では常に続いていたのである。ヨーロッパ・ロシア以外の地域では、本不足はより深刻だった。

『ニーヴァ』の購読部数の多さ

こうした読書事情の地域格差と『ニーヴァ』の地域ごとの購読部数には関連が見られるのだろうか。それを考察するための糸口として一九〇四年の『ニーヴァ』五十号に掲載された『ニーヴァ』の地域ごとの購読部数を見ていきたい。

「特に『ニーヴァ』の購読者が多いのはペテルブルグ県で、三万八千九百六十五部、モスクワ県はその半分、かなり多くの数の購読者がいるのはヘルソン県（オデッサ含む）で、一万千四百八部。キエフ県は八千八百四十部、ドン州とエカテリノスラフ県はそれぞれ六千部以上。カフカスで一番少ないのはカルス州で八百六部、トゥルガイ州は百十九部。」*104

一九〇四年度の『ニーヴァ』の全購読者は二十五万人である。これほど多くの雑誌を印刷・製本するにはどれほどの規模の印刷所が必要だったのだろうか。ペテルブルグにはマルクス社の経営する印刷工場があった。その工場の大きさや職人の数、工程について、同じ一九〇四年の『ニーヴァ』では詳しく記述されている。当時の印刷所の様子を詳細に伝える珍しい記録なので、長くなるが引用する。

「しかし、私は非常に大きい『ニーヴァ』専用の印刷所を歩き回ることで、改めて『ニーヴァ』の意義を目の当たりにした。この贅沢な建物の両翼いっぱいに印刷機がおかれ、四階と五階はそっくり、例えるならピネガやホルモゴルイのような人口千人ほどの田舎町のようであった。

印刷所全部を早足で通り抜けるには一時間ぐらいかかると言えば十分だろう。ピネガやホルモゴルイの町ならもっと早く回れるはずだ。

『ニーヴァ』の印刷所の主要な箇所を回って、目に入ったものについて話すことにしよう。

主要な機械のあるホールでは幅二アルシン、直径一アルシン（一アルシン＝約七十一センチ——大野）もある巨大な巻紙が眼にはいる。これは、輪転機用の紙である。輪転機は、一日にこの二千ルーブリ相当の巻紙を十二個も消費する。一年に一千万冊以上の「ニーヴァ文学全集」と「文学付録」がこの「終わりのない」紙のページからできている。

ほかの場所では、刷り上った紙の折りと丁合が行われている。ここは、女性の仕事の王国である。*106

丁合の仕事はすばやく、きちんと行うためのかなりの熟練を必要とする。すべてのページは最後のページから順番にいくつかのテーブルに山のように積み重ねられ、職工は一列になってテーブルを進み、最後のページが一番下で、最初のページが一番上になるようにページを集めてゆく。丁合が済んだら、すぐに本は片側に積み上げられ、それをすばやくほかの職人たちがつかみ上げてページのふちを揃え、糸かがり綴じの準備をする。

迅速に、熟練の娘たちがページの束を手に持って機械を動かす。縦に三サージェン（一サージェン＝約二メートル）はあるテーブルを一分間に二回ほど進む。一日で彼女たちはこの三サージェンを千回、すなわち六ヴェルスタ（一ヴェルスタ＝約一キロメートル）進む。この職人たちの大部分は若い女性である。彼女たちは非常に筋力が強い。機敏な者では十時間で平均十六枚から成る本を千冊手がける。つまり、一万六千枚、重さで言うと三十プード（一プード＝約十六キログラム）をさばくのである。

図14.マルクス出版社の印刷工場の内部。*105

『ニーヴァ』を読者に届けるには雑誌に小説や絵を書くための知性や才能の力だけでは不十分で、その上にかなりの筋力が必要というわけである。

さらに進むと、背をかがる糸綴じ機の部門に着く。ここで何冊の本の背をかがっているのかは、以下の特徴的な数字が示している。背をかがるために一年に、三千ルーブリ相当の糸が使われているのである。

もうわれわれは仕上げの仕事の部門までやってきた。表紙を貼り付け、製本するのである。内部の仕事が終わると、発送作業が残っており、本を灰色の帯封に包んで印刷されたアドレスを貼り付ける。付録の本と一緒に、雑誌の最新号が荷造りされる。」＊108

この記事から『ニーヴァ』をはじめ、マルクス社が発行した出版物がどれほど多かったかがわかる。

地方の購読者

一九〇四年の講読者は二十五万人で、そのうち約六万人がペテルブルグとモスクワだとすると残りの十九万人は他の地域の購読者である。ペテルブルグの出版社の発行する雑誌が十九万部も地方で読まれていたことは当時の出版産業では異例だった。『ニーヴァ』の成功を支えたのは地方の購読者だったと言っても過言ではない。

図15.マルクス出版社の印刷工場の内部。＊107

	書店	図書館	合計	C
ペテルブルグ	320	54	374	104.18
モスクワ	228	50	278	69.78
ヘルソン	80	26	106	107.62
キエフ	48	19	67	131.94
ドン	32	11	43	139.53
エカテリノスラフ	22	18	40	150

表3. 各県における書店・図書館数と、書店一軒ないし図書館一館に対する『ニーヴァ』購読者数

このことは、地方の不十分な読書状況と関連があるのではないだろうか。毎週郵送で配達される『ニーヴァ』は、地方の人々にとって貴重な図書だったはずである。『ニーヴァ』が彼らの読書全般の中で大きな比重を占めていた可能性は十分ある。

これを確かめるため、各県における書店・図書館の数と『ニーヴァ』の購読者数の間の関連を調べてみよう。ヨーロッパ・ロシアの五十県における*[109]各種印刷所・書店・図書館の数を『ロシア帝国統計』（一八九七年発行）*[110]から、購読者数をエイゼンの記事から取り、表3にまとめた。またCは図書館または書店一店に対する『ニーヴァ』の購読部数（ニーヴァの部数÷（図書館数＋書店数））である。これにより各県の読書環境における『ニーヴァ』の需要の大きさと読書全体に占める『ニーヴァ』の比重（ここでは「読書率」と呼ぶ）を大まかに比較してみたい。ただしエイゼンのデータは一九〇〇年前後の数値であるのに対し、統計は一八九四年と時期に開きがあるため、ここでは概要を提示するにとどめる。

ペテルブルグは書店・図書館数がロシアで一番多いが『ニーヴァ』の読者率も低くはない。これはペテルブルグがマルクス出版社の本拠地であることや、送料が安い分、他の地域よりも『ニーヴァ』が安価だったこと、そして識字率が高いことが要因であろう。それに対しモスクワは『ニーヴァ』の読者率が低い。ヘルソンはヨーロ

ッパ・ロシア五十県のうち五番目に書店・図書館が多いため、『ニーヴァ』の読者率はペテルブルグとほぼ同じ高さである。しかし残りのキエフ、ドン、エカテリノスラフは他の三県に比べ『ニーヴァ』の比重が高い。また書店・図書館数が少なくなるほど『ニーヴァ』の読者率は高くなっている。以上のことから地方の住民の読書における『ニーヴァ』の読者率はペテルブルグやモスクワに比べて大きかった可能性が高い。

郵便の発達

郵便事情も、地方における『ニーヴァ』の発行部数を上げる大きな要因だった。下のグラフは郵便制度の発足した一八四八年から一八九五年までの、ロシア全国の郵便事業における取扱い料金の総額の推移を表したグラフである。ここで算出されているのは切手、郵送料金が代金に含まれた封筒、葉書などの郵便商品、手形の料金である。*111

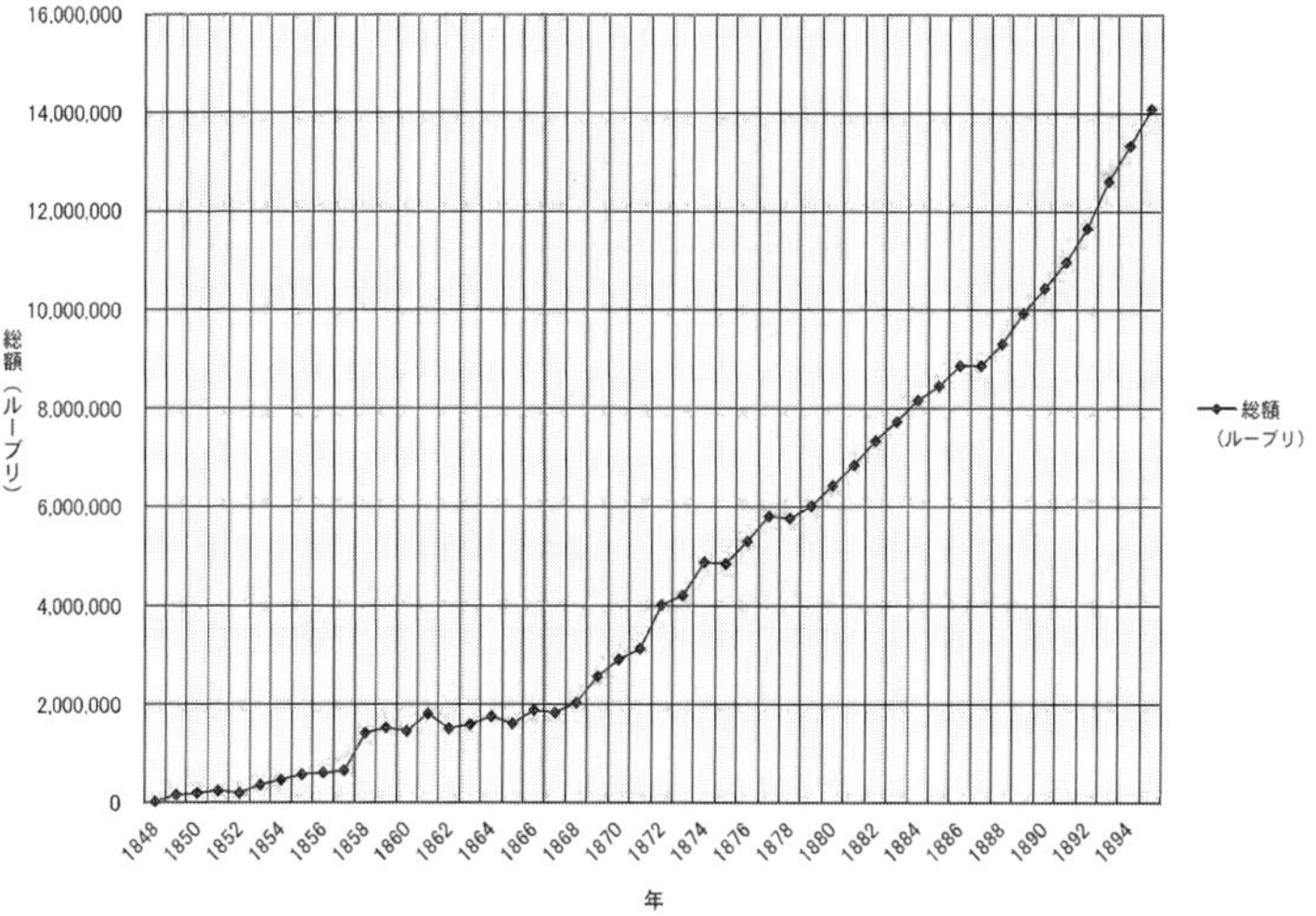

ロシア全国の郵便事業における郵便料金の総額の推移（1848年-1895年）

横軸一目盛りが一年単位で、一八四八年から一八九五年までを示した。縦軸一目盛りが二百万ルーブリである。『ニーヴァ』の創刊された一八六九年から一八九五年にかけての伸びは大きく、一八六九年の二百五十五万八千八百三十ルーブリから、一八九五年には千四百九万五千四百四十二ルーブリと約五倍に増加している。*[112]

ロシア全国の郵便の配達経路も拡大した。一八八八年から一八九五年までの、フィンランドをのぞくロシア帝国内の郵便経路の距離、および前年より拡張した距離が表4である。*[113] 郵便経路に含まれるのは鉄道・舗装道路・無舗装道路・農道・海・湖・川の水路、計七種類である。

各種の経路の中でもっとも拡張したのは鉄道で、一八八八年の二万六千九百七十五露里から一八九五年には三万五千三百二十露里に延びた。一方、舗装道路の長さはそれほど大きな変化がない。無舗装道路はむしろ減少した。ここから道路経由で運ばれていた郵便が鉄道の拡張に伴い、鉄道経由に移行したことが推測される。一方、農道は一八八八年の二万二千二百十露里から一八九五年には三万三千三百六十八露里に拡張した。ここから、鉄道や舗装道路が通っている地方の都市からそれまで郵便経路の無かった田舎に郵便網が拡大したことが考えられる。

	距離（露里）	前年からの拡張距離（露里）
1888年	175,861	
1889年	180,593	4,732
1890年	182,862	2,299
1891年	186,577	3,715
1892年	187,406	829
1893年	188,968	1,562
1894年	192,235	3,267
1895年	198,688	6,453

表4.ロシア帝国内の郵便経路の距離と前年からの拡張距離（1888－1895年）

郵便網の発達や読書環境の不備など、地方の『ニーヴァ』購読者の増加を促す条件はそろっていた。一方マルクス社の側も地方の住人が購読しやすいように『ニーヴァ』の購読料を設定していたようである。『ニーヴァ』の地域別の年間定期購読料の広告から料金表を引用する。*114

『ニーヴァ』の購読料は配送料が含まれるため地域ごとに異なっていた。この広告にある配達料とは、印刷所のあるペテルブルグから地方の郵便局までの送料をさしていると考えられる。ただしモスクワやオデッサに住む購読者がマルクス社の出張所まで出向いて受け取る場合には、最寄の郵便局への配送よりも安くなる。当時のロシアにおける郵便料金の体系が不明なので詳しいことは言えないが、配送料についても考察を加えておきたい。

マルクス社が設定した配送料を、オデッサとペテルブルグについて比較する。下記のa、b、cは筆者が料金表から地域ごとの配送料の内訳を計

料金表（付録込みで）	
ペテルブルグ、配達料なし	5ルーブリ50コペイカ
モスクワ、配達料なし、ペトロフスキイ通りのM.ペチコフスカヤの出張所	6ルーブリ25コペイカ
オデッサの出張所 「教育」店	6ルーブリ50コペイカ
ペテルブルグ、配達料込み	6ルーブリ50コペイカ
ロシア全国、配達料込み	7ルーブリ
外国	10ルーブリ

a. ペテルブルグ市内［5ルーブリ50コペイカ］―県内送料1ルーブリ追加→ペテルブルグ県内購読者［6ルーブリ50コペイカ］

b. ペテルブルグ市内［5ルーブリ50コペイカ］―県外送料1ルーブリ追加→オデッサ出張所［6ルーブリ50コペイカ］―県内送料50コペイカ追加→オデッサ県内購読者［7ルーブリ（ロシア全国と同じ）］

c. ペテルブルグ［5ルーブリ50コペイカ］―県外送料1ルーブリ50コペイカ→ロシア全国購読者［7ルーブリ］

算したものである。

県内の配達料金を比較すると、aのペテルブルグ一ルーブリに比べてbのオデッサは五十コペイカと安く設定されている。また県外の配達料金はbのペテルブルグ・オデッサ間の配達料が一ルーブリであるのに対し、cのロシア全国への配達料は一律一ルーブリ五十コペイカである。ヨーロッパ・ロシア以外の地域へも『ニーヴァ』が配達されたことを考慮すると、ロシア全国への配送料金はオデッサ以上に割安である。『ニーヴァ』の定期購読料は、雑誌の価格に単純に郵便料金を上乗せしたものではなく、ペテルブルグからより遠い地方の読者ほど割安に購読できるように設定されていたと考えられる。

先ほど述べたように、中央と地方の間には読書環境に格差があった一方で、同じ時期に郵便が発達し、郵便網が拡大してそれまで郵便の届かなかった地域にも配達が可能となった。こうした状況にあわせてマルクスは文学作品の付録をつけて『ニーヴァ』を配達するという出版形態を考案し、成功を収めた。書店や図書館が数・内容ともに貧弱だった地域の住民にとって、比較的安価に郵便で届く『ニーヴァ』とその付録に大きな魅力があったのは想像に難くない。

大衆読者の登場

しかし一九一〇年代に入ると『ニーヴァ』は市場での勢力を失い、*115 一九一六年に大手出版社のスイチン社に買収されてしまう。『ニーヴァ』が二十世紀になぜ勢いを失ったのかを、同じイラストつき週刊誌の『ロージナ』や一九〇八年創刊の『アガニョーク』との比較および初等教育の普及率の調査を通じて考察したい。

『ロージナ』は文学作品の付録をつけるなど、出版形態の点で『ニーヴァ』とよく似た週刊誌である。

しかし『ロージナ』の読者層は『ニーヴァ』よりも幅広く、中等教育を受けた人々から識字能力の低い大衆までが対象だった。難しい作品は避け、一枚版画を掲載するほか、内容は大衆文学、子供向けのお話、時事問題の要約など多岐にわたった。[*116]

『アガニョーク』は『ニーヴァ』の三分の一以下の値段で販売され、一九一〇年に十五万、一九一二年に三十万、一九一四年に七十万部という抜群の発行部数を記録した。[*117] 時事的な話題やニュースに重点を置き、犯罪、冒険、ゴシップ、スポーツニュースなど内容は多岐にわたり、写真やイラストが誌面を埋め、センセーショナリズムに徹した雑誌作りであった。[*118]

マルクス社は宣伝活動に力を入れており、出版物の宣伝用ポスターが博覧会においてロシア技術協会の金メダルを授与されるほどであった。[*119] しかし二十世紀にはいって定期購読方式で販売される雑誌は減り、街のニューススタンドや小さな書店で気ままに本を買う読者を対象にした出版物が増えた。[*120] この時期のロシアにおいて最も勢力のあった読者層は『アガニョーク』や日刊紙の読者であり、定期購読で送られてくる古典文学作品や有名画家の複製画に魅了される読者は中心ではなくなっていた。

これらのことから『ニーヴァ』の衰退した背景には読者大衆の増加という変化があったことが推察できる。これを教育の面から調べてみたい。一八七四年から一八八三年におけるヨーロッパ・ロシアの各県の教育機関・生徒数の増加率の統計[*121]を元に、五十県の総計とペテルブルグの数値をまとめたのが表5である。

パーセントで見るとペテルブルグにおける初等教育と中等教育機関の増加率はほぼ同じである。しかし数で見ると、一八八三年に初等教育機関が千百七十一校、中等教育機関が男子校・女子校合わせて五十三校あったことから、[*122] 初等教育機関の増加が目覚しかったことがわかる。五十県全体においても初等教育機関の増加は顕著である。また、五十県・ペテルブルグともに初等教育の女子生徒の増加率が大きかった。

これを一八九七年に行われた国勢調査のペテルブルグ版と照らし合わせてみる。国勢調査では貴族、聖職者、市民や商人など町の住人、農民やコサックなど農村の住人の四階層別に各世代の識字率の調査が行われた。

貴族を含むすべての階層で十代以降識字率が大きく上がることから、大抵十代で読み書き能力を身に付けたと考えられる。表5の統計の対象年である一八七四年と一八八三年にそれぞれ十二歳だった子供は、国勢調査が行われた一八九七年には三十五歳と二十六歳になっている。つまり一八九七年の三十五歳は初等教育機関の増加前の世代であり、二十六歳は増加後の世代である。

	学校数	男子生徒	女子生徒
五十県			
初等教育	19.54%	42.06%	78.70%
中等教育	12.76%	32.64%	48.84%
ペテルブルグ			
初等教育	15.53%	60.03%	95.56%
中等教育	16.46%	35.56%	17.90%

表5. ヨーロッパ・ロシア各県の教育機関・生徒数の増加率（1874–1883年）

	ペテルブルグ	ペテルゴフ
40代	45. 64％	42. 39％
30代	54. 64％	48. 91％
20代	63. 6％	57. 03％
10代	79. 67％	77. 7％

表6. ペテルブルグ県とペテルゴフに住む農民男女の識字率

これを踏まえて、表6を見てみよう。表6は国勢調査の識字人口と非識字人口からペテルブルグ全体に住む農民男女とペテルブルグ郊外の地区ペテルゴフに住む農民男女の識字率を計算したものである。三十代より二十代が十パーセント程度高く、初等教育機関の増加と連動していることがわかる。また十代の識字率が更に上がっていることから、一八八三年以後も教育機関は増加し続けたことが窺える。この十代以下の人々が、ニーヴァの衰退する一九一〇年代に購買力のある読者層の中心となる。また女性の識字率を見ると、三十代が二八・八二パーセント、二十代が四一・八五パーセント、十代は六七・六九パーセントである。[*123]男女を合わせたときよりも女性の識字率の上がり幅が大きく、表5の初等教育における女子生徒の増加率の高さが識字率の上昇にあらわれたことが見てとれる。

ペテルブルグ市内でも郊外でも、一八九七年には多くの農民が初等教育を受けることができるようになった。彼らが十数年後にペテルブルグの大衆的な出版物の読者層を形成した可能性は高い。『ニーヴァ』の読者層は、主に中等教育まで受け、古典文学を読むことに魅力を感じる程度に読書の習慣のある人々であった。一九一〇年代の新たな読者たちは、こうした人々とは異なる読み物を求め、『ニーヴァ』はすでに古い雑誌となってしまった。『ニーヴァ』は一八七〇年代から二十世紀初頭までの社会的な諸条件でこそ成功した雑誌であった。

ニーヴァの販売網の大きさ

しかし、多くの購読者を開拓し、圧倒的な販売網を獲得した点において、『ニーヴァ』はロシアの出版界に大きな業績を残した。ではニーヴァの販売網はどれほどの規模だったのだろうか。一九〇四年の『ニーヴァ』五十号で、エイゼンは地域ごとの購読者数を挙げ、以下のように述べている。

「ニーヴァの読者は、ロシア中におり、それぞれの雑誌の号はロシアの最も遠い町まで届けられる。先週号が届くころには今週号がすでに出ているくらい遠い町もある。『ニーヴァ』にはロシア中に定期購読者がいる。聖職者アンドレイ・セリコフは、沿海地方のベーリング島の人である。彼は『ニーヴァ』が手元に届くまで何ヶ月も待っている。

特に『ニーヴァ』の購読者が多いのはペテルブルグ県で、三万八千九百六十五部、モスクワ県はその半分、かなり多くの数の購読者がいるのはヘルソン県（オデッサ含む）で、一万千四百八部。キエフ県は八千八百四十部、ドン州とエカテリノスラフ県はそれぞれ六千部以上。カフカスで一番少ないのはカルス州で八百六部、トゥルガイ州は百十九部。」[*124]

ベーリング島はカムチャッカ半島の東に位置する小さな島であり、最果ての地と言っても過言ではない。ベーリング島まで『ニーヴァ』が届くまでに数ヶ月を要したのは確かであろう。ここに少なくとも一人の購読者がいたということは、シベリアや極東にはもっと多くの購読者が存在していた可能性は非常に高い。これほど遠くまで『ニーヴァ』の購読者は広がっていたのである。エイゼンは続けてこう書いている。

「このようなロシアの辺境まで、無数の街道を経て弛みない流れを成してニーヴァの雑誌と付録本は行く。木曜日から月曜日まで、雑誌は二十五万人以上の購読者たちの下に配送される。「配送」は三十人以上の同業組合員によって行われ、中央郵便局はニーヴァの雑誌と付録を特別に用意した建物に運びこむほどである。」[*125]

このように『ニーヴァ』は郵便によってロシア中に運ばれた。購読者数はすでに述べたように一九〇四年当時で二十五万人いた。エイゼンの記事のすぐ下にはこの二十五万人のアドレスを収めた講読者目録の写真が載っている。（図16）雑誌の第一号が出版された一八六九年十二月以来、エイゼンの記事が書かれた一九〇四年までに雑誌『ニーヴァ』の総発行部数は二億部、付録の本は五千万部。『ニーヴァ』に携わった作家や画家は五千人以上にのぼった。*126

共通知識の形成

『ニーヴァ』は購読者の拡大に成功したが、同様の路線を目指した雑誌には、廃刊になったものが少なくない。『ニーヴァ』の成功要因をマルクスの経営手腕だけでなく、システムから考察してみたい。

『ニーヴァ』の購読者数の変遷を見ると、無料付録をつけた頃から、雑誌が急成長を遂げている。無料付録が魅力的だったために読者が増えたというのが一つの解釈だが、システムに目を向けたとき、異なる解釈も可能になる。『ニーヴァ』のネットワークそのものに着目して、システムを扱う理論の一つであるネットワーク理論から考察してみることにしたい。

出版物とそれを購読する読者集団は、情報のやり取りを介した関係で結ばれている。『ニーヴァ』や『ロージナ』などの出版物は情報の送り先として各地に読者を擁している。読者は手紙や購読の契約更新などを通じてフィードバックをおこなう。

図16.『ニーヴァ』の購読者目録。背表紙には一九〇四年と記されている。*127

このようにメディアと読者の間で交わされる情報の流れを図式化すると、一つのメディアと多数の読者を結ぶネットワークを見出すことができる。この場合、一読者もメディアもネットワークを構成する最小単位のノード（接続する個）であることに変わりはないが、メディアは多数のノードとのつながりを持つ点において、ハブとして読者とは異なる役割を負う。

ネットワーク理論では、大きなハブ（結節点）ほど、より多くのノードを集めるという法則が示される。ここから購読者数の増加そのものが新たな購読者を生み出すというメカニズムを考えることはできないだろうか。

新たに購読を考える人にとって『ニーヴァ』の読者の多さは品質の保証であったことは確かである。しかし他の雑誌でも豊富なイラストや付録を持つものはあった。『ニーヴァ』の購読者の多さが意味していたのは、ロシア全土にわたる読者の大きなネットワークであり、これを通じて創出される情報の公共性であった。

『ニーヴァ』の読者はそこに書かれている内容、例えば、ゴーゴリの書いたものにはどのような作品があるのか、どの場面が有名なのかといった内容を知る。だが彼らが知るのはそれだけではない。彼らは『ニーヴァ』の雑誌が大部数であることから、『ニーヴァ』に掲載している記事を他の大勢の読者も読んでいることを知るのである。このように知識がどのように共有されているかをめぐるメタレベルの知識を共通知識とよぶ。

知識が共通知識になったとき、それはもとの内容以上の意味を持つ。ゴーゴリ作品に関する紹介記事は、みながこれを読んでいるという読者の了解によって、公共性の高い内容であるという意味づけがされる。

このことは、情報に対する態度と情報を読み取るコンテクストに影響する。例えばそれは読者同士の集団意識という形で現れる。『ニーヴァ』を読む他の読者たちとその知識を共有することにより、読者は購読者の仮想の共同体への参入というコンテクストのもとに読書を行う。また、大部数の雑誌に掲載されるという事実は、その知識がもとからこの雑誌に載るにふさわしい、公共性の高い知識であったのだという、因果を逆転させた認識を導き出す。過去にはなかったはずの公共性がさかのぼって捏造され、これが知識を受容する際の新たなコンテクストとしてはたらく。

実際に『ニーヴァ』の誌面においてゴーゴリ作品を紹介する際には、『ニーヴァ』の読者の集団意識を促す箇所や、以前からそれが大変有名であり、知る価値の高いものであることを強調する箇所がある。それは雑誌の常套手段である一方で、『ニーヴァ』から導かれる読み方そのものでもあった。読者がこのような公共性の高い知識に価値を見出せばこそ、『ニーヴァ』は成長した。読者は知識を公共化する巨大なメディアのネットワークを買ったのである。*128

Ⅳ　シンボル化への道

1　ゴーゴリ作品にみる大衆化の原理――啓蒙とシンボル化

『ニーヴァ』から見えてくる社会状況や読書事情を踏まえたうえで、一八七〇年代以降のゴーゴリの受容について、マルクス出版社以外の出版社の活動やゴーゴリ作品の二次創作に対象を広げて考察していきたい。

一八六〇年代から二十世紀初頭までの出版活動には、教育や啓蒙という目的がついて回る。啓蒙は、出版界が広く共有した社会的使命であると同時に、読者を拡大し、作品などに新たな社会的コンテクストを与えるなど、知的資源の大衆化を推進するための原理として働いた。

とりわけ一八七〇年代から一八八〇年代には、啓蒙ブームといえるほど、民衆や子供の啓蒙をうたった出版物が続々と現われた。こうした出版物はいくつかの種類に分けられるが、大別すると『ニーヴァ』のように古典などの良書を幅広い読者に向けて出版したものと、民衆向けにつくられた出版物の二種類に分けられる。

民衆向けの出版活動

一八八〇年代から民衆、特に識字率を徐々にのばしてきた農民に向けて出版活動を行う出版社が急増する。一口に民衆向けとは言っても様々な会社があり、出版方針も多様だった。

まず挙げられるのが、民衆のために固有の出版物を確立しようとした出版社である。イラストを印刷しただけの一枚版画に似た出版物や民衆向けに書き下ろした独特のスタイルを持つ文学作品を発行した。例えば農民向けの出版物を発行した出版社ロシアの富は、一八八六年に特別に民衆向けに書かれた文学作品をシリーズで出版して失敗した。これらは非常に教訓的な内容の短編小説で、農民には不評であった。これと同じ傾向の活動をする出版社はほかにもあった。例えばジルコフ出版社は民衆のための教科書や不必要なほど簡単な言葉で書いた短編小説を出版した。

一方、慈善活動の一環として民衆向けの出版を手がけたイクスクリ男爵夫人は、ロシアの古典を改作したものや同時代作家の作品を出版した。しかしこうした活動で成功する出版社は少なかった。

一枚版画を専門に手がける出版社や、グラズノフ社、マルクス社のような大手の出版社は一枚版画に比べると高価だったものの、古典作品を格安で出版した。識字委員会も民衆向けの出版活動を行ったが、明確な良書志向で過去の大作家の古典を含む文学作品を中心に出版した。

このように民衆向けの本でも実際の読者層はそれぞれに異なり、出版方針、内容の点でも多様な出版活動が行われていたが、その中にも一部の出版社の間では共通する傾向が見られた。

まず啓蒙目的で文学作品を出版するに当たり、外国よりもロシアの作品であることにこだわる傾向があった。それが古典であれ、民衆向けに特化して書かれた作品であれ、ロシアの作品を安く読者に届けることが啓蒙には必要だという認識があった。この認識は、民衆向けに新たに書かれた小説や、良書志向の強い識字委員会と大手出版社がシリーズ化して発行した作品集の出版方針に共有されていた。[*129]
また出版社の方針には啓蒙のためという理念もさることながら、読者に人気があった文学作品を看板商品に据える現実的な側面もはたらいていた。いずれにせよロシア文学が啓蒙の重要な柱をなすジャンルに定着したことは、この時期の出版界における重要な変化であった。

シンボル化とコンテンツの単純化

一八七〇年代以降のゴーゴリ作品の受容には、もう一つ大きな特徴がみられる。作品のシンボル化、断片化である。完璧な著作集を出版しようとする傾向と断片化の傾向は逆行しているようにも見えるがこれらは教育・啓蒙の中で権威を帯び始めた作品を広める方法の二極を成していた。これは民衆向けだけでなく、むしろ『ニーヴァ』のような中間層向けの出版物に頻繁にみられる傾向だった。

前節で詳述したのは『ニーヴァ』の付録についてであったが、『ニーヴァ』本誌にも一八七〇年代前半からゴーゴリ作品の一部、または要約を伴う紹介記事がしばしば掲載された。ゴーゴリ作品を題材にしたイラストの目録[*130]によると『ニーヴァ』本誌には一八七二年から一九〇二年の間に合計十九点のイラストが掲載された。

一八七二年の第七号には『タラス・ブーリバ』の一場面を描いたイラストが掲載され、半頁ほどの説明がつけられた。[*131]一八七八年の第二十号では『検察官』の一場面を描いたイラストとともに、ゴーゴリ作品の知名度に関する『ニーヴァ』誌の認識が以下のように示された。

「今や、ゴーゴリの『検察官』が『ニーヴァ』の読者の誰にとってもこの記事で初めて目にするような文学作品でなくなったことはいうまでもない。」[*132]

ただし読者の知識の水準は疑う必要がある。読者の教育水準には幅があるばかりでなく『ニーヴァ』は地方の住民を読者として強く意識した雑誌であり、一九〇四年の『ニーヴァ』五十号に載った記事では、一八八〇年代以前のロシア郊外における読書の実態についてこう記述されていた。

「例えばコリツォフ、コズロフ、フォンヴィージン、エカテリーナ二世、ポレジャーエフ。彼らの名前はみな知っているが、誰もそれが実際にあるのを見たことがない。（中略）もう少し新しい時代に属する古典作家もいる。レールモントフやグリボエードフである。しかしロシアのすばらしい文学は読者公衆の大部分にとって手の届かないまま残されていた。」[*133]

『ニーヴァ』は文学作品についての記事を掲載していたが、例えばゴーゴリ作品を掲載する際には、作品の抜粋やイラスト、断片的な解説が主体だった。これらは作品そのものではなく要約や読み方など作品についての言説である。一八七〇年代の『ニーヴァ』の読者たちの多くはおそらくゴーゴリ作品を全部読んだわけではなく、断片的な知識を通じてゴーゴリを知っているという知識水準であったと考えられる。

文化が階級降下する際、すなわち社会の上層が占有する文化を下の階層が受容する際に、文化のコンテンツを単純化することは不可避のプロセスである。『ニーヴァ』はそれまで文化の圏外におかれていた人々に対して文化を解放していく役割を引き受けていたのである。

ロシアの文学作品が、知識人のみならず民衆や中間層のものとなるように文学を受容する階層を拡大させる傾向が、民衆向けであれ、中間階層向けであれ、この時代の出版物には共有されていた。見方を変えれば、ゴーゴリを含む文学作品はすでに階級を超えて共有されるべき財産という位置づけを確立していたのである。

イラストや作品の要約、キャラクターや場面の描写などのようにオリジナルを単純化し圧縮した表現はオリジナルに比べて質の低いものと思われがちであるが、二次創作として捉え直して考えると、これらは社会制度、メディアと受容者などのさまざまな変化をうつし出す表象でもある。

以下では、非常に高度な表現力によってこの時代にゴーゴリ作品の二次創作をした移動展覧派の活動に目を向け、コンテンツのシンボル化について考察していきたい。

2 移動展覧派とシンボル化

移動展覧派

移動展覧派とは、一八七〇年に設立された画家の団体である。アカデミズムに反逆して、芸術アカデミーを脱退した若い芸術家十四名がミャソエードフ、クラムスコイ、ペローフらを中心に一八七〇年に移動展覧会協会を設立した。展覧会の開催地を固定せず、各地方都市で巡回展覧会を開催し、特権階級のものであった芸術を一般民衆に近づけ、芸術の普及を目指した。一八九〇年代に衰退・解消するまで、レヴィタン、レーピン、スリコフなどの優れた才能が集い、自由な活動を行った。美術批評家のスタソフや収集家のトレチャコフが移動展覧派の強力な支持者であった。*134

この派と比較できるのが、アカデミズムと距離を置き、独自の活動を行ったフランスの印象派である。印象派の活動はアカデミズムに代表される伝統的な絵画の規範を脱し、色彩や光という絵画の構成要素を捉え直すことで絵画の新たな枠組みを生み出すための運動であった。伝統的な絵画を構成する視覚とは、ルネサンス以降のヨーロッパにおける科学と芸術の発展を方向づけた知の原理の一つであり、そこからの脱却を目指すということは十九世紀までに築かれたヨーロッパの文明を超えて新たな世界構築の原理を模索するという試みでもあり、この点で印象派の活動は認識に先立つ知の枠組みを揺り動かすほどの革新性を持っていたが、同時代のフランス社会における政治性は希薄であった。

これと比較するとロシアの移動展覧派は、「人民の中へ」を合言葉にする一八六〇年代に起こったナロードニキ運動と呼応し、芸術の民主化と芸術による啓蒙を目標に活動しており、全体としては社会思想に根差した政治的傾向を持つところに特徴がある。必然的にこうした傾向は描かれる内容にも現れた。一八八〇年代以降の移動展覧派の絵画には、民衆の暮らしや民衆世界の伝承を描いた作品、歴史画、風景画など、民族性が色濃く表れた題材が多く、ロシアをいかに表現するかが追究された。ロシアの芸術アカデミーが十八世紀の西欧化政策の中で設立され、イタリア・ルネサンスを最高の規範とし、西欧で発展した絵画の伝統を踏襲するものであったのに対し、移動展覧派はヨーロッパの眼差しから距離を置き、ロシアをロシア人の目によって表現するための眼差しを模索したといえる。移動展覧派は『ニーヴァ』や学校のように広範で恒常的なネットワークこそ持たなかったが、民衆を含むロシアの広い階層を巻き込んでロシアの表象世界を作り上げていこうとする十九世紀後半の運動の一部を成していた。

移動展覧派が継続的に描いた題材の一つに、ロシアの文学があったことは、これと大きく関係している。中でもゴーゴリ作品はしばしば描かれ、展覧会に出品された。彼らの中にはゴーゴリに対して強いシンパシーを持つものがおり、移動展覧派の画家たちと親しく、彼らの活動に協力的であった評論家のスタソフもまた、ゴーゴリ作品をギムナジヤ時代からこよなく愛した人物であった。

移動展覧派の活動範囲

移動展覧派はロシアの各地で展覧会を開催した。展覧会の開催地は時期によって異なっている。基本的には大都市で開催することが多かったが、回を重ねるにつれ、地方都市も開催地に選ばれることが増えていった。例として第一回から第三回までの移動展覧派がめぐった開催地を以下に挙げる。

第一回。ペテルブルグ（一八七一年十一月二十九日から一八七二年一月二十三日まで）、モスクワ（一八七二年四月二十四日から七月一日まで）、キエフ（一八七二年九月六日から十月三日まで）、ハリコフ（一八七二年十月十五日から十二月六日まで）。

第二回。第二回に関しては、資料に観客数が載っているため、それもあわせて参照したい。ペテルブルグ六千三百二十二人、リガ三千七百三十人、ヴィリニュス（リトアニアの首都）千八百二十四人、オリョール九百十九人、ハリコフ二千二百五十六人、オデッサ六千四百七十九人、キシニョフ千八十三人、キエフ五千百三十九人である。

第三回。ペテルブルグ、モスクワ、カザン、サラトフ、ヴォロネジ、ハリコフ、オデッサ、キエフ、リガ。*135

このようにペテルブルグ、モスクワ、キエフ、ハリコフは毎回開催地に選ばれている。その他の都市については毎年少しずつ変更が見られるが、初期にはヨーロッパ・ロシアを中心に展覧会が開催されている。

だが第十五回から第十九回の会期にあたる一八八六年から一八八八年までに移動展覧派が展覧会を開催した場所は、さらに広がっている。前述の各都市に加え、以下の都市が開催地となった。ニージニイ・ノヴゴロド、カザン、サラトフ、タンボフ、ヴォロネジ、ノヴォチェルカッスク、ロストフ、タガンログ、エカテリノスラヴリ、ポルタヴァ、クレメンチュク、ニコラエフ、ヘルソン、キシニョフである。このことから移動展覧派がめぐった地域が次第に拡大していったことがわかる。

《五月の夜》

移動展覧派の展覧会において、ゴーゴリ作品にテーマをとった絵画を見てみよう。移動展覧派の代表的な画家であるクラムスコイは、第一回の展覧会で《五月の夜》を出品した。

スタソフは一八七一年の『ペテルブルグ報知』において「一八七一年の移動展覧会」と題する評論を発表した。その中でスタソフはクラムスコイの『五月の夜』に触れている。『五月の夜』は水死した女性がなり果てた妖怪ルサルカの登場するウクライナ民話風の短編小説である。

「しかし、なんとも個性的な創作であり、あらゆる注意をひきつけるのはクラムスコイの絵《ゴーゴリの『五月の夜』からの一場面》である。ゴーゴリの小説で展開される情景を思い出してほしい。『(ハンナは) 悲しげな枝を水に浸し嘆き悲しんでいるような猫柳の木立と暗い楓の森にかこまれた陰気な池を指差した。楓の森のそばにある丘の上には鎧戸を閉ざしたままの古い木造の館がまどろんでいた。苔と雑草がその屋根を覆い、窓の正面にはうっそうとしたりんごの木が茂っていた。森は影の中に館を包み、無気味な陰気さを投げかけていた。くるみの林は館の土台ぎわまではびこり、池まで続いていた。』このような小ロシアの、暗く悲しげな片田舎をキャンパスに描いたのがクラムスコイである。青ざめた月の差しかける青みがかった光の束が上から全体を照らしている。この光の中、いたるところに生いしげり辺り一帯に広がる野生の青草のあちらこちらをさまよい歩いたり、腰かけたりしているのは、水死人たちの亡霊である。悲しみにくれる者、古い恐怖に包まれる者、絶望に手をもみ絞る者と、様々である。

図17. クラムスコイ《ゴーゴリの『五月の夜』からの一場面》＊136

茂み、荒廃した屋敷、尽きることのない悲しみはすべて銀色の反射に美しく瞬く詩的な絵の中で一つに解け合っている。」＊137

《五月の夜》にはウクライナを舞台に謎めいた情景が描かれている。ルサルカや水面を照らす青緑がかった月の光がこの絵を一層幻想的なものにしている。

ここで描かれる月光に照らされた暖かい夜は、クラムスコイがウクライナを旅した時に眼に焼き付けた情景だった。クラムスコイは月光の表現に特に気を使っていたようで、次のように言っている。

「この主題を選んだが、失敗せずにすんでよかった。月光を捉えきれなかったらどんな幻想性もなくなってしまう。」＊138

クラムスコイは月光に照らされる夜に魅了され、それを異なる主題で繰り返し描いた。クラムスコイは当初、『タラス・ブーリバ』を含む複数のゴーゴリ作品をテーマに油彩画の連作を予定していたが、それは実現されなかった。

ゴーゴリはクラムスコイが好んだ作家の一人であった。第一章でふれたように、クラムスコイは一八五三年にゴーゴリの小説『イヴァン・イヴァノヴィチとイヴァン・ニキフォロヴィチが喧嘩した話』に熱中し、その感想を日記に書いている。またクラムスコイはゴーゴリの作品集につける挿絵の制作にも参加した。短編集『ディカニカ近郷夜話』に収録された短編の一つ、『恐ろしい場所』にクラムスコイのイラストが挿入された。また『タラス・ブーリバ』のイラストも制作した。*139

ゴーゴリの愛好者たち

ゴーゴリ作品は移動展覧派の展覧会を通じて何度か題材に取り上げられた。移動展覧派のメンバーが題材に選ぶ作家と、有名ではあってもめったに絵にはならない作家がいた。ゴーゴリ作品を描いた移動展覧派の画家たちはゴーゴリのファンであった。

ラザレフスキイの回想にレーピンがゴーゴリの『タラス・ブーリバ』について言及する場面がある。「確かに私は何回もこのすばらしい小説を読んだよ。なんという美しさ、なんという人々、なんというイメージだろう！　ゴーゴリの天才が生んだすばらしい作品に参加できればよいのだがね。でも、力がないのだ。私のところに『タラス・ブーリバ』のイラストがあるのは確かだ。でもたった一枚きりだよ。」*142

レーピンはゴーゴリの作品をはじめプーシキンやレールモントフ、トルストイの作品を愛読した。レーピンはパリ滞在時、一八七三年十月のスタソフ宛の手紙の中で以下のように書いている。

「あなたにお願いがあります。あなたにいただいた本を、あまりご面倒でなければこちらに局留めで送っていただきたいのです。お忙しくないようでしたら、できれば私の弟のヴァシーリイを音楽院で探して、発送するように言っていただけますか。必要なのは以下の本です。『戦争と平和』、ゴーゴリ、レールモントフ、アンデルセン（すべてあなたの本です）。それからマルゴット、フランス語の教科書、ノエルとシャプサルのフランス語の文法書、世界史の本、例えばシュリギンのものを三冊すべて。」＊143

レーピンの友人である詩人のジルケヴィチは日記の中でレーピンが『タラス・ブーリバ』からの一場面、ザポロジエ・コサックを描いた絵を初めて公開したときのことを書いている。

「一八八八年二月、ペテルブルグ。レーピンは昨日機嫌がよく、それまで幕で隠されていた自分の二枚

図18. マコフスキイ《ルサルカ》＊140

図19. レーピン《ポプリシチン》＊141

の絵をみんなに見せた。それはまだ完成していなかったが、絵の大胆さと表現力の点ですばらしかった。一つはゴーゴリの『タラス・ブーリバ』に出てくるザポロージエのコサックを描いていた。この絵から眼をそらすのは難しかった。」*144

クラムスコイはよく書簡でゴーゴリの作品に言及して賛辞を惜しまなかった。ゴーゴリ作品は移動展覧派の画家たちを魅了し、創作の源泉となった。

移動展覧派の展覧会において出品されたゴーゴリの作品は他にもいくつかあった。第七回移動展覧会には、マコフスキイが《ルサルカ》というタイトルでゴーゴリの『五月の夜』を題材にした絵を出展した。また、レーピンは《ポプリシチン》というタイトルで第十一回移動展覧会にゴーゴリの『狂人日記』を題材にした絵を出品した。これにはゴーゴリの小説から抜粋した文章がつけられた。

移動展覧派の目的と観客層の拡大

移動展覧派の展覧会の第一回目からゴーゴリ作品を題材にした油彩画が出品されたことは興味深い。同じ展覧会で、ツルゲーネフの短編小説をもとにした絵も出品されている。このように有名な作家の作品を絵の題材にすることは、移動展覧派の活動に一貫して見られる傾向である。

移動展覧派が第一回目の展覧会を開催するに際して発表した声明文は、移動展覧派の出品傾向を知る上で参考になる。移動展覧派声明文は、移動展覧派のメンバーであるゲー、クロート、クラムスコイにより一八七一年十一月二十三日付で『ペテルブルグ報知』に発表された。

「一・移動展覧派の目的とは、しかるべき許可を得て、以下の理念のもとに帝国のあらゆる町において移動展覧会を開催することである。

ａ郊外の住民にロシアの芸術を知らしめ、またその成果を見守ることを可能にすること。
ｂ社会の芸術に対する愛を育てること。
ｃ芸術家が作品を容易に販売できること。」

ここで注目したいのは、「ａ」である。ペテルブルグやモスクワなどの大都市において絵画の展覧会が開催されることは珍しくなかったが、地方都市の住民は、最新の芸術に触れる機会に恵まれなかった。*145 移動展覧派は、活動の最初からロシアの地方に住む人々の啓蒙を方針の一つに掲げていたのである。ゴーゴリやツルゲーネフなど、有名な作家の文学作品を題材にした絵を展示することは、単に絵画のジャンルで芸術に触れてもらうばかりでなく、描いた内容、すなわち有名な文学作品の世界に触れてもらう意図があったのだろう。

移動展覧派の展覧会は、十九世紀のロシアにおいて唯一、展覧会の観客層を拡大するのに成功した展覧会であった。*146 移動展覧派は地理的な広がりに加えて客層の広がりも実現した。子供や学生も観客として大勢訪れた。

クラムスコイが《五月の夜》を発表した第一回目の展覧会の観客数の合計は三万五百二十七人で、その内訳は、ペテルブルグ一万千五百十五人、モスクワ一万四百四十人、キエフ二千八百三十一人、ハリコフ四千七百十七人であった。

またレーピンが《ポプリシチン》を出展した第十一回目の展覧会では、総観客数が五万八百五百六十四人で、内訳はペテルブルグが一万七千八百三人、モスクワが四千八百二十四人、ハリコフが六千二百六十人、エリサヴェトグラードが千二百九十四人、オデッサが三千三百十人、キエフが一万千百五人、ワルシャワが三千九百六十八人だった。*147

クラムスコイやマコフスキイ、レーピンが制作したゴーゴリ作品を題材にした絵は、ロシアの多くの観客の目に触れた。

メディアとしての絵画の変質

移動展覧派が出品した絵画はおもに油彩画というイタリア・ルネサンス以降のヨーロッパ絵画の主流をなすスタイルであった。油彩画で描かれることによって、表象はメディアとしての油彩画のもつ社会的な機能やコンテクストと分かちがたく結びつき、受容されることになる。

アカデミズムにおいては、絵画のジャンルのヒエラルキーが維持されており、神話画や歴史画が高尚なジャンルとしての位置づけを与えられていた。それに対して風俗画、静物画は低俗なジャンルとされた。アカデミズムに抗して活動を始めた移動展覧派は、油彩画というメディアが従来持っている社会的機能をうまく利用しつつ、こうしたジャンル間の差別化にこだわらず、ジャンルごとに扱うことのできる題材の枠組みも大きく乗り越える自由さがあった。

例えば歴史画を得意としたレーピンのザポロジエ・コサックの絵は、巨大なキャンバスに膨大な情報を織り込みながら象徴的な場面を描き出す正統的な手法を踏襲している。この場面は史実を織り込んで書かれた小説『タラス・ブーリバ』の一場面であり、小説をもとにしながらも、史実としても受け取ることのできる二重性を持っている。歴史画とは本来、ヒストリー（歴史、物語の両方の意味を持つ）を描くものであり、史実も神話のエピソードも同種のカテゴリーとして扱う。そして歴史画のメディアとしての機能は、そこに描かれたものを公的にも美学的な規範においても正統な共同体の物語、神話として表象することにあった。

この意味ではザポロージエ・コサックのエピソードは、歴史画（物語画）のテーマとなりそうだが、当時のアカデミズムにおいて近代小説は歴史画の題材にはなりえなかった。レーピンはこうした規範を軽やかに飛び越え、しかも歴史画のもつ神話化の機能によってゴーゴリ作品のエピソードにロシアの歴史的な神話という位置づけを与えた。

移動展覧派は、共同体の財産となるような社会的な想像力を生み出す回路としての絵の役割を維持しつつ、特権階級の占有物であった絵画を、広く民衆に共有される財産へと開いていった。これによって、必然的に油彩画のメディアとしての役割は変質した。移動展覧派の活動において絵画は、階級を超えたロシア国民の集団的想像力を表象するメディアとなって、民衆や中産階級の暮らし、彼らの空想の世界を彩る伝承や民話、ロシアの雄大な自然、季節ごとの農村や森の景色など様々な題材を取り込んだ。さらに、アカデミズムにはなかった民衆の眼差しのほか、印象派の技法を通じて学び取られた視覚と世界の構築をめぐる新たな枠組みを取り込むことによって、移動展覧派の作品群はロシアをめぐる表象と神話の大規模な再編を行ったのである。

3　エキゾチシズムの夢

では、こうした移動展覧派の創作の中で、ゴーゴリ作品はどのような表象を獲得したのだろうか。これは、移動展覧派の画家たちがゴーゴリ作品をどのようにとらえたかという作家性だけでなく、彼らが観客にどのように提示しようとしたか、そして観客が絵をどう受容したのかという観点も合わせて考察すべき問題である。

移動展覧派の作品にはロシア文学関連のカテゴリーがあり、ドストエフスキイ、レフ・トルストイ、ネクラーソフなど大作家の肖像画や、作品世界を描いた絵が見られる。ゴーゴリ作品を主題にした油彩画はこうしたカテゴリーの中の一つと言えるが、ゴーゴリ作品が主題に選ばれたのには別の理由もあったはずである。なぜなら、移動展覧派が選んだ作品はゴーゴリの初期作品に集中しているからである。画家たちが絵画の題材とした、『五月の夜』『タラス・ブーリバ』『狂人日記』など多くは一八三六年以前の作品である。一方『死せる魂』などの後期の作品はテーマに選ばれることが少ない。

図20.《空飛ぶ絨毯》＊148

では、なぜ移動展覧派は初期作品をテーマに選んだのか。これを考える上で、ゴーゴリの初期作品に共通する要素に注目する必要がある。それらの多くは幻想的であり、特にウクライナが舞台となっているものが多い。クラムスコイがウクライナを旅行し、レーピンが『タラス・ブーリバ』に思い入れがあったことからも、ウクライナという舞台が彼らの創作にとって特別な意味を持っていたことは確かである。

ゴーゴリ作品の絵に限らず、移動展覧派が制作した絵の中には、一八八〇年の第八回展覧会に出品された《空飛ぶ絨毯》のように幻想的な内容を持つものや、一八八二年の第十回展覧会に出展された《ターバンを巻く混血児の頭部》のようにロシア帝国内の異民族や外国をテーマにしたものが多い。

エキゾチックな場所として登場することが多いのはウクライナ、カフカス、イスラム圏などである。このように幻想的で外国をモチーフにしたものが、移動展覧派の作品の一カテゴリーを形成していた。移動展覧派が初期のゴーゴリ作品を題材に選んだのは、それが文学作品であるというばかりでなく、こうしたカテゴリーの一つに属していたことと関係がある。

雑誌『世界のイラスト』

この時期、ゴーゴリ作品の中でもウクライナを題材にした幻想的な作品を取り上げたメディアは、移動展覧派以外にもあった。たとえば一八七三年十二月八日の雑誌『世界のイラスト』の第二五八号はゴーゴリ特集の第一回目に、ゴーゴリの『ヴィイ』をとりあげている。この特集記事にはイラストとともに以下のような解説がついていた。

「ヴィイとは庶民の想像力が生んだ大いなる創造物である。ヴィイの名で呼ばれるのは小ロシア人の間でいるとされる、まぶたが地面まで垂れ下がった代表的な地の精である。このようにN・V・ゴーゴリは落ち着いた語り口で半分は創作、半分は普通名詞のこの奇妙な言葉について説明している。」*150

《ヴィイ》のイラストは大きな一枚の絵を見開きで見るようになっている。このイラストは、小説『ヴィイ』の様々な場面を異時同図の方法で一枚の絵に収め、それで話全部をカバーしようとするやり方をとっており、ダイジェスト版としての目的が明確である。異時同図という技法は、絵画で物語を語る主要な技法のひとつである。この技法は、ひとつの絵画空間の中に時間の異なる複数の場面を連続して並べることで物語を語るものである。結果として同一平面上に同じ人物が繰り返し登場することになる。*151

ゴーゴリ特集の第一回目が『ヴィイ』であったことは興味深い。当時、『ヴィイ』が提示するウクライナの怪談の世界は、そのエキゾチシズムゆえに人気が高かったから雑誌がこのように取り上げたのだと考えられる。なぜなら『世界のイラスト』誌は移動展覧派がロシアの辺境や外国をテーマにしたのと同じように、イスラム文化圏やさらに遠くの国々を頻繁に旅行記事やイラストの形で取り上げているからである。

『世界のイラスト』は外国の旅行記とイラストを主要なコンテンツとする雑誌であった。この雑誌では、翻訳を含む世界中の国々の旅行記とそれに対応した挿絵が頻繁に登場する。この中には京都の劇場のイラストと、そのルポルタージュが掲載されている。ルポルタージュはロシア人のものではなく、翻訳である。

『世界のイラスト』の広告欄を見ると、この雑誌のほかにも旅行雑誌が出版されていたことがわかる。一八七三年十二月の第二五八号に載っている広告欄にはイラストつきの様々な出版物、カレンダーや雑誌の広告が載っていて、その中に『世界の旅行者――旅行と地理上の発見のイラスト雑誌』というものがある。月刊誌で年間購読料は九ルーブリである。

図21.『世界のイラスト』に掲載された《ヴィイ》＊149

更にこの雑誌を発行する出版社は、雑誌のほかに挿絵が豊富に掲載された旅行記も刊行している。一冊約四ルーブリである。これらの本の多くは外国人がすでに書いた旅行記をロシア語に翻訳して出版したものである。旅行先は、日本、西スーダン、アフリカ奥地、インド、セイロン、ヒヴァ、トルクメニスタン、ロシアの辺境、アルプスなどだった。＊153

このころロシアで外国旅行をする人は限られていたが、軍人、宣教師以外にも商用で外国に赴く民間人は少ないながら増えていた。多くのロシア人にとって実際に外国を旅行することができなかったとしても、メディアを通じて外国のイメージに接する機会は増えていた。外国旅行はこのころ人々にとって身近なテーマになりつつあったのである。外国旅行は想像力をかきたてる大衆化した夢の一つになった。

図22.『世界のイラスト』に掲載された京都の劇場の内部。＊152

ゴーゴリ作品のエキゾチシズム

ゴーゴリの初期作品は、移動展覧派や雑誌、書籍などで題材に選ばれることによって一八七〇年代にリバイバルを果たしたといえる。このリバイバルの要因の一つは、大作家のゴーゴリに対する画家たちの個人的な愛着や敬意であった。だがそれだけではない。ゴーゴリの初期作品が取り上げられたのは、その幻想性とエキゾチシズムがこうした夢と結びついたからであった。同時期の様々なメディアにおいて外国のイメージが消費の対象となり、同時に外国はそのエキゾチシズムを通じて夢の舞台となった。ゴーゴリはこうした同時代の想像力にふさわしい題材だったのである。

エキゾチシズムや幻想的な物語を消費したのは主に『ニーヴァ』、『世界のイラスト』などの読者であり、それは前述したとおり新たな読者層を形成した階層であった。移動展覧派が展覧会の客層として見込んでいたのはまさしくこの人々であった。移動展覧派は当時の想像力を汲み取り、その文脈でゴーゴリ作品を新たに表現することで、ゴーゴリ作品を想像力の担い手である階層のものに変えたのであった。

シンボル化の傾向

移動展覧派によるゴーゴリ作品の表象においてエキゾチシズムは、民衆を含めた幅広い層の観客の間にロシアをめぐる新たな想像力を構築するための契機として働いていた。知識を得て世界が広がっていくまさに途上にある者たちにとっての未知の世界への興味を喚起するエキゾチシズムがブームになったことは、民衆や子供の教育に関心が高まったこの時代の必然的な帰結であったということができるが、そればかりではない。

エキゾチシズムを掻きたてる表象が膨大な量で生み出されたということは、オリエンタリズム、すなわち描かれる客体を他者として措定し、共同体の内なる論理によって他者を意味づけることを通して行われる表象の操作が大規模に進行したことを意味している。移動展覧派の描いたエキゾチックな絵画の中には空飛ぶ絨毯のモチーフなど、ファンタジーが濃厚に含まれているものが多い。エキゾチシズムは、リアリティを追求したものではなく、むしろ空想的世界を描く題材として選ばれている。こうしたファンタジックな世界を描くために積極的に用いられているレトリックは、シンボルである。リアリズムが現実に即した微細なディテールを重ねることで、いわばメトニミーを中心に作り上げられる世界観であるのとは対照的である。シンボルは、平和の象徴として鳩を用いるというように、集団における合意の上で機能するという側面を持つが、ロシアをめぐる神話的表象の再編を行った移動展覧派の活動には、むしろ、絵画上のシンボルをたくさん生み出すという特徴が見られる。

こうしたシンボルには様々な種類がある。たとえばレヴィタンは、ロシアの雄大な自然を描いた風景画の大家である。レヴィタンの描く風景は、当時の人間が見ることのできないようなきわめて俯瞰的な視点から描かれているものも多く、見事な写実性を備えていながら同時に想像上の風景を成立させている。こうした郷愁に満ちた理想的な風景は、それ自体がロシアの自然を指し示すシンボルとして機能する力を持っている。ここには、移動展覧派が表象をめぐる集団的合意そのものを作り上げていく機能を果たしていたことが見て取れる。

一方でエキゾチックな絵が描くのはロシアの外側である。ここには空間的外部としての外国と、時間的外部としての過去、そしてファンタジーが含まれる。これらも移動展覧派によって表象され、シンボル化が著しく進んだ。このことは何を意味していたのだろうか。

それはナショナリティをめぐる表象の構造と密接に関係している。ナショナリティは、共同体の内部の存在だけでは成立しえない概念である。共同体が自己意識を持つためには、他者である外部の認識が不可欠である。この外部は空間的な、実体的な外部である必要はなく、象徴的な外部であればよい。こうした他界の観念が共有されることによって共同体の自己意識、すなわちこの時期のロシアにおいては、

ナショナリティが維持されるのである。＊154

この時代までナショナリティがロシアで成立していなかったわけではないが、移動展覧派は社会の上流階級やインテリゲンツィヤだけでなく、民衆を共同体の内部に含みこみ、その大きな「内部」に対する「外部」の表象を生み出すことによって、新たなネイションの枠組みを作ったと言えるだろう。

絵画においてシンボルとして示された外部の表象を描くことは、最も自己意識を敏感な形で認識する領域、すなわち内と外の境界を指し示すことである。ゴーゴリ作品という題材は、この境界を問題化するテーマであったという点で、特異な位置を占めていたのではないだろうか。というのも、移動展覧派やメディアに注目されたゴーゴリの初期作品は、ウクライナの説話風の物語であるという点で狭義のロシア民族から見れば外部に属する一方で、ウクライナがロシア帝国の一部に属するという社会的実態から見れば、広義のロシアにおける内部ともいえるからである。

十九世紀後半の評論や雑誌記事などで示されたゴーゴ

図23.『死せる魂』のイラスト。ソコロフ画。ノズドリョフとチチコフ。＊155

リ作品の読まれ方から考えると、ウクライナを舞台にしたゴーゴリ作品はロシアの読者たちにとって地理上の外部というよりもむしろ、民話的時間の中にある世界、すなわち古きロシアとして受け止められていたと言える。この受け止め方はウクライナが狭義のロシア民族にとっての外部（他者）であることを示す事実を捨象する点で錯誤を含んではいるが、歴史上ウクライナはロシア（ルーシ）の存在した土地であり、近代ロシア帝国はウクライナ等を植民地とする多民族国家であったため、両者の関係は内部・外部と割り切ることのできない複雑さを抱え込んでいた。ウクライナはロシアにとって外部・内部の両義性を併せもつ、境界的な存在だったのであり、そのウクライナを帝国の一部とする歴史認識は、帝国のアイデンティティ形成の上で不可欠であった。

古きロシアの表象という仮面をかぶりながらもエキゾチシズム溢れる物語世界はゴーゴリ作品の境界性、両義性をいやがうえにも際立たせ、境界的存在に対する読者たちの好奇心を掻きたてた。ロシア語で書かれたウクライナ民話風の小説というゴーゴリ作品に内在する境界性やその中に構造化されたロシアとウクライナの両義的な関係性は、ロシア帝国の歴史認識をめぐる言説と構造的に重なっており、帝国のアイデンティティを再生産すると同時に問題化する寓話としての意味を持っていたのである。ゴーゴリ作品に対する階級を超えた強い関心のあり方は、メディアや移動展覧派の絵画を通じて新たな受容層の間で共有されるようになった十九世紀後半に、こうした受容層を含む新たなロシアという想像の共同体を構築するプロセスにおいて必然的であったといえる。

4　出版で生じた新しい受容形態

移動展覧派の作品に関して指摘したシンボル化は、移動展覧派に限ったことではなく、文学作品の二次創作全般に共通してみられる傾向であった。ゴーゴリが古典として広く了解されていくプロセスにおいて、オリジナルから要素が抽出され、それぞれの二次創作やメディアのコンテクストに応じてシンボル化される様子をさまざまな角度から追うことが本章を通した関心の一つであった。

例えば移動展覧派がゴーゴリ作品を絵画に描くことやメディアにおけるイラスト化は、ゴーゴリ作品の言語によるテクストを絵画という別の方式の構造物へ置き換えると同時に、情報の圧縮を行っている。これはキリスト教会の布教の方法にも見られ、長いテクストを読解する能力のない人々向けに、テクストの内容を伝える伝統的な方法と言えるかもしれない。だが、十九世紀後半の特徴は、テクストのシンボル化が必ずしも教育水準の低い受容者のためだけに行われたのではなく、教養ある階層向けの出版物でも頻繁に見られたことにある。

イラストの出版

十九世紀後半を通じて、ゴーゴリ作品の場面を描いたイラストは点数が非常に多く、イラスト雑誌の他にも、単行本の挿絵として、またイラスト単独で出版されることがあった。過去に制作されたゴーゴリ作品のイラストの復刻版も出版された。これに関しては十九世紀におけるゴーゴリ関連の出版物の目録*[156]を見てみよう。

目録には多くのイラスト集の情報が収録されているが、特に優れた作品としてピョートル・ソコロフによるイラスト集『死せる魂』を挙げる。これは『死せる魂』のイラストの中でも点数・質ともに優れた作品でありながら一八九一年の初版まで一度も発表されなかった作品集である。

また一八九二年に再版された画家アーギンによる『死せる魂』にも注目したい。これは一八四〇年代に一度出版されたが、一八九二年に再版するにあたり、初版のスタイルを踏襲せずリメイクした形で出版された。

出版社が同時代の画家に注文してイラスト付きゴーゴリ作品集を制作するケースも世紀末から二十世紀初頭にかけて多くみられ、特に一九〇二年以降は増加した。例えば出版社ナロードの利益は一九〇二年に画家マコフスキイによる『死せる魂』の四十四枚のイラストを掲載した『ゴーゴリのイラスト付き作品集』を出版し、パヴレンコフ出版社はズブリャニコフとピロゴフによる百八十枚のイラストをつけたゴーゴリの一巻本を発行した。マルクス出版社が三百六十五枚のイラストが掲載された『チチコフの遍歴あるいは死せる魂』と題する豪華本を出版したのもこの時期にあたる。ビャトカ県のゼムストヴォは『ゴーゴリ作品集』三巻本にクストジエフ、チュプリネンコ、ルイーロフの制作したイラストを載せた『ゴーゴリ作品集』を出版した。*157

シンボルのみの提示

上に上げたイラスト出版物にはどのような特徴が見られるのだろうか。どの作品集にも共通するのは、作品の点数が非常に多いことである。イラスト数が十や二十であればそれはテクストの説明や付属物として機能する。しかしその水準を超えたとき、出版物の中でイラストの持つ意味が変わる。百を超える点数は、イラスト同士の結びつきによってテクストとは別の作品世界を動かし始める効果を持つ。

その作品世界の向かう先は、ゴーゴリ作品を象徴する登場人物や有名なシーンの遊離である。有名な人物やシーンはその知名度を背景にして作品そのものから遊離し、作品全体を代表するシンボルとして機能するようになる。テクストがなくとも、イラストが提示したシンボリックなイメージがゴーゴリ作品の世界を背負うようになる。

その典型的な例として挙げられるのが、第一章でとりあげたボクレフスキイのイラストである。ボクレフスキイはその作品の多くがゴーゴリ作品に登場する人物の肖像画という特異な画家である。イラストは出版物の形で版を重ねるだけでなく、ペンケースや便箋などの商品にも印刷されてゴーゴリ作品のシンボルとして広く流通した。

こうした現象が可能になるのは、当時の出版活動によってゴーゴリ作品がテクスト全体を伴わずに知名度を拡大する仕組みができあがっていたためではないだろうか。

国民的な財産という意味づけの先行

ロシアが教育の拡大を目指した十九世紀後半において、文学作品のシンボル化——作品のシンボルのみを提示したり、全集のように出版そのものをシンボル化するという変化——は、教育水準の低い層へ文学作品を大衆化するための重要な手段の一つであったことは言うまでもない。しかし、シンボル化は、メディアや移動展覧派などさまざまな表象装置の展開する中で、階級を超えて一般的に用いられる方法となった。当初の啓蒙という目的を超えて、国民の再編成、ナショナリティの再構築のために、メディアを通じて文学を効率よく神話化し、正典化する方法として見出されたのである。

『ニーヴァ』の予約購読者向けの広告文で見たとおり、すでに二十世紀初頭にはゴーゴリは古典として共通認識を得ていたが、これはいくつものメディアのネットワークが重なり合うところに成立していたとみるべきである。例えば『ニーヴァ』の巨大な読者網がその一つであり、ゴーゴリを教材とした学校もまたそうしたネットワークの一つである。マルクス社やそれ以外の出版社による啓蒙出版物、雑誌、そして移動展覧派のようなネットワークも含まれる。こうしたネットワークがシンボル化したゴーゴリ作品を流通させ、受容者たちは、多くの人々にゴーゴリが知られているという共通知識を得ることになる。こうした共通知識の重なりの上に、国民的な財産としてのゴーゴリという共通了解が出来上がる。そのゴーゴリとは、シンボルによって代替されるゴーゴリである。オリジナルではなく、多くの二次創作が紡ぎだす幻影としてのゴーゴリ作品である。したがって、ゴーゴリ作品がロシアの国民的財産であり、ゴーゴリ作品を読むことによって何かを得ることができるという一八六〇年代の教育者たちの考え方から離れ、十九世紀末にはゴーゴリ作品集を所有することやゴーゴリ作品をたとえ一部でも知ることそのものに啓蒙的な意味が与えられるという価値の転換がおこっていたことは当然と言える。

そしてシンボル化したゴーゴリ作品は、オリジナルのゴーゴリ作品にはけっしてできないような形で、当時の社会に柔軟に適応し、新たに開発され、拡大した読者集団の需要にこたえ、新たなナショナリティの枠組みを作りあげていく正典の一つとして機能したのである。

第三章

十九世紀末までに出版物と読書の大衆化が急速に進むと同時に、読者はかつてない増加と多様化を遂げた。出版社はどのような本を提供し、読者はそれをどのように読んだのか。本章ではこの二つの問題を同時に扱うことのできる題材としてさまざまな異本を取り上げる。ここでいう異本とは、本書の冒頭で設定した広い意味、すなわちゴーゴリ作品をもとにしたメディア全体をさしている。異本の分析を通じて、個々のメディアとしての特徴はもとより、異本群としてみたときに浮かび上がる、集合的な変化や、ゴーゴリ作品の社会的意味の変化についても考察していきたい。

以下では一八七〇年代から二十世紀初頭までに制作された様々な異本を取り上げ、異本を巡り同時代に問題となった事柄や、異本がもたらした長期的な変化について考察する。それを通じてゴーゴリ作品が文化的遺産として構築される際にこれらがどのような役割を果たしたかについて論じていきたい。

I　大衆化

二十世紀初頭までに、前章で取り上げた『ニーヴァ』の読者層のさらに外側に存在していた人々、すなわち識字能力の低い農民たちや社会の下層に属する貧しい人々の間でもゴーゴリ作品が知られるようになっていた。彼らと文学を結びつけるメディアと環境が十九世紀末に急速に発達し、ロシアの読書の実態を大きく変化させたのである。

文学の大衆化は文化の民主化という側面を持っていたが、同時に出版物の質の低下や出版業の無法状態をもたらした。また異本はオリジナルにはない独特の役割を、新たな読者集団の中で果たすようになった。

1　悪　書

民衆向け啓蒙書の増加と出版傾向の分化

十九世紀末は民衆向けの書物が百以上の出版社から発行され、出版物の種類も多様化した時期である。その中でも文学や農業技術の本など民衆向けの啓蒙書としての役割をはっきりアピールした本が増加した。啓蒙書が増加した一因としてインテリゲンツィヤがそれまでの活動の成果に失望し、小さな活動を見直す中で、民衆の啓蒙に関心を向けていったという事情があげられる。それと平行して農民を始めとする民衆の側も識字率の向上を通じて重要な読者層として浮上し始めた。

一九九七年出版の『本の歴史』では、この時期に民衆向けの文学の本を出した出版社が大きく二つに分けられている。ひとつは良書志向の出版社・団体で、私営の大きな出版社のほか、活動の一環として出版を行う識字委員会、ゼムストヴォのような行政団体がこれにあたる。こうした出版社・団体は民衆の読書からルボークと呼ばれる民衆版画を用いた読み物や扇情的な物語などの俗悪な読み物を排除し、ロシアや外国の古典文学を読ませることを目指した。もうひとつは、インテリゲンツィヤの価値観にもとづく啓蒙を無意味と考え、民衆固有の本を作り上げようとした出版社である。だが出版社のほとんどは失敗に終わった。*1

スイチン出版社

二つの分類は民衆の啓蒙をいかに進めるべきかという方針やイデオロギーの違いを反映したものである。しかしいずれのグループにも属さない出版社がある。それがスイチン出版社である。

スイチン出版社は古典も俗悪な書物も両方出版している点でどちらの分類からもはみ出している。スイチン出版社は民衆の啓蒙に多大な貢献をした。だがそれほど明確なイデオロギーは持っておらず、出版活動を通じて無節操とも取れる一貫性のなさを見せることがあった。

スイチン出版社の創業者であるイワン・ドミトリエヴィチ・スイチンは、コストロマ県の書記の子として一八五一年に生まれた。十五歳で書籍や毛皮を扱うシャラーポフ商店に勤めに入った。一八三三年に独立し、モスクワに書店を構えた。十九世紀のロシアの書店の中には本を売る一方で出版事業も手がける店が珍しくなく、スイチンも出版にのりだした。スイチンがまず出版したのは、ルボークであった。*2

ルボークとは、十七世紀以降ロシアの民衆の間で楽しまれた版画のことである。最初は木版で制作されたが、のちに銅版や石版画（リトグラフ）によってつくられるようになった。宗教や歴史、昔話や文学作品、皇帝を含む著名人、カリカチュア、歳時・風俗、戦争などの同時代の大きな事件など様々なテーマを素朴な手法で描きだし、情報源や娯楽のメディアとして民衆の暮らしに深く浸透した。スイチンの時代には印刷技術の向上に伴い、ルボークは色刷りのリトグラフで大量生産されるようになり、行商人の手で各地に運ばれ、民衆の啓蒙に大きな役割を果たした。もともとルボークは一枚の紙に大きな絵を印刷した一枚版画の形式が一般的であったが、十九世紀半ば以降に登場する、ルボークを挿絵とした廉価版の大衆向けの本（主に文学）も意味するようになった。こうしたものはルボーク本やルボーク文学と呼ばれる。*3

スイチンははっきりした良書志向の出版社や失敗の多かったインテリゲンツィヤの出版社とは異なり、幅広い分野の本を出し、事業に成功した新しいタイプの出版社であった。

十九世紀末における出版状況の転換がどのように起こったかを知る上で、スイチンの活動は重要な研究材料である。考察を行う上で、出版社が想定していた読者像に注目したい。出版社の活動は対象となる読者集団を想定することに始まり、最終的に集団ごとの読書をある傾向に導く機能を担っている。先ほどあげたどの出版社にとっても、読者集団を決定し、書物の性格を決定する重要な要素だったのは民衆の定義であった。それぞれの出版社が民衆の読者をどのようにイメージしていたかは各出版社の出版方針を決めるばかりでなく、その後の民衆向けの出版状況を決定する大きな要因でもあった。

スイチン社の特徴を明確にするためにスイチンとは異なる古い読者観、啓蒙観をもつ代表的出版社である「ペテルブルグ識字委員会」を比較対象として取り上げる。

以下では、まず識字委員会とスイチンの活動を比較しながらそれぞれの特徴を明らかにし、次に両者が抱いていた読者像の分析を通じて、両者の異なる出版方針を読者像という観点から考察する。

識字委員会とスイチンの比較

識字委員会の活動と良書志向

サンクト・ペテルブルグ識字委員会は、ロシア帝国の機関である自由経済協会に付属する一時的な機関として農奴解放が行われた一八六一年に発足し、その後一八九五年まで三十五年間活動した。自由経済協会は十八世紀に農業経済の振興のために設置された機関である。識字委員会の設立の目的は、解放された農民たちに教育を普及させることであり、これは農業生産力の向上を目指す政策の一環としての性格を持っていた。設立計画を記した文書には識字委員会の課題が以下のように書かれている。「農民階級によりよい農業知識を成功裏に普及させるための唯一の保証となることを目指す。この最後の事柄が帝国自由経済協会の主要な課題である。」*4

発足した当初、識字委員会は広い階層から熱烈に支持され、農民階級からも激励の手紙が届くほどであった。ツルゲーネフを始めとする著名な文学者も活動計画の立案に参加した。だが、もとより識字委員会の目指した教育とはその目的、領域ともに限定されたものに過ぎず、最初の二十年間はそれほど目覚しい活動ができなかった。委員会の主要な活動は、学校や図書館に書籍を配り、民衆の読書のための本を編纂するなど、出版と本の普及であった。

識字委員会の出版活動が本格化したのは一八八〇年代に入ってからである。一八八〇年から一八九五年までに百二十六点の本が出版された。部数の合計は約二百万部であった。最後の活動となる一八九四年と一八九五年の二年間に出版したものは、点数・部数ともにそれまでの十四年間を上回る規模となった。この時期に民衆のための本を改善する試みが始まった。*5

識字委員会は、民衆の間に広まっている質の悪い読み物を強く批判した。当時民衆向けに安く市場で販売されていたのは、残酷な描写や扇情的な場面を連ねた読み物や、出版社の注文や作家の裁量により古典を作り変えた読み物を掲載した本がほとんどだった。識字委員会は特に、民衆向けの本の市場が開かれるモスクワのニコリスキイ（ニコーラ）市場を名指ししてそこで販売される本を駆逐するべき悪書として批判した。

識字委員会が目指したのは良い本を安く売ることであった。書物の値段を下げるために紙質、イラスト、植字などのハード面が犠牲にされがちであったが、こうしたハード面に関しても委員会の明確な良書志向が反映された。識字委員会によると、ニコーラ市場で販売されているのはページに大きな余白をあけて水増しした本であり、紙の質も悪く、民衆向けの本全体の評判を下げかねないものであるという。こうした批判に基づき、識字委員会は装丁にもコストをかけ、表現力豊かなイラストを用い、紙と印刷の質を向上させた本を生産した。識字委員会の本は劣悪な本とは一線を画し、品質と内容の保証された民衆向けの本として書籍市場において権威を確立していった。委員会は民衆、特に農民に安い値段で、ロシアのみならず世界の古典文学の最も良い作品を提供するという路線を貫いた。*6

スイチンによる悪書出版

一方、スイチン出版社は民衆向けの本を早い時期から出版していた。スイチンの活動拠点は識字委員会が悪書の巣窟として批判したモスクワのニコーラ市場であった。スイチンはニコーラ市場で売られる本の多くの作家たちと懇意にしており、彼らの作品を出版していた。*7

特に大衆向けによく出版されたのは幻想性、恋愛、戦闘シーンなどが盛り込まれた短編であった。*8古典のなかでもこうした特徴を持つ作品が特に好まれて改作され、ゴーゴリやプーシキンは格好の題材とされていた。

スイチンは回想の中でこれに関係するエピソードを書いている。あるとき、スイチンの店に若者が原稿を持ち込んできた。その原稿は『恐怖の一夜、あるいは恐ろしい魔法使い』というタイトルがつけられていた。出版社は持ち込み原稿を読むことなどめったになく、たいていは一見した分量に応じて買い取りの代金を支払うため、このときもスイチンは十五ルーブリで買い取った。その後原稿を校正にまわしたところ、校正者がやってきてこれはゴーゴリの作品そのままだから出版できないと報告してきたという。その後若者を呼んで十ページほど書き直させ、出版にこぎつけたというエピソードである。*9これは識字委員会が古典を改ざんして出回らせる悪書としてあげた本そのものである。

現代でも問題となる海賊版はオリジナルの複製や一部を模倣したものを含むが、当時のロシアでは、完全な複製とは言えない改作であれば容認されていたことがスイチンの記述から読み取れる。ただし改作の出版はスイチン自身が後ろ暗いこととして捉えていることから、法の網の目をくぐるに近い行為だった可能性はある。ロシアにおける著作権は段階的に法整備が成されたが、十九世紀後半になっても著者の権利は当時の国際条約のベルヌ条約ほど十分に保護されてはいなかった。

『民衆の事典』第十巻[*10]には、このようにして古典を書きなおした本が複数挙げられている。例えばゴーゴリの『タラス・ブーリバ』は改作された上、『タラス・チェルノモルスキイ』、『海賊タラス・チェルノモルスキイ』、『コサック首領ウルヴァンの冒険』などの別のタイトルを付けて出版された。またゴーゴリの『ヴィイ』は『恐ろしい美女、あるいは墓場での三夜』というタイトルになって出版された。ツルゲーネフの『ベージンの草原』は『いたずら者の家の精』という短編小説に改作され、A・トルストイの『白銀公爵』は『黄金公爵』や『盗賊チュルキン』というタイトルで出版された。このほかにも多くの優れた作家の作品はルボーク本の作家によって、似て非なる作品に姿を変えて市場に出回った。[*11]こうした本が出版されたのはゴーゴリの作品集を出版する際に本来は著作権を持つ人物の許可が必要で、許可が下りたとしても合法的に出版の権利を買うためには高額の資金が必要だったことが大きな原因である。その結果、本物の作品集の価格は高くなり、ゴーゴリ作品を出版しても需要が低い時期には、大量の在庫を抱えてつぶれる出版社もあった。

古典を改作した本の実例をみてみたい。サンクト・ペテルブルグのロシア国立図書館にはこの種の本が所蔵されている。以下ではその中から三冊を挙げる。三冊とも十九世紀末に出版されたもので表紙には多色刷りの石版画が使われている。

文献情報は、本自体にも簡単に記されているが、一九〇二年のゴーゴリ死後五十周年に発行されたスペランスキイ編による『ゴーゴリ論集』所収の「民衆の本と絵におけるゴーゴリ」という目録にも掲載されている。[*12]この目録には一八八〇年代から一九〇〇年代にかけてゴーゴリ作品を改作し、タイトルにも手を加えた民衆向け本が十八点挙げられている。実際にはもっと多くの改作本が存在していたはずであり、目録に記録されているのはごく一部に過ぎない。しかし、こうした本を扱っている点で、この目録は貴重である。

さて、この目録には、手元にある三冊のルボーク本のうち二冊の文献情報が載っている。一冊目は、『恐怖の魔法使い、あるいは血みどろの復讐』*13であり、二冊目は、『美女の墓場での三夜』*14である。

『恐怖の魔法使い、あるいは血みどろの復讐』の表紙（図1）は扇情的でキッチュな絵で、殺戮の場面が描かれている。タイトルの文字はゴシックロマンを連想させるようなデザインになっている。出版が一八八四年なので百二十年以上はたっているがそれほど退色していないきれいな多色刷りである。三冊とも天地十七センチ、左右十一センチほどの小さな判型である。

『恐怖の魔法使い』と『美女の墓場での三夜』は、二冊ともスイチン出版社の出した本である。スイチンの伝記を調べたところ、目録にあるこの二冊の本の情報にかなり近いと思われる本についての記述が見つかった。

図1. スイチン出版社発行の『恐怖の魔法使い、あるいは血みどろの復讐』の表紙。*15

「民俗版画作品の第三のグループをなすのは、わが国の普通の文学から借りてこられた小説類だった。これらの文学作品が純粋なそのままの形でニコーラ市場の店に姿をあらわすことはほとんどなかった点は注目に値する。（中略）ゴーゴリの短編『ヴィー』（伝説中の地中に住む恐ろしい老人）は、ニコーラ市場では『棺のかたわらで三日三晩』だし、『恐怖の復讐』は『恐怖の魔法使い』だった。そういう改作類は、とうていゴーゴリふうといえるものではなかっ

た。」（松下裕訳）＊16

筆者の手元には、もう一冊、『タラス・ブーリバ、あるいは美しい令嬢のための裏切りと死』というタイトルの本（図2）がある。この本にいたっては「ゴーゴリの原作に基づく編集版」という但し書きがタイトルに添えられ、ゴーゴリをもとに書いたことが明記されている。出版年は一八九九年、モスクワ、サゾノフ書店の出版である。

これらは大抵、間違いだらけで内容もくだらない小冊子を書く作家たちが、有名な作品を土台に書きなおした上で印刷した非常に程度の低い出版物であった。書きなおす仕方や程度はまちまちで、大幅に改作する場合もあれば、ごく一部だけを変え、ほとんど書き写しの状態で原作とは異なるタイトルを付けて出版するケースもあったという。

図2.サゾノフ書店発行の『タラス・ブーリバ、あるいは美しい令嬢のための裏切りと死』＊17

良書への方向転換

スイチンはこのような本を扱う出版社だったが、その後チュルトコフが主体となってはじめた「仲介者」という出版社の立ち上げに参加し、民衆のための本の出版を行う。これはニコーラ市場で売られるような出版物ではなく、質の高い立派な本を安く販売することを目的として設立した出版社であった。

スイチンの回想には、チュルトコフと始めて出会ったときのエピソードが出てくる。チュルトコフは一八八四年にスイチンの書店にやってきて、こういった本を大衆用に出版していただけないでしょうかと言って、ポケットから、ペテルブルグ識字教育委員会によって刊行された三冊の薄い本と、一束の原稿を取り出した。スイチンはこの話に興味を持ち、これをきっかけにして「仲介者」が発足した。仲介者出版社が本の見本としたのはまさに識字委員会の本だった。*[18]

「仲介者」は農業関連書のシリーズや大作家の文学作品をレパートリーとしていた。文学書の場合、作家に対して支払う原稿料を出版権の買取という形ではなく出版許可料の形で支払い、原稿料を安く押さえた。無償で原稿を寄せる作家もいた。「仲介者」に積極的に協力していたトルストイは書き下ろしの原稿を提供した。*[19]

「仲介者」が出版した文学作品には、トルストイやコロレンコのように有名作家の作品が豊富に並んでいた。また挿絵はスリコフ、レーピン、キフシェンコの立派な絵を使っていて、値段は百冊八十コペイカだった。これに対して「仲介者」が参考にしたペテルブルグの識字委員会発行による有名作家の作品をのせた民衆向けの本は一冊七コペイカであった。*[20]「仲介者」の本は内容の点でスイチンがそれまで出版していたようなルボークとは一線を画した本であった。

その後の啓蒙活動

その後、スイチンは安くて内容の充実した教科書の販売を始めた。それまで教科書の出版には国の認可を必要とし、寡占状態にあった。そのため値段は非常に高く、手軽に民衆が教科書を手に入れられる状況にはなかった。スイチン社は人脈と資金を駆使して認可を得、一八九五年から安価な教科書の出版を開始する。その後も教科書出版に関しては国民教育省等の機関からの圧力を受け困難な状況が続いたが、〈小学校と知識〉協会を設立し、教科書の質の向上と低廉化を目指す活動を行った。

「仲介者」や教科書出版の領域におけるスイチンの活動は明らかに啓蒙を目的としており、書物の質に関してはこだわりを見せていた。スイチンのこうした活動は識字委員会の出版と一見よく似ている。しかしその後の活動の展開を見ると両者は大きく異なる方向に進む。

以下ではスイチンと識字委員会の読者像の違いと照らし合わせながら、両者の出版方針の相違について考察する。

啓蒙をめぐる立場の違い

識字委員会とスイチンによる読者の調査

一八八〇年代の初頭においてペテルブルグの識字委員会はまだ民衆読者を把握しているとは言いがたい状況にあった。民衆の読書の調査は名目上行われていたが、委員による小規模な調査にとどまっていた。民衆の教育水準や経済力に見合う文学作品の選別や意味付けは委員である評論家の評論に立脚して検討されていた。

一八八〇年代前半は、読者把握の遅れが識字委員会の出版の失敗という形で明らかになった時期である。例えばこの時期に識字委員会の出版した本の中には、民衆の大人向けの児童書があった。これは、民衆がまだ未熟で、本をえり好みせず読む、御しやすい読者だという観念に基づく出版だった。このような本は読者の関心をまったく引かず、在庫だけが膨らんだ。出版活動の失敗を通じて、こうした指導部と啓蒙活動を実践する委員との間の対立が深まり、読者調査の必要性が明白になった。

読者の調査を組織化し、集中的に行う試みがペテルブルグ識字委員会で始まったのは一八八〇年代の後半に入ってからである。一八八八年には「民衆が読むものに関する情報収集のためのプログラム」が作成され、翌年には「民衆の初等教育を拡大し、支援することを目的としたロシア国内に存在する個人および公的な施設」に関する調査が行われた。ペテルブルグ大学の調査グループとペテルブルグ識字委員会のメンバーであったルバキン、「仲介者」がすでに読者調査のためのプログラムを作成していた。識字委員会は出版社に大きく遅れをとりながらも、この作成メンバーを委員会に招き、かれらの影響下で調査を開始した。

だが、調査は微々たる成果しか上げられなかった。調査資料はごくわずかしか集められず、そこから結論を導くのは不可能だった。識字委員会が成果を上げられなかった原因は識字委員会が民衆と直接つながるパイプを持たないことにあった。また識字委員会は民衆教育機関や地方自治機関のゼムストヴォ、この問題に詳しい個人に実地調査を依頼し、その調査資料をもとに読者の分析をする方法を採用したが、こうした依頼先に対する権限を持っていなかった。その上政府は、民衆の読書や教育水準に関する調査自体が政府の権限の侵害とみなして識字委員会の調査にたいし妨害を行った。[*21]

一方、スイチンは一八七〇年代から読者の要求や関心の調査に熱心に取り組んできた。スイチンは版画や本を出版する際、行商人から地域による売れ筋の違いや、農民が好む題材について詳細な情報を得、その情報を元に出版物の内容を随時修正した。また、これをすぐに出版物に反映させていたため、スイチンのルボークは内容や絵柄が常に改良され、いつも瞬く間に売りきれた。

スイチンは同業者の間でまだ行われていない新しい方法も取り入れた。要望を教えてほしいという呼びかけをカレンダーに印刷し、カレンダーの買い手から直接情報を収集したのである。これらの投書は民衆の需要や趣味について幅広い知識をスイチンに提供した。

こうしてスイチンはカレンダーだけでなく、民衆向けのルボークや物語を出版するための判断材料を得ていた。*22 スイチンはさまざまなジャンルの出版物を手がけており、その都度、内容や対象読者の設定に関して実験を繰り返した。

一八九〇年代における識字委員会の成功

一八九〇年代には識字委員会の読者調査の水準は向上し、一八八〇年代を大きく上回る点数の出版物を発行した。その理由の一つは、識字委員会内部での権力闘争の結果、ラディカルなグループが主導権を握ったことが上げられる。

このメンバーは、劣悪な書物の出回る低迷した書籍市場を委員会の主導によって改善し、より安定した供給と書籍の質の向上を実現することを目指した。一八九〇年代の読者調査では読者の実態を把握し、どのような書物をえらんで出版するべきかを焦点に、教育学者で民衆の書物の普及に尽力したスヴェシニコヴァやルバキンたちが優れた報告書を作成した。スヴェシニコヴァは、ルボークと絵に関する調査を、ルバキンは「民衆は今何を呼んでいるか」という報告を書いた。

一八九〇年代の初頭には委員会の出版物の売れ行きがよくなり、カルムイコフ書店、ムリノヴァ書店と新たに提携したり、ゼムストヴォとの結びつきを強め、図書館向けに大量の注文を受けるようになった。結局一八八〇年から一八九五年までに、百二十六点の本を出版し、部数の合計は二百万部に上った。*23

このように成功を収めたことから、識字委員会による読者の需要の把握は的確であったといえる。一八九〇年代における識字委員会の活動は、委員会が出版界の市場調査や読者研究を行っている点で、民衆の啓蒙の失敗を繰り返してきた従来の出版社や啓蒙家のやり方を相対化する目を持っていたことを示している。

識字委員会の出版方針と民衆観

識字委員会の出版方針はあくまで良書志向だった。始めは実用書や農業関連書が多かったが、一八九〇年代には文学作品が増えた。民衆に安い値段で世界の古典文学の優れた作品を提供するという委員会の基本方針に添い、文学作品が百十五点、歴史三点、旅行記・地理は三点、自然科学三点、農業二点という配分で出版が行われた。文学作品は全体の九十パーセントを占め、さらにそのうちの八十パーセントはロシア文学であった。一八九〇年代以降、文学、特にロシア古典文学の出版に際しての作品の選択は会議を通じて非常に入念に行われた。*24

識字委員会が出版した文学作品の例をあげると、一八八七年出版のレールモントフの『商人カラシニコフの歌』、およびクルイロフの寓話四部作、ツルゲーネフの『はたご』がある。ゴーゴリ作品も出版されたが、著作権を複数の相続人が持ち、非常に高価だったため、識字委員会が出版権を購入できた『五月の夜』と『クリスマスの前夜』の二つだけが一八九〇年に出版された。プーシキンやゴーゴリ、レールモントフの作品やクルイロフの寓話に代表される古典作品は、識字委員会の出版目的である啓蒙的意図に合致するだけでなく、出版可能という点で万人向けという判断を下される性格を持っていた。九〇年代には、ほかにネクラーソフ、アクサーコフ、A・K・トルストイ、グリゴローヴィチの作品を出版した。*25

識字委員会は古典作品以外にも、同時代の作家の新しい作品を出版した。たとえばガルシン、コロレンコの作品である。コロレンコは協力的で、自分の作品の再版を無料で許可した。*26だが同時代のガルシンやトルストイの作品を出版したことが、識字委員会の閉鎖につながる結果となった。政府の警戒を招き、思想的に危険視され活動停止命令を受けたのである。その他にも、サルティコフ-シチェドリンの作品を出版する企画が指導部の命令によって頓挫したエピソードは、識字委員会の出版目的として了解されていた範疇の外で微妙な問題が存在していたことを提示している。

識字委員会の主要な目的は古典の改ざん、残酷な描写やばかげた場面の連続する低劣な読み物を駆逐し、内容の優れた一流作家による文学作品を民衆に提供することであった。だが、この対立図式以外にも政府の体制に反する文学と支障のない文学の区別があり、識字委員会はたびたび出版活動に介入を受けていた。

もともと、識字委員会の活動は農民を対象とすることを基本方針としていた。しかし識字委員会の主要な業務は、本の読めない民衆を対象にした教育活動ではなく、出版物を発行することだった。出版を通じて委員会の活動対象は農民に限らず、本を読むことのできる中流階層を含んだ広義の民衆に次第に切り替わっていった。対象とする集団が変わっても、識字委員会にもとからあった啓蒙の理念は変わらなかった。一八九〇年代に識字委員会が読者として、あるいは活動対象として想定していたのは文学作品が読める能力をすでに備えた人々だった。このことは識字委員会の良書志向と実際の民衆との間の乖離の現れであったのだが、識字委員会は調査の後も基本的な民衆観を変えることはなく、「良書」を出版するという方針を堅持した。識字委員会の方針を支えた観念を要約すれば、民衆は蒙昧であるということ、俗悪なものを含む民衆の文化は意味がなく上層の文化にのみ価値があるということ、それを凝縮した「良書」によって民衆を教育できるばかりか、中途半端に教育を受けた厄介な階層を無害化することができるというものであると言える。これは当時における社会的偏向ではなく、むしろ上流階級や知識人の間では一般的なものであったと思われる。識字委員会に協力的で、出版方針に影響を与えたツルゲーネフも、文学についての発言の中で、作家は民衆の読書に対して最大限の注意を払い、社会的利益と教育的意義のみを目的として書くべきだと述べている。[*27]

識字委員会の良書志向は民衆に対する温情主義を反映するだけではなかった。古典に代表される良書は、中途半端に教育を受けた厄介な階層に上層階級と同じ文化を共有することを許し、そのことによって彼らを無害化するための手段としての役割を担っていた。[*28]

スイチンの悪書に対する立場

一方、スイチンが構想する読者とは抽象的な集団ではなく、本を楽しむひとりひとりの読者であった。スイチンが回想の中で描くのは、ルボークとそれにつけられた詩から時事ニュースを知る農民や、民話のボヴァー王子の物語を元に芝居ごっこをする子供、怪奇物語に改ざんされた小説を読んで楽しむ読者である。[*29]

スイチンのこのような読者イメージは、前述したニコーラ市場での「悪書」の出版をめぐるスイチンの見解に密接にかかわっている。スイチンは回想の中で、ニコーラ市場における悪書とそれを発行した自らに対して批判を行っている。スイチンは「わたしは本能的に、われわれはみな、なすべきことと違うことをしている、自分自身を、自分の商売を、自分たちの仕えている偉大な事業をはずかしめている、ということを理解していた」(松下裕訳)[*30]と述べる。そしてスイチンは悪書ではなく、トルストイやコロレンコの作品を出版できるようになった状況を歓迎すべきことだと書いている。

しかし古典を改ざんした本だけでなく、スイチンが民衆向けに出版・販売した書物全般に視野を広げてスイチンの回想を読み直すと、スイチンが悪書の出版活動に抱いていた見解の中には、単なる批判で終わらない複雑な思いが見え隠れする。

「ニコーラ市場の欠陥は、わたしにはみな手に取るようにわかっていた。直感と推察によって、われわれがほんものの文学からいかに遠いところにいるか、われわれの仕事では、善と悪が、美と醜が、知性と愚昧がいかにからみあっているかを理解していた。」*[31]という回想の記述は、スイチンがニコーラ市場で活動しながら、その活動の文学・教育上の価値の低さを冷静に把握していたことを示している。

さらにスイチンは「ニコーラ市場の作者たちは、文学界から離れたところで、だれにも知られず、世間の人びとからさげすまれながら、自分の『文学活動』にはげんだ。」*[32]「それらはみな、本物のロシア文学が絶えず嘲笑しつづけてきたような本だった。」*[33]と回想している。スイチンは、自分たちの活動の性質のみならず、ニコーラ市場の作家や本がまともな出版社や作家から受ける軽蔑のまなざしに対しても非常に自覚的であった。

では「本物のロシア文学」に属する人々についてスイチンはどのように書いているだろうか。スイチンはニコーラ市場が教養のある階層に属していた文学から切り離されていたことに言及し、ニコーラ市場で売られる大衆的な小説は「文学の地下室」で生み出されたもので、「ひとすじの光もさしこまず、ほんものの作家の誰ひとりとして覗いてみもしなかったものだった。」*[34]と述べている。ここには民衆の生活における読書に対して無頓着と無理解を続けてきた文学者や教養階級に対する皮肉が読み取れる。

ニコーラ市場で売られる本は確かにひどいものだったが、それは悪書の販売に至る必然的な状況があったためでもあった。能力のある作家は民衆向けに作品を書くことがなかったし、そのような作家の出版権料は高額で、市場の小さな出版社にそれを支払う能力はなかった。

ニコーラ市場は独自のやり方で本を創作刊行し、識字能力が十分ではない田舎の読者に送りとどける特別の方策をみずからさぐり、見つけていった*[35]というスイチンの言葉には、見捨てられてきた民衆の読者に読み物を提供したのはニコーラ市場だという自負すらうかがえる。

ニコーラ市場の本の世界とスイチンによる啓蒙活動

ニコーラ市場の作家や出版社は、民衆の娯楽としての読書を作り出しており、言いかえれば民衆の関心と要求こそがニコーラ市場を動かしていた。出版社は、民衆が何を面白がるか、情報網を駆使して需要の把握に努めた。彼らが供給する本は民衆の興味や読書欲に答え、娯楽のひとつの様態を作っていった。

スイチンが抱いていた自負は、自分が民衆の本に対する興味を直接捉え、要求を満たしているという誇りだった。前述したスイチンの読者調査に現れているように、スイチンは本の内容は重要視していたが、それ以上に民衆が読書を娯楽として享受すること自体に価値を見出していた。

そうは言っても、ニコーラ市場での自分の仕事に対してスイチンは批判も行っている。スイチンのこうした自負と悪書を出版することへの負い目とのせめぎあいは、民衆の本の出版を巡る数々の問題に対峙する中で生まれたものであり、単にスイチン個人の問題ではない。民衆の本の劣悪さはニコーラ市場の出版社にとっても常に改善すべき課題だった。

スイチンは「仲介者」の立ち上げをきっかけに、悪書の出版から脱して安くて良い本の出版に取り組んだ。しかしスイチンの活動は、識字委員会の良書志向とは目指すところが大きく異なっていた。識字委員会は民衆の読書から悪書を駆逐し、そうしたものを好んで読む悪習を正すこと、いわば矯正することを目指していた。こうした出版方針を突き詰めた結果、一八九〇年代の識字委員会の出版物は文学作品がほとんどを占めることとなった。一八九〇年代の識字委員会は、民衆の需要を把握し、出版活動で十分な成功を収めたが、知識人や教育のある階級に認められるような「よき趣味」の文学への一元化という結果を招いた。識字委員会の出版物の一元化は悪書しか持たない民衆という固定化した読者イメージにもとづいていた。

それに対してスイチンは一八八〇年代以降、出版物の多様化を追求した。農民向けの祈禱書や初等・中等教育向けの視覚教材、職業教育のための技術書、百科事典、新聞などスイチンが手がけた出版物の種類は枚挙に暇がない。用途やコンセプトなど新しい時代の要請に合わせたスイチンの本作りは、読者が実際に本に向かうときにはそれぞれの興味を重視するはずだという読者観に根ざしていた。子供向けの文学作品を出版するにしても、子供の年齢に応じて幼児向け、少年向けと細かく分けた。

スイチンは、同時代に民衆向けに出版された教訓や説教に終始する本や幼児言葉で書かれた本を無意味だと述べている。*36 スイチンにとって人々を惹きつけるのは啓蒙的意義があるかどうかではなく、面白いかどうかという点だった。スイチンは自分が生涯追及するべき目標として民衆のために面白く、安い読み物を提供するという方針をはっきりと掲げた。*37 スイチン出版社の本の多様性はこの方針を反映したものであった。

十九世紀末において、本の多様性と大衆化の推進という点でスイチン出版社に代表される民間の出版社は出版状況を大きく塗り替える存在となった。歴史的観点からみればスイチン出版社は識字委員会を始めとする出版団体が基盤としていた固定的な民衆観が解体した後、読者をめぐり出版界で新たな勢力図が作られる過程に位置していた。現実と絶えず交渉を繰り返しながら、事業を拡大しようとする企業活動が新たな出版界を構築する大きな原動力となった。

スイチン出版社の発行した本は確かに改作を行った海賊版であり、悪書といわれるものではあったが、悪書はそれまでゴーゴリ作品にふれる機会のなかった人々に、曲がりなりにも作品を提供するメディアとしての機能を果たした。

こうした悪書があまりにもよく売れたことが、識字委員会をはじめとする啓蒙的な出版団体の危惧を招き、悪書を巡る問題に発展したのではあるが、スイチン出版社の本がロシアで非常によく読まれ、大衆化を進めたことを考慮するならば、それがたとえ悪書であろうとも、文化における役割を否定することはできない。原作を改作し、短縮した海賊版は明らかな悪書に思われるが、こうした価値判断の前提にはオリジナルこそが唯一正しいテクストであるという観念がある。しかしオリジナルのテクストの特権性は、常に絶対的な価値を持っていたわけではなく、印刷術の発達に伴い、テクストの複製と普及が容易に実現する中で著作権などの概念とともに強化・洗練されてきた、歴史的な産物でもある。特にロシアを含む各国で法整備が進んだ近代以降、オリジナルの知的財産権は重視され、識字委員会はもとよりスイチン社のような出版社もオリジナルの特権性をめぐる価値の枠組みを共有していた。

しかし作品の受容を論じるにあたってはこうした枠組みから離れ、より広い視点から悪書を見るべきである。その場合、悪書は単なる悪書ではなく、ゴーゴリ作品の変種であり、異本の一つとして捉えることができる。文化受容におけるスイチンの悪書の影響力は、異本こそがゴーゴリ作品の大衆化を考える手がかりであることを示唆している。

2　広義の異本

ゴーゴリのオリジナルの出版点数は異本に比べればはるかに少なく、そこだけをみても十九世紀におけるゴーゴリ作品の受容の実際はわからない。

一方異本は、ダイジェスト版、挿絵つきの単行本、一枚版画、雑誌にのった作品の抜粋などの広義の異本を含めると膨大な数に上る。種類も価格も多様性に富み、子供向けの教育、娯楽、贈答用などの多様な目的に応じられるという柔軟性もある。

異本は人々の生活の中でゴーゴリ作品の受容の幅をどう広げたのか。また大衆化を進めたメディアにはどのようなものがあったのだろうか。

異本による読み方の多様化

イラストの様々な役割

多くの異本と深く結びついていたのがイラストの使用である。この時期のゴーゴリ作品本において、イラストはそれぞれのコンセプトに応じて様々な役割を課されていた。

十九世紀末においてイラストがどのような役割を負っていたのかについて、第一部で扱った一八四〇年代の『百枚の絵』の再版を例にとり、考察したい。

アーギンとベルナルツキイが制作した『百枚の絵』は、一八四〇年代に発行を中断したまま、長い間忘れられていた。だが、一八九二年にフョードロフという人物が『百枚の絵』の版画板を百枚分入手し、『ゴーゴリの「死せる魂」の百枚の絵』というタイトルのアルバムとして出版した。

その後、「コペイキン大尉の物語」を描いた三枚の版画板が発見された。これにアーギンが『百枚の絵』の宣伝用に制作したリトグラフのポスターの絵が加わり、一八九二年に『ゴーゴリの「死せる魂」の百四枚の絵』が刊行されたのである。*38

その後、『百枚の絵』は複数の出版社による再版が続き、十五年間に渡って十版以上を数えるに至り、二万部も発行された版もあった。ではこの時期の『百枚の絵』のイラストはどのようなコンセプトで出版されたのだろうか。そのコンセプトは初版の一八四〇年代とは大きく異なっていた。『百枚の絵』は学校の補助教材として用いられたのである。値段は二～三ルーブリであった。*39

一八九二年には、学校においてゴーゴリ作品は一般的な教材であり、多くの生徒が必ず勉強しなくてはならないものになった。しかし、ゴーゴリの作品世界は一八九〇年代の人々にとっては遠い過去のものであり、作品を読んでもゴーゴリの時代の情景を想像することは難しかったのである。

『百枚の絵』が版を重ねたことは、この出版物に対する高い評価を表していたが、それはこのアルバムがゴーゴリの『死せる魂』の同時代に制作されたものであり、ゴーゴリの作品世界の時代を正確に描いているためであった。再版された『百枚の絵』において、イラストは忘れられたゴーゴリの時代を正確に再現する役割を負っていたのである。

このことは、マルクス出版社が発行した豪華本『チチコフの遍歴、あるいは死せる魂』のイラストの役割と共通している。マルクスは豪華本の『死せる魂』を準備するにあたり、イラスト画家たちのために、ゴーゴリの作品の舞台となっている一八二〇、一八三〇年代の面影が残されている郊外に関する資料を集めた。このなかには写真も入っていた。チチコフの時代のいかなる小さなディテールでも、入念にスケッチし、写真に収めることに意味があると考えていたためである。実際に、イラスト画家はイラストを制作するにあたり写真の助けを借りた。*40

再版された『百枚の絵』と、マルクス出版社の豪華本の『死せる魂』においてイラストに課された役割は共通していた。十九世紀末の読者にとってゴーゴリの時代ははるか昔であり、イラストは歴史的な知識を補う実用的な役割を負っていた。ほかの出版物においてもイラストは、特に自然科学などの分野において書物の情報量を格段に上げる機能をもっていた。

識字委員会によるイラスト付きの出版物

一八七〇年代以降に出版されたゴーゴリ作品の中でも特に多かったのが、イラストで本に付加価値を与えた出版物であった。イラストは、それぞれの出版物によって機能が異なる。以下では様々なイラスト付きの出版物を通じて、メディアの多様化がゴーゴリ作品の受容においてどのような変化を意味していたのかについて論じる。

当時、大手の書店であったグラズノフ書店が数年ごとに発行していた書籍の目録の一八八四年版によると、ペテルブルグの識字委員会は、一八八二年にレーピンのイラストを掲載した『ソロチンツィの定

図3.マルクス版豪華本の『死せる魂』挿絵。バジン画。*41

期市』を刊行している。*43 値段は十コペイカと安価で、発行部数は二万部であった。識字委員会の出版方針はすでに前節で論じたとおりであるが、この出版物においてもその出版方針が一貫していたことが改めてうかがえる。

識字委員会の『ソロチンツィの定期市』は、一見するとそれほど際だった特徴や新しさを持たないようにも見えるかもしれないがが、この出版物は、非常に安い値段の書籍でありながら、移動展覧派の大家であるレーピンのイラストを掲載し、テクストもきちんと校正され、内容の質の高いものだった。移動展覧派の活動方針は識字委員会の良書志向と、民衆の啓蒙という出版方針と親和性が高かった。これは、当時のゴーゴリ作品を掲載するメディアとしては異例の条件を備えた新しさを持っていた。その新しさは大作家ゴーゴリの作品というコンテンツと、十コペイカという安い価格、そしてレーピンという大家のイラストとの組み合わせにあった。これはそれまでゴーゴリ作品の読者として見なされていなかった人々にまで読者層を拡大し、かつレーピンの挿絵によって優れた芸術に触れる機会を提供しようという意図に基づいた出版であった。

識字委員会の『ソロチンツィの定期市』の新しさは、ゴーゴリ作品に触れる機会のない人々によい本を届けようとする明確な出版方針と、そのために新しい要素を持つメディアを開発しようとする意志によるものなのである。識字委員会は一八八四

図4.マルクス版豪華本の『死せる魂』挿絵。チチコフとノズドリョフ。ダリケヴィチ画。＊42

年にもゴーゴリの『クリスマスの前夜』を発行している。これにもイラストが掲載された。発行部数は『ソロチンツィの定期市』と同じく二万部で価格は十コペイカであった。*44

各種の雑誌にも、ゴーゴリ作品はイラストともに登場した。『ニーヴァ』はゴーゴリの多くの作品のイラストを多数掲載した。一八七九年と一八八三年に『五月の夜』を、一八七五年、一八八三年、一八八九年に『クリスマスの前夜』を、一八七六年、一八八二年に『恐ろしい場所』を、一八八四年に『ソロチンツィの定期市』を、一八七二年、一八七五年に『タラス・ブーリバ』を、一八八九年に『ローマ』を掲載している。

他の雑誌も『ニーヴァ』と同様、ゴーゴリ作品のイラストを掲載した。たとえば雑誌『道化』は一八九七年から一八九八年にかけて『ディカニカ近郊夜話』のイラストを五点掲載した。一八九八年、一九〇〇年に『クリスマスの前夜』を、一八九七年、一八九八年に『ヴィイ』を、一九〇二年に『死せる魂』を掲載した。

雑誌『北国』は一八八八年、一八九〇年に『ディカニカ近郊夜話』を、一八九一年に『紛失した図書』を、一八九三年に『クリスマスの前夜』を掲載した。*45

こうした雑誌におけるイラストは、ゴーゴリの有名な作品とその概要を説明する文章とともに掲載された。前述した『世界のイラスト』がその一例としてあげられる。これはゴーゴリ作品の作品世界をイメージしやすい形で読者に親しんでもらうための役割を果たしていた。

マルクス出版社の『イラスト付きN・V・ゴーゴリ作品集』もまた、これと同じ新しいタイプのゴーゴリ作品本としてあげられる。*46 これはもっとも有名なゴーゴリ作品を収録した十五巻からなるシリーズもので、八年にわたって刊行された。

このシリーズは一冊につき価格は十五コペイカから四十コペイカという値段であった。*47この価格は先ほどあげた識字委員会の『ソロチンツィの定期市』に比べると高いように思われるが、一冊あたりに収録される分量が多かったことから、相場を下回る価格設定であったとみてよいだろう。

マルクスのシリーズは安価な民衆向け古典文学集としては、装丁がよいものであった。オリジナルのイラスト、カットを掲載し、高級紙を使用していたのである。この本は価格と品質の組み合わせの点で、新しさを備えていた。

このように新たな要素を備えた出版物を論じる際には、この本を買う層があらかじめ存在していたという前提にたち、それが具体的にどのような人々だったかを問うことはあまり意味をなさない。マルクスの出版物の持っていた低価格と安定した品質という条件の組み合わせが、新たな読者集団を作り出したと考えるべきである。

イラストつきの出版物が万単位の部数で、多くの出版社から継続的に出版されたことは、安価なゴーゴリ作品本が作りだした読者集団において、イラストの図解という教育的な役割だけではなく、イラストの提供する楽しみが求められていたことを示している。イラストをつけた安価な文学作品の出版物が多かったことから、イラストが新しい読者の間で販売を促進する役割を負っていたのではないだろうか。

このようにイラストは新しいコンセプトの出版物において様々な役割を負っていた。安価な本、豪華本、教材などイラストの使われた出版物の多様さをみると、それぞれのメディアの新しさや時代への対応、出版のコンセプトがよくわかる。ゴーゴリ作品は多くの新しい出版物と結びついて、読まれることとなったのである。

ゴーゴリ作品の受容の拡大

それまでゴーゴリ作品を読むことのなかった受容集団の中に進出した異本の中でもとりわけ悪名高かったものがオリジナルを改作したり、短くかきなおしたりした海賊版といわれるものである。しかしゴーゴリ作品の受容を考察するに際しては、こうした書物を正規のゴーゴリ本の下位に位置づけ、その単なる贋物としてみるわけにはいかない。こうした書物を愛好した読者の集団が確かに存在したのであり、こうした書物はそれ自体がジャンルとして成立していたとみるべきである。

海賊版はゴーゴリ作品だけ見てもかなりの数が存在した。スペランスキイの目録にあげられている文献情報の中には*[48]『タラス・ブーリバ　ザポロージエのコサックの人生からの物語　V・M・ドロシェヴィチ作』というものがある。これはゴーゴリの『タラス・ブーリバ』をもとにしながらも、別の作者名が付されている例である。出版社はモロゾフ書店、出版地はモスクワ、出版年は一九〇〇年である。*[49]

スペランスキイの目録に収録されている十八点の作品は、『タラス・ブーリバ』と『ヴィイ』などウクライナが舞台の作品をもとにした書籍が多い。同じ作品をもとにしたものであってもタイトルはバリエーションに飛んでいて、先ほどスイチン出版社の出版物で言及したように、全く異なるタイトルに変えたものや副題で変化をつけたものがあった。*[50]こうした工夫は著作権を考慮し、オリジナルと全く同じものではないことを示すためのものであった。

多くの出版社の改作、短縮という行為によってゴーゴリ作品はそれまで接点のなかったメディアと結びつき、ゴーゴリ作品の新たな異本となって広い読者を獲得したのである。

異本が生んだ読者の数

異本が多様化することで、ゴーゴリ作品を知る読者の数は確実に増えていった。

十九世紀に作成された書店のカタログには、書籍のタイトルや著者、出版地などの基本的な文献情報と並んで、部数と価格が掲載されている。このカタログを参考に、識字委員会のイラスト付きの本を始め、民衆向けと銘打ったもの、またそれとコンセプトの近い非常に安い価格のゴーゴリ作品本の部数をみていきたい。

『ソロチンツィの定期市』N・V・ゴーゴリ作。民衆版。サンクト・ペテルブルグ。一八七一年（二万部発行）価格十コペイカ。[*51]

『タラス・ブーリバ』N・V・ゴーゴリ作。民衆版。サンクト・ペテルブルグ。一八七四年（四万部発行）価格二十コペイカ。[*52]

『タラス・ブーリバ』N・V・ゴーゴリ作。キエフ。一八七三年。（千二百部発行）価格二十五コペイカ。

カタログにはこの本に関する書評の情報も掲載されている。それによると一八七四年の『ペテルブルグ報知』二九七号に載った「小ロシアの小冊子《ブロシューラ》」というタイトルの書評であった。[*53]ブロシューラとは多くの場合、表紙のないパンフレット状の出版物に使われる語で、体裁が簡素な安価な出版物であったことが推察できる。

『ロシア文庫　ニコライ・ヴァシリエヴィチ・ゴーゴリ』サンクト・ペテルブルグ。一八七四年。（一万部）価格七十五コペイカ。

この本に関しても書評が四点書かれている。[*54]

一八八〇年代には以下のような本が出た。
『N・V・ゴーゴリ作品全集』第四版。第四巻。モスクワ。一八八〇年。印刷　T・N・ガーゲン。（相続者出版社）八二八頁。（一万二千部）価格　第四巻分　五ルーブリ。[*55]
『子供の文学文庫』（世界撰文読本）肖像画付き。（中略）第四巻。N・V・ゴーゴリとその作品。三五二頁。（中略）モスクワ。一八八三年。（千七百部）価格一巻につき五十コペイカ。[*56]
この本は、プーシキン、ツルゲーネフ、グリボエードフ、レフ・トルストイ、オストロフスキイ、ドストエフスキイ、ゴンチャロフ、ネクラーソフの作品が各一巻ずつシリーズになって発行されたものであり、ゴーゴリ作品はその一つであった。
『イヴァン・クパーラの前夜』N・ゴーゴリ。V・ドゥムノフ書店出版。モスクワ。一八八七年。（中略）（二万部）価格十コペイカ。[*57]
『ヴィイ』N・ゴーゴリ。V・ドゥムノフ書店出版。モスクワ。一八八七年。（中略）（一万部）価格二十コペイカ。
この本の書評が『女性の教育』という雑誌の一八八七年第四号に掲載された。[*58]
『五月の夜あるいは水死女』N・V・ゴーゴリ。短編小説。サンクトペテルブルグ識字委員会出版。サンクトペテルブルグ。一八八四年。（二万部）価格十コペイカ。
これについては雑誌『ロシアの初等科教員』の一八八四年十二号に書評が掲載された。[*59]
これはカタログに掲載されているゴーゴリ作品本の一部であり、出版物によって部数にばらつきは見られるが、万単位の部数で出版されているものがここにあげただけでも七点あることがわかる。

読者層

　このように部数や価格の記録が残されている書籍とは別に、現在ではほとんど記録や現物が残されていない海賊版を含む民衆向けの小冊子もまた、たくさん存在した。ここではスイチンの回想から参考になる情報を提示するにとどめたい。

　十九世紀を通じてスイチン出版社が改作などの手続きを経てゴーゴリ作品を出版したのは、著作権の問題があったためである。ゴーゴリのテキストそのままの形で出版することは法律上できなかったのである。だがのちにスイチンは、ゴーゴリやプーシキンの作品をそのままの形で出版した。プーシキン一冊が八十コペイカ、ゴーゴリ一冊が五十コペイカという価格であった。この二冊は瞬く間に十万部が売り切れたという。

図5.マルクス版豪華本『死せる魂』の挿絵。チチコフ。ダリケヴィチ画。＊60

　この本の買い手が、それまで海賊版を買って読んでいたような人々、すなわちスイチンのいう大衆であったことはスイチンの回想から明らかである。出版時期は不明だが、プーシキンの著作権が切れたのが一八八七年、ゴーゴリは一九〇二年である。この二冊の出版は、これ以降と考えるべきだろう。従ってスイチン出版社一社に限ってみてもゴーゴリの海賊版の読者は二十世紀まで、数万単位で存在していた可能性がある。スイチン出版社以外の多くの出版社が同じような本を出版していたとするならば、その何倍もの読者が、記録に残らない領域で育っていたといえる。

　このような出版活動は、社会における様々な変化と連動していた。前章でマルクス社に関して述べたように、印刷技術の向上は重要な要素だった。『タラス・ブーリバ』の単行本でも初版で四万部が発行された。一八七〇年代には部数が万単位の出版物が、一般的ではなかったとはいえ増えていた。印刷技術の向上の重要性は、スイチンの回想でも述べられている。スイチンは一八七六年に新しい機械を導入して自社の石版画印刷工場を建設した。これはスイチンが事業を拡大する転機となった。

　印刷技術のほか販路の拡大も、新たな読者層の開発を促進した。鉄道の拡張と郵便網の整備はその基礎を支えたが、販路の拡大は出版社ごとに行われた。またスイチン出版社はルボークや安価な書籍を販売するに当たり、行商人の組織を整備して、僻地の農村まで定期的に本を届けるシステム作りに成功した。そして学校の増加と識字率の向上もまた、こうした出版物の増加を支える一因となった。

異本が作った新たな読み方

　新たな異本はゴーゴリの読み方の多様化を促した。ゴーゴリ作品本の書評は、いろいろな雑誌で取り上げられていた。その中から一八八四年の『ロシアの初等科教員』第十二号に掲載された『五月の夜』というペテルブルグ識字委員会が出版した本の書評をみてみたい。

「サンクト・ペテルブルグ識字委員会には感謝せずにいられない。識字委員会は今年、おそらく今まで以上に熱心にロシアのすぐれた作家の中から民衆のための読み物を選んで、出版する活動を続けている。今回、識字委員会はゴーゴリの『ディカニカ近郷夜話』の中からすぐれた短編と、レフ・トルストイ氏の作品の中で最も芸術的といっても過言ではない、あのすばらしいセヴァストーポリの短編集を出版する。(中略)大自然の詩情あふれる絵が印象を一層強めている。民衆のなかで文字の読める方々は、ロシアの作家のなかでも最も偉大な作家の短編を読みながら、健康なユーモアに笑い、暖かい涙を流すことうけあいである。(中略)すでに本に興味を持つ機会に恵まれ、読書が好きな方ならば、大人にも学童にとっても、教養ある人にも文字の読める平民にも、これらのきわめて高度な演劇性を備えた作品を読むことは、楽しいばかりでなく勉強にもなるだろう。」＊61

　識字委員会が出版元なので、教育を目的にしているというコンセプトが出版段階からすでにあったのは確実である。書評もまた、啓蒙という文脈にのっとって書かれている。そのことは雑誌が『ロシアの初等科教員』という教育者向けの雑誌で、教育に役立つものを紹介することをコンセプトとするものであることからもうかがえる。

図6. マルクス版豪華本『死せる魂』の挿絵。サモキシ=ストコフスカヤ画。＊62

　書評は一見するとそのコンセプトを確認しているだけのようである。だが識字委員会の方針を上書きすることだけが書評の役割ではない。雑誌に掲載される書評は広告の役割を兼ねている。広告はそのコンテクストを取り上げて更なる社会的合意を作り出すメディアである。

　この書評は雑誌の読者の間に識字委員会の本の読者は文字を読める平民や学童であるという合意を作り出す。そして単に出版社が新しい本を出し、読者がそれを好き勝手に読むのではなく、ある種の本を読む際の社会的なコンテクスト、この場合は教育と楽しみのために読むものであるという合意も作り出しているのである。

どの本にも教育のためや娯楽のためなどの目的や読者層といった社会的な位置づけがある。例えば学校の教材として出版された『百枚の絵』の場合、ゴーゴリ作品の世界がこの時代には過去のものとなり、読者が正確なイメージを持てなかったことや、さらに十九世紀末の教育現場においては、偉大な作家とされていたゴーゴリの作品を正確なイメージで読むべきであるという合意がこの本の社会的な位置づけに影響を及ぼしていた。

『ニーヴァ』の付録として出版された『ゴーゴリ著作集』は、ゴーゴリ作品を読むことに関する社会的な合意の形成という点で非常に興味深い出版物であった。この本を通じてゴーゴリが古典作家として広く認知され、古典への興味が多くの読者の間で高まり、かつ集大成することが意味を持つと、大勢の人々が認識したことを、皆が知ったのである。こうした共通知識は、ゴーゴリ作品を含む多くのロシア作家の文学が、多くの読者に古典作家として認識され、それがロシアの文化遺産であり、また大衆に開かれ、所有されるべき祖国の財産であるという広い合意を生んだ。

様々な異本が作られたことにより、それまでゴーゴリ作品を知らなかった人々、あるいは知ってはいても読む機会のなかった人々の文化圏のなかで、ゴーゴリ作品を含むロシアの大作家の文学が彼らの新たな文化財として現れた。これはゴーゴリを含む大作家の文学がもとは知識人階級の読み物だったことを考えると、文化の階級降下としてみることができるがそれだけではない。スイチン出版社の改作された小冊子、豪華本など実に様々なメディアでゴーゴリ作品の異本が作られたことをみれば、これは単に文化財が低い階級に払い下げられたということではなく、それぞれの文化圏にふさわしい形でゴーゴリ作品が新たに創られたと見るべきである。

ここまで見てきた一八七〇年代以降に出版された様々な異本はみな、異なる文化圏を横断し、新たな読者たちにゴーゴリ作品というコンテンツを受容できるようにする非常に創造的なメディアだった。様々な出版社が新たなコンセプトによってゴーゴリ作品のためのメディアを開発した一八七〇年代から二十世紀初頭は、ロシアにおける多様な階層、様々な文化圏においてゴーゴリ作品の読者が開拓された時期であった。

多様なジャンルの「異本」

二十世紀の初頭にゴーゴリ作品が受容される様子を概観した時に気づくのは、ゴーゴリ作品の受容層の中に、文字をよく読むことのできない階層が含まれていたということである。確かに民衆向けの出版物は一八七〇年代、一八八〇年代ごろにも出版され、挿絵をつけたものも多かった。だがそれはあくまで文字を読むことで消費する本である。それに対して二十世紀初頭に見られるのは、ゴーゴリ作品を読んだはずのない人々の間でゴーゴリが有名であるという状況である。実際にそれを読む彼らはゴーゴリ作品をオリジナルに近い形でよむことはなかったであろうが、ゴーゴリという名や作品のタイトルはよく知っていた。

こうした変化はいつ、どのようにして生じたのだろうか。変化の要因をメディアの分析を通じて考察する。ここで取り上げるメディアは、版画、ルボークと磁器などの工芸品、そして移動展覧派の展覧会である。これらは確かに本ではない。だが、ゴーゴリ作品にテーマを求め、それを何らかの手段で形にとどめたという点において、それはゴーゴリ作品の変種であり、広義の異本として考えるべきである。なぜならゴーゴリ作品の受容の実際を知るという目的においては、メディアの形の差異は受容の諸相、その多様性を知るための資料となるからである。これらのメディアを、それまでの文学の読者層の外に読者を求めた広義の異本として考察していきたい。

ルボーク

一枚の紙いっぱいに石版画などで絵を印刷した一枚版画の形式のルボークでもゴーゴリ作品をテーマとしたものが作られた。ここに挙げるのは、ペテルブルグのロシア美術館に所蔵される『タラス・ブーリバ』をテーマにした版画と、『ソロチンツィの定期市』をテーマにした版画である。どちらも制作年は、一八七〇年代から一九〇〇年代のものと推定されている。[*63]

『タラス・ブーリバ』は石版画と見られる。複数の絵が格子状の枠の中に収められている。それぞれの絵は物語の場面をイラスト化したもので、話の筋に沿って並んでいる。版画の紙面には文字は一切書かれておらず、絵だけで構成されている。このように、絵を順番にみると話のあらすじを追うことができる構成は、福音書の物語を描いた祭壇画に用いられることの多かった表現である。[*64]この構成をとると、小さな絵のつながりの中に時間の流れが生まれて、絵が全体としてはじめと終わりのあるまとまった物語を表す。版画の読み手は、こうした構成によって、イコンのような超時間的な絵としてではなく物語の中の一部として小さな絵の一つ一つを読めばよいことがわかる。

とはいえ、話の内容を全く知らないのでは、いくら絵がたくさんあってもそこから読み取れる物語はあいまいなものにとどまる。絵に描きこまれた情報のうち、絵だけでは正確に読み取れない全体的なコンテクストやメッセージを補うのは行商人の役割であった。スイチンは回想で、地方の農村にこの種の民俗版画を売りに行く行商人が、版画を売るばかりでなく、内容を話して聞かせていたことに触れている。

「たとえば、村に行商人がやってきて、カフカーズの戦争は終わったと話してくれ、その証拠に『回教徒の頭目シャミーリの降伏』という絵を見せる。そしてまた行商人がやってきて、ロシアには「鉄の道」——鉄道がひかれ、それは「自力で、馬なしに走る」ということを知らせる。そしてやっぱり嘘つきだと思われぬようにその証拠に汽車の絵を見せ、「歌でとどめをさす」。」（松下裕訳）＊65

行商人はニュースや歴史や物語など多様なジャンルの版画を持っていってはその内容を歌などで人々に語って聞かせた。こうした版画や行商人のパフォーマンスを通じて、字が読めなくともゴーゴリの「タラス・ブーリバ」の物語を楽しむことができたのである。

もう一つの版画は、先ほどのものとは少し描き方が違う。この版画はゴーゴリの名前や『ソロチンツィの定期市』という表題がつけられている。描かれる場面は三つだけで、場面を区切る枠はより装飾的に描かれている。この版画は、先ほどの『タラス・ブーリバ』とは構成の仕方が異なる。枠はあるが、その枠は別の枠と重なったり、植物の絵がかぶったりして境界があいまいになっている。均等にコマ割をする構成に比べ、こちらの版画は物語の時間の流れを明確化していない。

装飾的な枠内に描かれた場面の書き込みの多さは、むしろそれぞれの場面の時間的・空間的な広がりを表現している。左上に描かれたゴーゴリの肖像画は、時間を超越した表現であるイコンとおなじレトリックを紙面に持ち込んでいる。この絵は、構図ではなく、装飾的な枠線によって物語のそれぞれの時間を区切った異時同図となっている。異時同図はその中に物語を描きつつも、同一の画面に異なる時間を並列させることによって、時間を越えた画面を構成する。このルボークは物語の展開を読み取るよりは、眺めて楽しむという用途で作られているのである。

農家では、ルボークを買った後、壁に貼って飾るという楽しみ方があった。地理学協会会員のドブリンキンはウラジーミル県におけるルボークのあり方に関して記録を残している。それによると、住民は、祝日などに家へ客を招待する際、版画をルボークを壁に貼り付け、室内装飾として用いた。こうした版

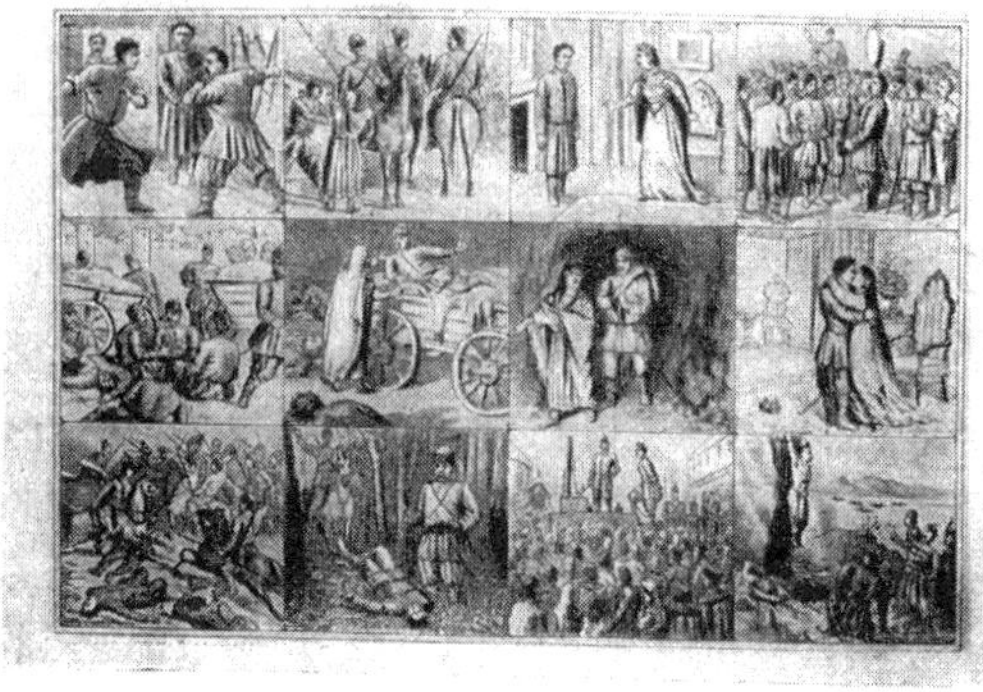

図7. ルボーク『タラス・ブーリバ』＊66

図8. ルボーク民俗版画『ソロチンツィの定期市』＊67

画は、農家の屋内を飾るばかりでなく、色鮮やかな絵の下に書かれているキャプションの教訓やユーモアで楽しみを提供するものでもあった。*69 このようにしてルボークには、様々な楽しみ方があった。ルボークのデザインには読み方のコンテクストが含まれており、それにはいくつか種類があった。版画の買い手はそれに応じた読み方や使い方をしていたのである。

普及

ロシアの農村において版画を販売したのは行商人と本屋であった。この場合の本屋とは、ペテルブルグやモスクワといった大きな都市にある本屋とは異なり、市場に並ぶ小さな出店のようなものだった。そこでは通常、本や冊子と並んで聖像画や様々なジャンルの絵が売られていた。一八七六年の移動展覧会にはまさしく郊外にある本と絵を売る店を描いた絵が出品された。ヴァスネツォフの《小さな書店》というタイトルの油彩画である（図10）。*70 掘っ立て小屋のような粗末な小屋に、「本と絵の販売」と書かれた看板がかかっている。イコンやカレンダー、紙に書かれた絵が並んでいる。本もいくつか置いてある。

ヴァスネツォフの《小さな書店》は、その後、一八九九年に『絵のように美しいロシア』というシリーズものの本に木版画のイラストとなって掲載された。（図11）

図9. ルボークを壁に貼って飾る。農家の室内。*68

このイラストが載ったのは「モスクワとモスクワ州の工業地帯――トヴェルスク県、ヤロスラフスク県、コストロムスク県、ニジェゴロド県、ヴラジーミル県」という特集の第二部である。ここでは農民の家庭の生活や家計、農作業、慣習、娯楽、手工業について、また、パヴロヴォで盛んな金属工業とならんで、ムスチョーラとパレフという町におけるイコンやルボークの生産に関する報告がおこなわれている。*73

ヴァスネツォフが原画を制作した一八七六年と、版画になって『絵のように美しいロシア』に掲載された一八九九年では二十三年も隔たっている。しかしヴァスネツォフが描いた絵は一八九九年の農村の

図10.ヴァスネツォフの《小さな書店》。1876年移動展覧派展覧会に出展。油彩画。*71

図11.ヴァスネツォフの絵を版画にしたもの。キャプションには「ルボーク画と本の商店（原画ヴァスネツォフ）」とある。*72

市場の様子のレポートに付すにたる資料とみなされたことがうかがえる。

『絵のように美しいロシア』の報告では、ムスチョーラとパレフとならび細密画の生産が盛んだったホールイという村の市場の様子が書いてある。

「ホールイの市場は十分広々としている。一年間で市場は五回開かれる。ここには茶、砂糖、食器、篩《ふるい》といった様々な商品が運び込まれる。だが主要な商品はやはりイコンとルボーク画である。「本と絵の販売」という看板を掲げた数十軒の商店が立ち並ぶ。市場を訪れた人々は絵の店に立ち寄ることが自分の義務であるとさえ思っている。そこには聖職者や斧をベルトで腰につけた男も行く。少年たちはボヴァー王子の絵をのぞきこみ、商人は大きな声を張り上げて商品の宣伝をする。行商人はホールイの市場でイコンを買い付け、ロシア中に運んでいく。ホールイはもっぱら農民向けにイコンとルボーク画を生産しているため、粗悪な商品にとどまっている。」*74

この引用で述べられるように、版画は本やイコンと一緒に市場の店舗で販売され、地域によって農民や町の住民を主要な客層としていた。ホールイの市場の規模を見れば、版画の生産が盛んなところでは大量の版画やイコン、本が流通していたことがわかる。

この引用文には市場で仕入れをおこなう行商人が登場する。行商人の役割は、本屋すらない田舎の村まで絵や本を届けることにあった。当時、モスクワやペテルブルグなど都市の近郊以外の地域には本屋が極めて少なく、本や絵の流通は行商人が一手に引き受けていたのである。行商人の活動に関してはスイチンが回想録の中で詳しく述べている。

「一八七七年までは、本と絵の商売のやり方はこうだった――ロシア全土にわたって、ロシア人、スラヴ人、ハンガリア人などのたくさんの書籍行商人たちがいて、彼らはみな、ほうぼうの定期市に商品をたずさえて現れた。市のたつ間これらの商人たちはこぞって市の広場に姿をみせ、集まってきた人びとに商品の本をすすめ、市のない日には肩から籠をさげて村々の百姓屋をたずね歩き、そこで商品をひろげて、籠のまわりに集まった村の衆を相手に自分の商品の自慢をしたり、すすめたりするのだったが、行商人たちは人びととわかりやすい言いまわしで話すことができた。こういうふうにして、彼らは村から村へとめぐり歩いて、自分の商品を売りさばいた。商売は活気があって、どんな片田舎にも本は出まわった。」（松下裕訳）*75

ここで引用した箇所はスイチンが一八七七年までのロシアにおける本と絵の商売の形態として述べているものである。スイチンの回想にはこれ以降、行商人の商業活動は厳しく取り締まられ、零細の行商は壊滅状態になったことが述べられている。ただしこの取締りは書籍に限られており、版画は物品とみなされて取締りの対象とはならなかった。行商はその後もロシアの都市と地方をつなぐ重要な流通手段として残り、スイチンは一八八〇年代以降も大衆向けの製品の販売に行商を活用した。

スイチン出版社が書籍と並んで生産したのが版画であった。特に民衆向けの石版画はスイチン出版社の成長を支えた主要な商品であった。一八七六年にスイチンは自分の印刷所を設立し、フランスのアロジエ社製の新しい印刷機を導入して石版画の生産を始めた。ロシア＝トルコ戦争を題材にした版画で大成功を収め、一八八三年には出版社を設立し、カレンダーの出版などで事業の拡大を図った。

スイチン出版社は一八八二年の博覧会に民衆版画を出品したり、知識人や有名な画家の助力を得て版画の質の向上に努めた。その結果スイチン出版社の版画の売り上げは年間五千万枚に達した。このころには印刷機五十台を稼動させて版画を生産し、絵の売れ行きは本の売れ行きを上回っていた。*76

版画の生産はモスクワ、ペテルブルグをはじめ、先ほど言及したホールイやムスチョーラなどの地方の町でも盛んだった。このように、膨大な数の版画が作られ、それが地方の農村部にまで行き渡っていたことから、版画は字の読めない農民や町の住民のあいだで広く普及していたことがわかる。

楽しみ方

こうした版画の普及とその使い方については具体的な記録が残されている。ここで挙げるのはチェーホフの『シベリアへの旅』からの抜粋である。チェーホフはシベリア街道をチュメーニからトムスクに向かう途中、自分が乗った馬車の御者の家に泊まった。そのときのことを書いた一八九〇年五月九日の記述を見てみよう。

「朝の五時ごろ、寒気のきびしい夜とうんざりするような馬車の旅のあとで、わたしは自営御者の家の客間にすわって茶を飲んでいる。客間というのは、明るい広々とした部屋で、調度などは、わがクールスクやモスクワあたりの百姓には夢にも見られぬほどのものだ。清潔なことは驚くほどで、ごみひとつ、しみひとつない。（中略）部屋のすみの聖像から、両側には民俗版画が貼りつらねてある。そこには皇帝の肖像がかならず幾とおりかあって、そのほか聖ゲオールギー・ポベドノーセツ、「ヨーロッパの諸皇帝」、そのなかにはどういうわけかペルシアの王様まではいっている。それからラテン語やドイツ語で説明のはいった聖者たちの画像、バッテンベルグ公やスコーベレフ将軍の半身像、それからまた聖者たちの像……。壁の飾りとしてキャンディの包み紙、ウォトカのレッテル、巻きタバコの箱のラベルまでが使ってあり、この貧しい飾りつけは、堂々たる寝台や飾りのある床とまるでそぐわない。」（松下裕訳）*77

チェーホフがこのとき訪れた自営御者の家は、シベリアのトムスク近辺にあるものと思われる。同じ五月九日の記述によればこのあたりの村には教会と小学校がかならずあり、百姓小屋は木造で二階建ても見られる。記述の中で、チェーホフは自営御者を含めて百姓たちと呼んでいるところからこの自営御者の家族は農民の一家と思われる。チェーホフはトムスク近郊の農民の家屋をモスクワやクルスクの農民の暮らしと比較し、調度や生活の文化的な違いを指摘している。それほど離れた場所であっても、やはり農民の家では聖人や皇帝の肖像を描いた版画であり、また商品のラベルなどの絵を壁の飾り付けに使っていたことがこの記述からわかる。

さらにチェーホフの記述のうち、張り紙の箇所に着目したい。キャンディの包み紙やウォトカのレッテルも版画と同じように農民の家の飾りに使われていたことは、ゴーゴリ作品のイラストがどのように消費されたかに関しての重要な資料を提供してくれている。十九世紀の末にはゴーゴリ作品の登場人物のイラストを用いた製品が生産されていたが、イラストが単に製品の模様として、あるいは単なるパッケージとして機能したばかりでなく、絵そのものが農民の間で装飾品として消費された可能性がチェーホフの記述から指摘できる。

同じ時期に版画つきの農民向けルボーク本では、ゴーゴリとプーシキンの人気が非常に高く、スイチンの回想では十万部が瞬く間に売り切れたとされる。*78 字の読めない農民の間では主要なメディアは一枚版画であったが、そのメディアにおいて、また製品のラベルなど農民が装飾に使ったものにおいてもゴーゴリ作品がコンテンツのひとつとして用いられていた。

ゴーゴリを含む近代のロシア文学は、もともとルボークで扱われる主要なコンテンツには含まれていない。ルボークは数百年の歴史を持つ民衆のメディアであり、古くから独自のジャンルを持っていた。ゴーゴリやプーシキンなどの十九世紀のロシア文学がルボークのひとつのジャンルとして採り入れられるようになったのは一八七〇年代以降のことである。こうした新しいジャンルを含む版画は、一八八〇年代を境に消費を拡大した。スイチンのように一社でルボークを年間五千万枚も生産するところもあり、ロシアにおけるルボークの消費は高まった。モスクワやペテルブルグだけでなく、シベリアにおいても制作されていたルボークは地域的にも広く普及した。ゴーゴリ作品はこうした版画というメディアにのることで、農民の生活の中に広く受け入れられていった。ルボークの題材になったことはゴーゴリの大衆化をすすめる重要な要因であった。

異本が進める大衆化

これまで取り上げた異本は多様であり、知識人向けのものから農民向けのものまで受容者は幅広かった。こうした異本は、ゴーゴリ作品の大衆化を進める上でどのように機能したのだろうか。以下では広義の異本がゴーゴリ作品の大衆化において果たした役割を考察していきたい。

キャラクター商品

十九世紀の終わりごろから、ゴーゴリ作品のイラストを印刷した工業製品が生産された。先ほど簡単に述べたこの種の工業製品に関して、詳しく見て生きたい。

当時はゴーゴリのキャラクターの絵を印刷した工芸品や実用品が製造されていた。今で言うところのキャラクター商品である。こうしたものは残念ながら、文化財として扱われないために保存の対象にはなりがたく、実物はなかなか残っていない。しかし博物館にわずかに保存されている工芸品や当時の記録から、その存在を跡付けることが可能である。

十九世紀前半の作家による文学作品が、工芸品に用いられる傾向はすでに十九世紀後半から見られた。たとえば十九世紀前半の作家による物語や寓話が玩具の題材として用いられた。ボゴロック（現在のノギンスク）では、新しい文学をモチーフにした彫り物の制作が行われた。モチーフとなったのはクルイロフ、プーシキン、ネクラーソフなどの作品であった。*79

グジェリ焼

陶器で有名なグジェリでは、十九世紀半ばから新ジャンルと呼ばれる陶器製の彫刻が多数生産された。新ジャンルの製品には様々な種類があったが、その一つにゴーゴリ作品を題材にした彫刻があった。それは彩色した彫刻で、ある県庁所在地のホテルにかかっていた絵についてのゴーゴリの記述をもとにしたものである。その記述とは「読者が多分、一度も見たことがないほど巨大な乳房のニンフが描かれている」絵、というものである。*80

これ自体は、ゴーゴリ作品の主要キャラクターを題材にしたキャラクターグッズとはいい難い。しかし、ゴーゴリ作品が一八五〇年代から一八七〇年代ごろに陶製の彫刻の一種に用いられていたことは興味深い。新ジャンルの中には、ルボークに出てくる題材を陶器の彫刻や絵にした製品が数多く含まれていた。その中にはユーモラスな人形も多く、先ほどのニンフはその一つであった。

一八七〇年代ごろから、グジェリにおいて昔ながらのルボークを題材にした陶器製品は、急速に衰退した。都市における大衆文化の発達に伴い、売れ筋の題材を優先したためである。しかし、グジェリに限らず、ボクレフスキイのイラストをつけた陶磁器などゴーゴリの作品を題材にした製品が生産され始めるのもこの時期である。それらは高級品ではなく、都市の住民が日常使う製品として売られていた。

異本と受容集団の結合

メディアは、それぞれに社会におけるコンテクストを持っている。そしてメディアは受容層や扱う内容を支配する。これまで見てきたように、雑誌や書籍は、啓蒙というコンテクストに基づいて、新しい読者層を開拓した。また民俗版画は農民を古くからの受容層として維持していた。

従来のメディアが扱うジャンルや表現手段も、メディアごとのコンテクストに忠実であった。ゴーゴリをはじめとする大作家の作品をジャンルのひとつとして見れば、それは限られた知識人階級の文化的な資産であった。広義の文学はあらゆる人々のものではあったが、同じメディアの中にとどまる限り、文学の中におけるすみわけは再生産の繰り返しから抜け出すことはなかった。

しかし一八七〇年代以降、多様なメディアにゴーゴリ作品の異本が現れた。これらの異本は、メディアごとに備わるコンテクストの垣根を越えた。ルボークの中にプーシキンやクルイロフの作品が登場し、ゴーゴリの作品を題材にした一枚版画が作られた。民衆の子どもたちのおもちゃには十九世紀後半からプーシキン、ネクラーソフ、クルイロフのスカースカや寓話のキャラクターが登場した。*81

文学を扱う従来のメディアによって文字が読めない社会階層にゴーゴリ作品を広めることは不可能である。しかし、その階層で受容されてきた民俗版画などのメディアの中に新たなコンテンツとしてゴーゴリ作品が入り込んだとき、ゴーゴリ作品は急速に新たな読者層を獲得した。一八七〇年代以降におけるゴーゴリ作品の異本の多様性は、受容者の数の増加と直結する。異本の数だけ、その異本ジャンルをすでに受容していた膨大な数の読者が新たなゴーゴリの読者となるからである。このように異本は、その多様性によって受容層の幅を広げたばかりでなく、急速にゴーゴリ作品の受容者を増加させたのである。

異本はオリジナルに優先する

異本によってゴーゴリの作品は様々な階層の文化の一部となった。このことは実際に受容されるとき、異本が常にオリジナルに優先することを示している。

オリジナルと異本の階層構造は、作成者間の「一次に対する二次を作る」ことへの明確な合意や、著作権などの制度のうえに成り立っている。だがオリジナルの特権性は受容する現場においてはむしろ本質的にあいまいである。

実際は受容者が生活の中で触れるメディアは、それぞれの文化において規定されている。字の読めない人々のメディアは本ではなく版画である。こうした人々の生活の中には、ゴーゴリ作品の原典を印刷した書籍に触れる機会や理由が存在しない。

また、異本がオリジナルに優先するということは、コンテンツの読み方に関してもいえることである。前述したように、ゴーゴリ作品をモチーフにしたメディアには様々なものがあった。版画、キャンディの包み紙や磁器製品もゴーゴリ作品を受容者に伝える媒体となっていた。受け手の側は、ゴーゴリについてどれだけ知っているかに関わらず、こうしたメディアが差し出す読み方のコンテクストに応じてゴーゴリのモチーフを消費する。あらすじを追うという読み方をデザインやレイアウトが指示している版画なら、そのように読み、キャンディの包み紙であれば壁に飾るというように。人々はそのメディアが指し示す消費の仕方の範囲内でゴーゴリ作品を楽しむのである。

消費する側は、あくまでも版画や展覧会や工芸品を消費している。その題材のひとつにゴーゴリ作品があったならば、それは数あるテーマの一つに過ぎない。それがゴーゴリであることを知らないまま楽しむことさえある。消費する側は異本とオリジナルの区別をしていないのである。十九世紀においてゴーゴリ作品に触れる機会のあった人々の大半は、オリジナルよりも版画やグッズ、小冊子などの異本を楽しむ人々だった。

異本の制作において、記号の抽出や断片化などの形でオリジナルからの分離が生じ、異本はオリジナルに優先して受容された。様々な形で進行したオリジナルと異本の境界の侵犯は新たな異本の制作と受容を進める原理として共有され、異本を大量に生み出す原動力となった。大衆化はオリジナルを越えた異本により実現したのである。

Ⅱ　異本論

大衆化を経てゴーゴリ作品の異本の制作と受容に決定的な変化が生じた。それはゴーゴリ作品が個々の小説ではなく、もっと大きな物語として存在し始めたという変化である。ゴーゴリ作品は、大衆化を通じて様々なメディアで再生産された。前述したとおりこれをそれぞれのメディアの文脈と方法におけるゴーゴリ作品の新たな創造としてとらえるならば、ゴーゴリ作品は集団的に創作される物語に変わったといえる。古今東西の古典がそうであるようにゴーゴリ作品もまた、名場面だけを繰り返し語られ、異なる設定で書き直され、モチーフとして利用されながら様々なメディアで生き続ける物語になったのである。

そこには集団的創作が行われ、ゴーゴリ作品の再生産を継続する何らかのシステムが存在していたのではないだろうか。だとすればゴーゴリ作品を集団的創作の題材にし、多様なメディアの中で生き続けるものに変えたシステムとはどのようなものなのだろうか。以下では集団的創作のメカニズム、ゴーゴリ作品とメディア、物語を介したコミュニケーションという観点からこれについて論じていきたい。

1　二次創作の可能性

作品の受容においてオリジナルと異本との区別が消失していたことを論じてきたが、異本の制作においてはオリジナルと異本の間にどのような関係が見られるだろうか。たとえばオリジナルのテキストに挿絵を付け加えたり、オリジナルを踏襲していることを明記する類の異本がある。こうした異本はそれ自体の内部にオリジナルと異本という明確な区分を設けており、両者の間には階層関係がある。

だがそうではない異本も存在していた。たとえば登場人物はほぼ同じだが名前を少し変えたり、話の展開を変えたものが挙げられる。これなどは、オリジナルを語りなおすというよりも、むしろオリジナルの設定を使って創作を行っているというほうが正確である。こうした製品においては、異本は創作の域に入っていて、オリジナルから独立した部分が大きく、オリジナルとの直列の階層関係にあるとは考えにくい。

創作の域に入っている異本を探してみると、バリエーションも数も豊富である。なにより、オリジナルがテキストであるのに対して、ゴーゴリ作品を題材にしたイラストや油彩画は用いるジャンルもリテラシーも全く異なる。レーピンやボクレフスキイの描いたゴーゴリのキャラクターは、根本的に画家による創作と見なくてはならない。そう考えれば、登場人物を題材にしたおもちゃの人形や、イラストを印刷した便箋、食器など、今で言うキャラクター商品にあたるものはやはりそれぞれのメディアにおける創作である。

このように、創作の方に当てはまるものは多い。受容においてばかりでなく、制作の領域でもオリジナルと異本の階層関係が崩れていた。では、こうした異本はどのような仕方で生産されていたのだろうか。オリジナルとの直列の階層関係ではないとしたら、オリジナルとはどのような関係にあり、どのような構造で創作されていたのだろうか。

集団的創作による典型の創出

ルールの抽出

この問いに対する一つのすぐれた答えとして、大塚英志の論考を取り上げたい。現代の日本を例に、キャラクター商品が生み出される構造を分析する大塚英志の論考には、時代や社会の違いに制約されない普遍性を見出すことができる。

『物語消費論』の中で大塚は、一九八〇年代以降の漫画やアニメ、ゲームの消費に見られる特徴を、以下のように説明している。消費されている物語には「小さな物語」と「大きな物語」の二種類がある。「小さな物語」とは、オリジナルの作品や一話分のあらすじ等に相当し、断片的な性格を持つ。それに対して「大きな物語」とは、こうした「小さな物語」の背後に存在する、世界観やプログラムそのものである。

「大きな物語」は主人公たちの生きている時代や場所、その作品世界の歴史、生活風俗などあらゆる設定の集積であり、個々のエピソードを支える全体的な秩序、プログラムである。こうしたプログラムが直接描かれることはないが、受け手に提供される「小さな物語」はこの「大きな物語」が微分化されたものであるため、受け手は、「小さな物語」をいくつも見ることによってそこから「大きな物語」を積分化し、再構成することができる。[*82]

大塚は二種類の物語をこのように説明したうえで、以下のように述べる。

「しかしこのような〈物語消費〉を前提とする商品は極めて危うい側面を持っている。つまり、消費者が〈小さな物語〉の消費を積み重ねた果てに〈大きな物語〉＝プログラム全体を手に入れてしまえば、彼らは自らの手で〈小さな物語〉を自由に作り出せることになる。」[*83]

大塚は、受け手が「大きな物語」をもとにして自分で新たなエピソードを創造する事例として、雑誌等に連載されているオリジナル作品のキャラクターや設定を創作のためのルールとして使って、読者たちや無数のアマチュア作家が新たに作った二次創作を挙げている。こうした二次創作はオリジナルから設定を借用しているのは確かだが、大塚は、オリジナルが本物で二次創作が偽物という対立関係にはないという。物語の世界観、すなわち「大きな物語」はオリジナルから抽出されたものではあるが、この「大きな物語」の前ではオリジナルさえも一つの微分化されたエピソードに過ぎず、「小さな物語」として他の二次創作と同列に位置するためである。

この議論は以下のように締めくくられている。

「それゆえ〈物語消費〉の最終段階とは、〈商品〉を作ることと消費することが一体化してしまうという事態を指す。もはや生産者はいない。自らの手で商品を作り出し、自らの手で消費する無数の消費者だけがいる。それが記号としての〈モノ〉と戯れ続けた消費社会の終末の光景なのだということだけは、しっかりとここで確認しておこう。」[*84]

だが、作ることと消費することが一体化した物語との関わり方は、はたして現代の消費社会特有の産物と言えるのだろうか。答えは否である。

「物語消費論」は現代の日本に現れた個別的な条件に立脚して書かれてはいるが、ある作品から大きな物語が受け手たちの間で構想され、それをもとに二次創作という形で無数のバリアントが生み出されるという営みそのものは、より普遍的にみられるものである。これについては大塚自身も浄瑠璃や歌舞伎を例に挙げて言及している。

一九八〇年代に書かれたこの論考が、より情報化の進んだ現代においてもなお有効性を保ち、ゴーゴリ作品の二次創作が生み出された十九世紀後半のロシアの状況を説明する上でも有効であるのは、時代批評という以上に、物語の受容論として優れているためである。人間と物語の歴史を見渡せば、多くの事例からこれが普遍性を持つ物語の受容形態であることは明らかである。例えば中世ヨーロッパの修道院で行われた写本は、修道士が見本を機械的に書き写すだけではない。作業における読み間違いや書き誤りなどのエラーから、意図的な変更まで、改変を加えることによって多くの異本が生み出されてきた。また口承文芸の世界において、語りとは、集団的に共有されている大きな神話的物語から、エッセンスを保ちながらも自在に構成要素を引き出して組み合わせる、即興的な創造と不可分である。

情報化した現代の社会状況を上述の物語消費が成立する根拠として示した場合、消費すると同時に創造することの理由が現代的な環境ゆえの消費者心理に帰されてしまう。しかし、これが普遍的にみられる人間と物語との関係のあり方である以上、対極的な行為に思われる「消費」(楽しんだのち捨て去ることが想定される、受動的で一時的な行為）と「創造」（変化を起こしたり、何かをもたらすことで世界に積極的に関与しようとする行為）の間に、何らかの循環があることを示す論点が必要ではないだろうか。

異本の収斂が典型を生む

設定やプログラムをもとに受け手が新たな物語を創造することは、単なる消費行為の一形態ではなく、それ自体として積極的な意味を持つのではないか。この問題を、『異本と古典』というタイトルの本で論じているのが、外山滋比古である。この議論を展開させるに当たり、「異本の収斂」という論文の一部を引用する。

「異本は原型の乱れたものではなくて、典型を生み出すために欠かすことのできない胎動ということになる。原型がただちに典型となるのではなく、異本を経てはじめて典型が現れる。典型は解釈、あるいは誤解、あるいは変形の収斂したもので、したがって、原型と完全に重なり合うことはまずないといってよい。」*85

大塚が「プログラム」や「世界観」という言葉で表した概念によく似た意味で使われているのが「典型」である。典型は外山の論考において原型と明確に区別されている。原型とは、原作に当たる。原型と典型の区別は、典型の現れるプロセスを語る中で明確になる。外山の論において典型とは原型から抽出されるものではなく、異本を経て生み出されるものである。「典型は解釈、あるいは誤解、あるいは変形の収斂したもの」という表現には、誤解や変形などのいわば複製のエラーさえも典型を構築する一部と見る外山の論考の深さが現れている。

二次創作、異本が生み出されることでさらに「大きな物語」は厚みをまし、改変を受けながら洗練されていく。これによってさらなる二次創作が生まれるという循環が生じるのである。

これを具体的に、ゴーゴリ作品の異本を通じて考察してみたい。異本と原型の重なりは、何を生み出したのだろうか。たとえば第一章であげたサゾノフ出版社のゴーゴリの小冊子を見てみよう。この小冊子はタイトルが『タラス・ブーリバ』で、あらすじと登場人物もゴーゴリのオリジナルと同じである。一九〇二年のスペランスキイ編『ゴーゴリ論集』所収の出版物目録にも掲載されているくらいで、ゴーゴリの『タラス・ブーリバ』として認識される程度の条件は十分備えている。だが一見して、これがオリジナルと異なる要素を持っていることがわかるのも事実である。明らかにオリジナルに比べてページ数が少なく、語彙も簡単な言葉に置き換えられている。装丁に使われた石版画や紙の質は、もともとゴーゴリを愛好していた読者層とは別の読者層が親しんでいるジャンルの読み物と同じであった。

異本と原型は明らかに異なる情報でできている本である。にもかかわらず、両者を同一の物語として認識しうるのも確かである。ここで生じているのは、二つを同一とみなすためのパターンが両者の重なりの中から生まれるということである。これは、異本と原型を並べる場合に限らず、複数の異本の重なりにおいてもいえることである。それらがすべて一つの物語に属するものであると認識しうるパターンが、異本がいくつも集まることによって出来上がる。

たとえばアーギンのイラスト『百枚の絵』とボクレフスキイの『死せる魂』は、イラストの形式や筆致が大きく異なるにもかかわらず、たとえ『死せる魂』のイラストであることが知らされなかったとしても同一の物語をもとにしていることがはっきりわかるような共通点を持っている。たとえば登場人物の帽子、衣服、髪型、体型、持ち物などの記号の同一性である。こうした共通点は異本同士を重ね合わせた時に初めてパターンとして認識できるものである。そして両者の描いたキャラクターの重なりの中に、われわれはより純粋に「典型的」なキャラクターの像を見いだす。別の言い方をすれば、典型とは、原作や異本の間に共通するパターン、いわば作品同士の関連から生じたパターンである。

このように、異本と原作、あるいは異本同士の重なりから生まれたパターンが共有されるところに、典型が生まれる。典型やルールが構築されるとき、それは原作から抽出されるのではなく、異本によって作られる。異本が存在し、異本が収斂することによってはじめて見出されるのである。

この認識に立てば、ゴーゴリ作品の二次創作を生み出した十九世紀のロシアの人々や、現代日本のサブカルチャーにおける二次創作者たちも、写本を行っていた中世の修道士たちも、同じ方法によって物語と関係を取り結んでいるという点で共通していることがわかる。しかも、いずれの受容行為も時間と忍耐、表現力が必要なものばかりであることから明らかなように、こうした受容の仕方は、創造という積極的な行為を支えるだけの強い欲求や情熱と不可分である。そこには、異本を限りなく作り出すことへの欲望が存在する。だとすれば、この欲望にも普遍性が宿っていることになる。

ではこうした強い欲求は何に根差したものなのだろうか。異本の収斂を通じて典型を導き出すという営みは、より抽象化した表現をすれば、情報の差異から新たな情報を生み出すことである。これは、時代や地域の枠組みのみならず、文学の枠組みも超えた、より根源的な知的欲求と繋がっているのではないだろうか。

異本の創作に内在する欲求とはいったいどこから生じ、どれほど根源的な性格を持つのだろうか。これを考察するため、情報の差異からより高次の情報を取り出す知的プロセスを論じたベイトソンの『精神と自然』における両眼視覚をめぐる論考を取り上げたい。

「不可分の単一像であるかに見える両眼視覚像も、実は脳の右半球左前方部で複雑に合成された情報と左半球右前方部で合成された情報という互いに対応する二つの部分から成っている。その二つの合成された情報が、後に、一つの主観的な図として再度合成される。こうして完成された像からは、垂直境界面の存在の痕跡は一切消えている。かくも念の入った手続きから生じる利点は（中略）奥行きに関する情報が得られる点である。学理的にきちんといえば、片方の網膜から得られる情報と、もう一方の網膜から得られる情報との差異が、別の論理階型に属する情報を作る、ということだ。この新たなレベルの情報が、視覚に新たな次元を加えるのである。図4で、Aは第一のソース（例えば右眼）から得られた情報の集まりを構成するもののクラスなり集合なりを表し、Bは第二のソース（例えば左眼）から得た情報の構成要素のクラスを表すとする。ABは両眼からはいってくる情報が言及している構成要素のクラスを表し、メンバーをもつか空集合かである。ABが実在の項を持つとき、第二のソースから来た情報が、Aの上に、Aだけでは不可能なクラス分けを行っていることに注意されたい。AとBとが組み合わされる時、単一ソースのみからでは生じ得ないタイプの情報が生じるということである。」（佐藤良明訳）*86

ここで、二つの異なる情報から二つの総和以上の情報を生み出す知的プロセスが存在し、それは、異なる二つの人間の脳が世界を認識する方法そのものと関係する普遍的な認識・思考のパターンの一つであること、それはものを見るという極めて日常的、基本的な営みの中で絶えず行われていることが示されている。差異があることそのものが、より生き生きとした、真実味のある世界を獲得するために必要なのである。このことを異本と原型に適用して考えてみれば、差異（異本）を生み出すことは、物語世界のより深い理解に至るために不可欠の道であるということができる。

物語を通じた探求の旅

何人もが多大な労力をかけて二次創作に取り組むのは、差異の超克を経てしか到達できない論理の高みへと至るためである。それはもはや、原型から取り出されるはずの大きな物語を「正確に」把握することを意味してはいない。向かう先は、原型の設定を足掛かりにしてみなで世界を作り上げ、その世界のシステムを洗練させ、空隙を埋め、より充実した世界に近づけていくこと――すなわち、世界を創造する行為そのものである。作るとは読むことの最終形態であると同時に、本のオリジナルの内容を超えて、しかし物語を通じて世界の深奥に到達しようとすることである。それを可能にする物語はそれほど多くはないかもしれないが確かに存在する。ゴーゴリは手掛かりとして大衆に選び取られた物語の一つであった。経験的に、こうした二次創作を誘発する物語があるとすればそれにはいくつかの条件があるように思う。それは例えば神話的構造を持っていること。不完全であること。物語の設定が不条理を抱え込んでいたり、論理において何らかの破綻があること。しかしなぜ、ゴーゴリが選ばれたのかについてはそれ自体として大きなテーマとなるため、別のところで論じることにしたい。

重要なのは、創作に人を駆り立てる力とは、世界の高みに導いてくれる物語の力だということである。差異から新たな高次の情報を取り出すことに対する欲求が、個々の人間に組み込まれた認識をめぐる内的なプロセスに根差しているとするなら、差異から取り出した高次の情報を積み重ねて物語世界を探求することもまた、人間にとって極めて基本的で普遍的な世界の認識方法であるといえる。

物語は探求される秘密、謎、真理を秘めた世界そのものであると同時に探求の方法でもある。これは神話の構築作業そのものと言えるだろう。これは人間に与えられた探求の旅に出るための数少ない方法の一つなのである。

このように、無数の二次創作が生み出されるという読みの形態を普遍的たらしめている要因の一つは、それが人間に備わった認識のメカニズムに根差しているというミクロなレベルにおける事柄である。その一方で、物語の探求には、人々を一つところへと向かわせるという集団化の原理が不可欠である。時にこの原理は、社会という単位を超えて、時代や地域を超えた膨大な人数が関与することもあり、マクロなレベルを扱う枠組みで検討しなくてはならない問題である。では、こうした集団化の原理は普遍的たりうるのだろうか。そうだとすれば、どのような論理によってこれを捉えればよいのだろうか。

個別的な営みとルール化のシステム

現実に目を向けると、異本の収斂を経て典型が生み出されるプロセスにおいて、異本を制作する人々が「ルールを作り出そう」という意図を持っていたとは考えにくい。

たとえば『ニーヴァ』を発行したマルクスや、ゴーゴリ作品を庶民向けに作り変えたスイチンを例にとって見よう。彼らは出版する本一つ一つについて、確かな目的と出版の方針を持っていた。しかしそれは出版社の業績の拡大であったり、民衆を啓蒙するという使命感であったり、雑誌の講読者の増加を狙ったものである。

要するに、それは経営の状況や個人的な人生の夢など個々の文脈に応じたものであって、決してゴーゴリ作品の典型を作り上げようなどという目的ではないのである。しかしそうした文脈の外から見てみると、ゴーゴリ作品の異本を次々に作り出す彼らの活動は、全体としてゴーゴリ作品の典型、ルールを産出するシステムの一部として機能している。

具体例によってこれを示してみる。ゴーゴリの『死せる魂』の登場人物がキャラクター商品という形で、原作から離れて一人歩きを始めたという事態を例に考えてみたい。たとえばレーピンが移動派展覧会に出品した油彩画「ポプリシチン」は、『狂人日記』のキャラクターを一人描いただけである。ボクレフスキイのイラストも、『死せる魂』の登場人物を数人、肖像画のように描いただけである。だが、彼らは単にキャラクターを視覚化したのではない。彼らは特定のキャラクターを、背後にゴーゴリ世界を思い描かせる記号に作り変えた。言い換えればキャラクターを作品全体の換喩に変えたのである。

異本の重なりから出てきたパターンをつうじてキャラクターは作品世界から独立して取り出される。キャラクターに関するパターンはゴーゴリの膨大な量の異本のごく一部に共有されるパターンに過ぎない。だがこのパターンはあらたに異本を作るためのルールの一つになる。たとえばおもちゃや食器、便箋などのキャラクター商品はこうしたルールを適用した異本であるといえる。ここで重要なのは、キャラクターを作品世界の換喩にかえた画家も、それを共通の知識にしたメディアも、ルールを適用して新たな製品を作った工場も、個々の活動の目的はばらばらであるということである。彼らには共通の目的はない。しかし全体として、一人歩きするキャラクターという典型を産出することに貢献したという意味で、典型を生み出す大きなシステムの一部をなしているのである。*87 異本の出版という営為がルールの産出を自律的に行うシステムの一部になっていた。それは言い換えれば、どんな異本を出しても、どんな出版活動をしたとしてもそれがルールの産出に寄与することに結果としてなるような状況であったということもできる。

ハイ・コンセプト出版と共通知識

個別的な目的にもとづく活動は、どのようにして集団化し、典型を産出する社会現象へと収斂するのだろうか。そのプロセスにはどのような特徴が存在するのだろうか。ゴーゴリの異本が最も活発に出版され、異本の収斂が進んだ十九世紀末から二十世紀初頭の状況を例に考察する。

ゴーゴリ作品は雑誌に断片的に掲載されたり、ダイジェスト版の小冊子として売られたり、キャラクターグッズが作られてかなりの知名度を持っていた。一九〇二年にマルクス出版社の雑誌『ニーヴァ』の付録につけられた『ゴーゴリ著作集』が二十万部の大ヒットとなったが、これは、チウェの表現を借りれば、数々の異本という「歴史的前例」によりゴーゴリに関する共通知識が形成され、それが出版前の「資産」として働いたためだといえる。

こうした状況は時代を問わず見られるものであり、現在でいうハイ・コンセプトの出版にあたる。ハイ・コンセプトとは、集中的な宣伝や発表前にすでに得られた高い知名度を前提に公開する映画などのコンテンツに用いられる用語である。*88『ハリー・ポッター』を例にとると、これはもともと子供向けの小説で、第一作の翻訳が日本で出版された際には大人までこぞって買い求める作品ではなかった。しかし子供たちのあいだで人気が高まり、加えて映画化にあわせて大々的な宣伝がなされたことにより、映画『ハリー・ポッター』の第一作は大人を巻き込む大ヒットとなった。映画公開後、原作の書籍は発売当初を上回る売れ行きを示した。

ここで、共通知識がどのような働きをしているのかを考えてみたい。ゴーゴリに話を戻すと、『ニーヴァ』は単にゴーゴリを多くの人々に知らしめただけではなく、ゴーゴリ作品は極めて多くの人に知られており、実際に読まれているのだというメタレベルの共通知識を読者に与えた。この共通知識はゴーゴリ作品がそれほど読まれるべきものなのだという判断の根拠として働く。

さらに、一九〇二年はゴーゴリ死去からちょうど五十年にあたっており、ゴーゴリを回顧する出版物が大量に発行された年であった。こうした出版物はそれ以前のゴーゴリ作品に関する共通知識だけでなく、五十年記念に際して同時期に行われた式典や出版活動によってゴーゴリの知名度が高まり、それが皆に共有されていることを資産として出されたものであった。

これには新しく制作された異本ばかりでなく、典型が出来上がるずっと前に作られた異本さえも巻き込まれた。たとえば一八四〇年代に制作された『百枚の絵』は、一八九〇年代になってから再版された。一八九〇年代の『百枚の絵』は一八四〇年代と全く異なる文脈、すなわちゴーゴリの時代の農村について学び、ゴーゴリ作品をよりよく理解するための副読本として再版された。この新たな意味づけは確かに出版者の意図によるものであり、この時代においてはこうした意図はよく見られるものであった。一八九〇年代の『百枚の絵』は異本の一つとして他の異本と一つに並べられた。

一八四〇年代にはこの『百枚の絵』はろくに売れず、売り上げの不振が出版中断の原因の一つとなったほどであった。しかし一八九〇年代にはよく売れ、版を重ねた。この売れ行きの差は、読者のゴーゴリ作品に関する共通知識の差によるものと考えられる。

ハイ・コンセプト出版や、それを実現する共通知識を手掛かりにして見えてくるのは、個々の出版活動を行う際の意図はばらばらであっても、異本の増加は異本の収斂を進め、典型を生み出すシステムをより強固に、活性化させるようにはたらくということである。ここには、個別の目的に基づく活動はそれぞればらばらに行われているように見えながら、全体として自律的に働くという特徴が見出される。

自律的なシステムモデル——オートポイエーシス

活動する個々の目的はばらばらでありながら、全体として典型を産出するシステムとして働くという、異本の収斂のプロセスを説明するには、どのようなタイプの論理モデルを用いればよいのだろうか。ここで重要なのは、個々の活動と、結果として生じる全体との間に、直接の因果関係が見いだせないという点である。したがってこれは、因果律を組み込まないが、固有の働きを持つシステムを見出すことのできるようなモデルによって考察されなくてはならない。こうしたモデルは、生命科学の領域でオートポイエーシス論の形で展開されている。異分野ではあるが、理論に内在する論理構造が異本の収斂を説明する上では有効であり、さらに異本に携わる個人と集団を、生命体に簡潔になぞらえて理解することができるという点で、これを用いて考察を進めることにしたい。

オートポイエーシスとは、もともと神経システムをモデルにして構築されたシステム理論であり、有機体論として構想されたものである。有機体を例にしてオートポイエーシスを簡単に説明すると以下のようになる。まず有機体は細胞などの構成要素を産出する。構成要素は、それぞれに代謝などの個々の活動を通じて有機体を構成し、こうして創られた有機体がさらに構成要素を産出する。オートポイエーシスはこのような循環的なプロセスを経て動き続けるシステムである。

この場合、個々の構成要素はシステム全体を見渡し、それに寄与すべく考えながら活動するわけではない。それらは個々の活動を行うだけであるが、それを通じて結果的に、有機体を構成し、さらに有機体が全体として産出システムとなって働く。[*89]

オートポイエーシスのシステム論は、産出システム全体と、それを構成する要素の関係性においてきわめて応用力の高いものである。こうした考え方は、社会のように限りなく複雑で、かつランダムに動く全体と、個人の活動という最小単位との関係性を捉える上で興味深い視点を提供する。

これまで我々は、ゴーゴリ本の制作と受容という社会での営為において、異本の制作や出版に関わった多くの人々の活動、そして異本を読む膨大な人々の読書をみてきた。オートポイエーシスのシステム論が持つ全体と個の関係性を用いて考えるならば、個々の活動に専心し、ばらばらに生きてきた個の活動が、結果的に全体が典型を構築する一つの産出システムをうみだし、さらにその全体が、この活動の方針や仕方を規定するという循環を見いだすことができる。

また、オートポイエーシスは外部からの働きかけによって稼働するものではない。もともとこれが有機体論であったことからわかるように、オートポイエーシスは外部の働きかけによらず自律的に動き続けるシステムである。こうした自律性もまた、社会における異本の産出という営為にみられるような、自律的に継続する性質を説明する。

オートポイエーシスのシステム論は、ゴーゴリ作品の受容を巡る複雑な社会の営為において、個と全体の間にある関係性の手がかりを提供してくれる。異本の出版という営為はルールの産出を自律的に行うシステムの一部となっているのである。

2　受容を捉える論理

進化論の論理

ゴーゴリ作品は一八七〇年代以降、異本が急激に増加し、二十世紀初頭には大量に出回った。この現象を構成するのは、いくつかの例外的な事象である。それは例えばあまたの作家たちの中で、ゴーゴリが（プーシキンもだが）突出した人気を博したことや、他の時代に比べるとこの時代には、ゴーゴリの異本が格段に多く、しかもバリエーション豊かに生み出されたことである。

これを踏まえたうえで、ゴーゴリ作品の大衆化・古典化のプロセスを考察するならば、以下の二通りの問いの立て方がありうる。一つは、ゴーゴリの人気は、ゴーゴリ作品のどのような要素に起因するのだろうかという問いである。もう一つは、どのようなありうべきプロセスの中から、上記の例外を含むゴーゴリ作品の受容状況が成立したのか、という問いである。

この二種類の問いは、それぞれ異なる論理に支えられている。前者は、事態－根拠連関をめぐる問いであり、後者は可能態－現実態関係をめぐる問いであるということができる。*90 この二通りの問いは、どちらが正しく、どちらが間違っているというものではなく、現実をいかなる枠組みで捉えるかという方法の違いを示している。

本書は基本的に、前者の問いをあえて封印するところから出発している。この問いは、古典になったことの根拠が、ゴーゴリ作品に内在していることをはじめから前提としているために、作品以外の領域に存在するさまざまな事柄を捨象しかねないからである。また、なぜゴーゴリが古典化したのかを問うに当たり、ゴーゴリ作品を選び取った読者たちのような、作品以外の根拠を想定した場合にも、こうした事態―根拠連関をめぐる問いは壁に突き当たってしまう。あまたの偶然が混入する限りなく複雑で不確定な現実においては、現実を構成するいかなる事象も、生じた結果と太い因果の関係で直接結びつけた途端に、虚構性を帯びることになるためである。

われわれが壁に突き当たるのは根拠を探求するときだけではない。すぐれた異本が出てきたプロセスを追うときも同じような問題に行き当たる。例えば『ニーヴァ』のような新しいタイプのメディアが創刊されたのは、出版のルールが大きく変わる時期だった。だがルールの変わり目をへて『ニーヴァ』が出来上がった必然性をプロセスから説明することはできないのである。

ルールの変わり目の出版活動はランダムであり、そこには統一的な目的があったわけではない。それぞれの出版社が自分の置かれた限定的な状況の中で試行錯誤を行ったにすぎない。われわれはそのランダムなプロセスの中から生み出された、成功したメディアをみて、そのプロセスがこのようなメディアを生み出すためにあったと考えがちであるが、それは目的論の錯誤に過ぎない。目的論とは、「一連のプロセスの最後に生じるパターンが、何らかの意味で、そのプロセスの通る経路の原因たりうる」と考える論理のことである。このように考えると、できあがったメディアをみて、メディアがそのように作られた要因に向かって論理を逆行することになってしまう。[*91]

時間の流れる方向に順をたどれば、それがランダムなプロセスであり、そのなかから、『ニーヴァ』の成功や、スイチン出版社の繁栄が生まれ出たことがわかる。ランダムなプロセスはおそらく創造性に欠かせない要素である。だがそのランダムなプロセスは、整理できないほど支離滅裂な事実の痕跡にしか見えない。これは先ほどの、どうやっても偶然に行き当たってしまう困難と同じである。「偶然」と「ランダムであること」を考えに入れなくてはならないが、この二つは因果論や目的論とは相容れないのである。

したがって、この問題は「偶然」と「ランダムであること」が論理の中に重要なファクターとしてすでに組み込まれている理論によって考えなくてはならない。さきほどの二つの問いのうち、後者の方、すなわちどのようなプロセスの中から、二十世紀初頭のようなゴーゴリ作品の受容状況が成立したのか、という問いの方がこの問題にはふさわしい。こうした理論は、先ほどのオートポイエーシスや、進化論のように生命科学の領域で発展したシステム論に見ることができる。こうしたシステム論においてはことがら同士をつなぐ因果関係はもはや採用されていない。むしろ、可能態－現実態関係を主軸に考察するのである。この点では進化論も共通している。こうしたシステム論によって考えるほうが、議論を発展させるには適している。

たとえば、進化論の考え方を取り入れてみると、先ほどの偶然をめぐる問いについては、このように考えることができる。ゴーゴリ作品は本来いろんな読み方ができ、バリエーション豊かな異本を生み出しうる作品であったが、状況の制約によっておさえ込まれていただけであると。[*92] 一八四〇年代や一八六〇年代においてすぐれた異本はあったものの、大量かつ多様な異本が生み出されなかったのが、当時の状況の制約によるものだったことは、第一章、第二章で述べたとおりである。一八七〇年代以降は環境の変化でかつては押さえ込んでいた機構が緩んだと考えることができる。

ランダムであることをめぐる問いに関してはこういえる。一八七〇年代以降の古典文学の出版ブームは出版の意図もやり方も多様であった。出版社は個々におかれた状況の中で活動を行っていたのであり、そこに業界全体の目ざす目的を見出すことはできない。そのなかで様々な出版物が出ては消えた。まさにその中から新しいクリエイティブなメディアが生まれたのであると。

このようなランダムなプロセスを変化の糧として位置づける論理を持つものとして、ここでも進化論が挙げられる。進化論のパラダイムによって、偶然とランダムを考えに入れながら異本の増加と新しいメディアの形成を論じる可能性をひらくことはできないだろうか。この試みの一環として、以下では、メディアを知覚になぞらえて、メディアの変化を記述していくことにしたい。

る。

知覚の延長としてのメディア

メディアとは何か？　思いつくものを列挙してみよう。本、新聞、ポスター、絵画、映画、漫画、ラジオ、テレビ。これらのメディアを情報の側から見れば、情報の乗り物に過ぎないように見える。だが、メディアの側から見れば、情報とはメディア自体に備わる制約の範囲内で切り出された事実の断片である。

映画と写真を比べてみればわかる。写真は一瞬を視覚的な手段によって切り取ったものである。それに対して映画は、視覚だけでなく聴覚による情報も組み合わせる。そしてある量の時間を使うことで場面同士の前後関係を生み出す。

それぞれのメディアの持つ手段は、人の知覚器官に似ている。知覚器官もまた、その器官がもつ方法の制約の中でしか現実を切り取ることができない。例えば人の目には止まっているものは捉えられないという制約がある。だから人の目は絶えず小さく動き続けている。その動きによる差異として捉えられた映像だけが、情報として認識されるのである。*93

メディアと知覚器官の共通点は、認識の手段による制約の範囲内で外界の認識が行われているということにある。言い換えれば、認識手段の範囲内でわれわれは対象を産出しているといえる。これに関してはフリッチョフ・カプラが秀逸な表現を行っている。

「ある種の実在は存在するのですが、ただ樹も、鳥も、何も、ないのです。これらは、私たちが創造するパターンであるからです。ある特殊なパターンに焦点を当てて、それをその他のものから切り取ると、それが一つの対象となるのです。人が違えば違ったことを行い、種が違えば違ったことを行う、というわけです。私たちが何を見るのかは、私たちがどのように見るのかによって決まってくるのです。」（吉福伸逸他訳）*94

メディアとは外界を何らかの形で切り出し、認識可能にする手段である。われわれが能力の範囲内でパターンを見出すように、メディアもまたその制約の範囲内でパターンを取り出し、意味を産出するものである。メディアは知覚器官や認識方法の延長である。

共　変

メディアは知覚器官と同じように外界をそれ自体に備わったやり方によって切り取り、リアリティを生み出す。生み出されたリアリティは、外界の切りとり方に制約される。その切り取り方はメディアによって異なる。現在、われわれが論じている一八七〇年代以降のロシアに関しても、メディアの切り取り方に変化がみられる。その変化の方向性は多岐に渡るはずだが、ゴーゴリの異本に限定し、その大衆化に着目したときに取り出せる変化は、生き物の知覚器官に関して使われる共変にとてもよく似た現象である。

共変とは複数の知覚を組み合わせることによってより複雑なリアリティの産出を可能にすることをいう。たとえば人には視覚、聴覚、触覚、嗅覚など複数の知覚器官が備わっている。かりにその中の一つだけが機能するとすれば、人が認識できる世界は、その一種類の知覚によって構成された世界である。複数の知覚器官が機能したとしても、やはり認識できる世界は、複数の知覚器官によって構成された世界である。言い方を変えると、生き物がおかれている環境は、実際に生き物が感知し、認識している以上に複雑だ、という発想がこの考え方にはある。一つの知覚による認識も、二つの知覚による認識もその複雑な環境を捉えきれないという点では同じなのである。この外界の複雑さにより近づくための工夫が共変である。

このことは、メディアに関してもいえる。メディアにとっても生き物にとっても、世界は認識している以上に複雑であるには違いないからだ。そしてメディアはそのやり方、例えば言葉で、あるいは画像で、あるいは音声によって複雑な外界を情報の形で切り取ったものだからだ。メディアは社会にとっての知覚である。

メディアが多様化をはじめた十九世紀以降、人気を博して成功し、長い間生き残ったたメディアには共変の効果を生かしたものが多い。それは言葉と画像の組み合わせである。報道記事からコルセットや手袋の広告、ファッションのカタログまで色々な雑誌や新聞は言葉と画像の組み合わせからできている。ロシアではイラストに加え、十九世紀末ごろから写真もメディアの中で使われるようになった。

ゴーゴリ作品の異本に関して言えば、移動展覧派によるイラスト本や、マルクス出版社が発行したイラストを数百点もつけた豪華本がイラストという画像と言葉を組みあわせている。言葉を聴覚の延長とするならば、イラストや写真は視覚の延長である。

画像と文章を組み合わせた出版物の発展と、メディアの大衆化が同時期であったことを関連付けて、視覚情報が識字率の低い集団にメディアの享受を可能にしたという説明がなされることがある。これは妥当であるし、スイチンのような出版者自身がこう考えて出版を行ったということからも読者を拡大しようとする当事者の意思と矛盾しない。

だがこのことがすべてを説明するわけではないのも確かである。膨大な量の文章がついて、大きな判型、上質紙の高価な旅行雑誌を、果たして識字率の低い人びとが購読するだろうか。画像の存在は、言葉によらない情報伝達を可能にするばかりではなく、それ以上のものをもたらすのである。

画像も情報の集合体であり、読むものである。独立したメディアとして成立するだけの情報量を持っている。だが、画像のついたメディアが面白いのは、画像が文章と組み合わさったときである。画像から得られる視覚的な情報と文章の情報が合わさるため、情報量はどちらか単独のメディアに比べて明らかに多くなる。

しかし肝心なのは、情報の増え方である。画像と文章という異なる様式の情報が重なり合うとき、その情報量は二つの情報の総和ではなく、それよりもずっと多くなる。これが共変のもたらす最大の効果である。多様な情報を人間はどのように認知するのだろうか。知覚心理学者ギブソンの提唱したアフォーダンスという概念をもとに考察しよう。アフォーダンスとは、情報は環境のなかに実在しており、人間はその情報を識別することでそれらの持つ意味や価値を見出すという考え方である。環境から知覚器官を通じて感受した物理的刺激を脳内で意味のあるイメージに仕上げるとする従来のモデルと比べ、この考え方は環境と人間の間、各感覚の間にある関係性に視点を移し、認知を複数の関係からなるシステム論の中で捉え直すものである。アフォーダンスの説明の中で、佐々木正人が行っている説明がわかりやすいので、長くなるがそれを引用する。

「炎とは光と音と化学的放散と熱伝導などがただ多重に冗長にある出来事ではない。炎とは光と音と匂いと熱などが独特に関係する出来事であり、このいくつもの情報の複雑な関係の仕方こそが炎の本質である。（中略）いくつもの情報がただ平行してばらばらにある「ヴァーチャルな炎」をつくっても、ぼくらはそこに炎のリアルを見ないだろう。（中略）原始的な定位の器官である「平衡胞」と身体の地面に接する脚の底面とが作る情報に、ギブソンは「器官の関係が作る情報」「情報どうしの関係による情報」を見ていた。かれはその関係を「共変（コーバリエーション）」と呼んだ。このようにシステム間の関係について想像することが知覚システムのピックアップしている情報の「複雑さ」を考える一つの方法である。ギブソンは、この平衡胞についての議論で、ぼくらが「五感」から知覚について語る慣習を本格的に超える方向を示した。もちろん神秘的な「第六感」があるのではない。システムの関係があるのだ。

「個体発生でも系統発生でも、一つの知覚の器官に、もう一つの器官が加わることで、情報は冗長になっただろう。しかし、アフォーダンスの探索にもう一つの器官が加わることで（中略）生ずることは多重化にとどまらない。すでに成立して活動していた知覚のシステムと新しい知覚のシステムの境界は、新しいシステムの参入でもう一度探られたはずだ。二つのシステムの関係は、ある場合には組み換えられただろう。つまりシステムのすることは他のシステムと出会うことで変化したはずだ。視ることに音が加わったとき、視覚情報がどのように変わるのか、今世紀のぼくらは「サイレント・ムービー」が音つきの「トーキー」に変わることで体験した。音が加わることで、映画の視覚的構築も質的に変わったのだ。同じようなシステム間の関係の本質的な変化が新しい知覚システムの発生の時には起こっている。」*96

共変とはいうなれば、異なる情報が重なるところには、単独では実現できないより複雑でリアルな認識が生まれるということである。このことを別の言葉で説明しているのがベイトソンである。前述の両眼視覚の例においてベイトソンは、二つの目がそれぞれ得た情報が重なるところ、情報の差異が、別の論理階型に属する情報を作ると述べている。

これを文章と画像という異なる情報の重なりに置き換えて考えて見れば、以下のように説明することができる。文章と絵という異なる二つの表現が重なるところに、文章あるいは絵という単一のソースのみからでは生じ得ないタイプの情報が生じる。

一つ論理階型を上がった情報が得られることを、ゴーゴリ作品の異本を例として示してみよう。マルクス出版社の『死せる魂』の豪華本は数百のイラストをテキストにつけていた。このイラストでマルクスがこだわったのはイラストの正確さと時代考証であった。これは十九世紀末の読者に、ゴーゴリ作品の世界を正確に示そうという意図の下に行われた努力であった。裏を返せば、ゴーゴリの作品世界は、マルクス社の読者たちにとって決してリアルでもなければ、生き生きと思い描けるものでもなかったということである。

このことは、一八九〇年代において学校の文学の授業の副読本に、一八四〇年代に制作されたアーギンの『百枚の絵』が用いられたことにも見られる。『百枚の絵』と同じ時代の小説、『タランタス』につけられたイラストも、一八九〇年代においては一八四〇年代当時のロシアを知るための貴重な資料として扱われていた。

だが出版社も読者も、これらのイラスト本を単なる資料として読んだわけではないはずである。テキスト

図12.『タランタス』の挿絵。＊97

を読んでも情景を思い描けない小説の世界をイラストはリアルな、生き生きしたものに変える働きを担ったのである。このようにイラストを使って読む読者にとって、もはやイラストは一場面を描いた、とまった絵ではない。文章の進行につれてキャラクターは動き出し、情景は次々に角度を変え、汚い旅籠屋のすえたにおいや、地主屋敷の中の古めかしい調度の手触りを感じさせるのである。

これは文章だけで、またイラストだけで提供できる情報ではない。これはゴーゴリに限らず、プーシキンやグリボエードフ、ツルゲーネフなどの過去の作品が再版されるときに、イラストがつけられることが多かったことの説明にもなるだろう。

イラストは古典のリバイバルに際し多大な貢献をした。忘れられてしまった昔のロシアを舞台にした小説を再版するとき、それをリアルに、生き生きと表現して成功を収めたメディアは、共変の効果を使ったのである。こうしたメディアは、単一の表現手段を取るメディアに対し進化した形態ということが

図13.マルクス版豪華本『死せる魂』の挿絵。ホフリャコフ画。＊98

できる。

ランダムな世界

図像と文章の共変を生かしたメディアにおいては、古典文学の出版物は数あるメディアの一つに過ぎない。一八七〇年代から出版物の大衆化に伴って雑誌、新聞、単行本、広告、ポスターなどの色々なメディアにおいて図像を用いたメディアが発達したことはすでに述べたとおりである。ではメディアが共変の効果を多用するようになったのはなぜなのだろうか。一つの答えとしてあげられるのは環境の変化であり、より具体的にいえば時代における情報の増加である。

ここで注意しておかなくてはならないのは、全体的な状況の中で生じたメディア全体の変化を環境との関係から分析することと、個々のメディアについて成功の要因を個別に検討することは論理のあり方が異なるということである。集団を扱う論理と個を扱う論理は、論理階型が異なる。メディア全体の変化は、集団として捉えるべきであり、確率論的に考えなくてはならない。

ゴーゴリの異本を集団としてみるとその中には様々なメディアが含まれている。その中には消え去ったメディアもあれば、成功を収めて長く残ったものもある。成功例がときどき現れるが、それはランダムで無秩序な出版状況の中から出てきている。前述したように、このランダムなプロセスを重要な要素として予め組み込む論理を持つのが進化論であった。ベイトソンはこれを端的に表現している。

「表現型と環境のコンビネーションによって第二のストカスティック・システムのランダムな構成要素ができ、それが変化を提案し、その提案された変化を遺伝的状況が――あるものは認め、あるものは禁ずるという形で——処理すると言える。ラマルク主義者は、体細胞的変化が遺伝的変化を制御することを望んだようだが、実際は逆である。遺伝的変化の方が体細胞的変化を制限する。ある変化を可能に、ある変化を不可能にする。

さらにいえば、変化への可能性をポテンシャルに秘めている点、個体のゲノムがコンピュータ・サイエンスで『バンク』と呼ばれるものに相当する。つまりゲノムは適応の選択肢の貯蔵庫であるのだ。」（佐藤良明訳）*99

この中からランダムなプロセスを経由することで変化が生じることを説明する論理に着目し、ゴーゴリの物語の典型ないし二次創作のルールをゲノム、メディアを表現型、社会を環境になぞらえて考えてみたい。

例えばゴーゴリの異本に関して言うと、たくさんメディアが現れたが、これは印刷技術の発達や出版状況の変化、読者の増加など様々な環境の変化に適応したメディアのバリエーションである。そこには更なる変化に耐えるものもあれば、読者から見向きもされないものもあった。それらのメディアは、結果的に、ありうべきメディアの選択肢のプールとなる。そうしたランダムなプロセスが提供した選択肢のプールから、後世まで受け継がれるようなロングセラーや、大ヒットするものが出る。

社会の変化が引き起こすランダムなプロセスとメディア、二次創作のルールをこのような論理でつなぐと、社会の変化と異本群の存在、二次創作の増加、大衆化という様々な現象を可能態ｰ現実態関係の中で捉えることができる。

ゴーゴリよりも人気がなく、古典として認知されなかった幾多の作家の作品と比較すると、ゴーゴリの作品は様々な異本を通じて、その読みの多様性や解釈の豊かさを見せていた。これは、様々な異本にアレンジしたり、社会的な文脈に応じて作品の読み方が変化する可能性が予めゴーゴリの作品にはあったためである。

実際にゴーゴリ作品のすぐれた異本の制作に関与した人々、例えば出版者や画家や評論家には、その伝記や回想を読むと、ゴーゴリのファンが多い。ゴーゴリ作品をこよなく愛し、深い興味を抱いた人々がゴーゴリ作品に突き動かされているように見える。こういう人々が一八四〇年代にも、五〇、六〇年代にも、世紀末にも時代を超えて存在した。

それならやはり人々を魅了し、異本の制作に駆り立てた要因は、ゴーゴリの作品に内包されているのではないか。この疑問は我々の経験的な世界においては、現実的な感覚に近い疑問でもあり、「ゴーゴリが古典として残ったのは、ゴーゴリ作品に『古典になるだけの価値』があったからだ」という目的論とあまり変わらないように思われる。しかしここで重要なのは人々に興味を抱かせ、二次創作に向かわせた要因は、ゴーゴリの作品の内部に閉じた不変の形で存在するのではなく、本来的に可変的であり、また読み手とのつながりの中で顕現するということである。

ここで、再び異本の収斂に立ち戻ることにしたい。異本の創作を経て、集団で大きな物語を作り上げていくプロセスからは、大きく二つのものが生み出される。一つは、新たな意味の算出であり、もう一つは作り手・読み手同士の結びつきである。

物語は関係の束であるというベイトソンの言葉の通り、[*100]原型、すなわちゴーゴリのオリジナル作品の中には、すでに物語世界を作る様々な関係が仕込まれている。しかし、関係の中には、一義的に決められる意味がはじめから内在しているわけではなく、それらがコンテクストを得たとき、初めて意味が生み出される。ゴーゴリはすでに作品の中でコンテクストを与えて意味を生み出している。だがコンテクストは多層的であり、読む人や、社会、時代に応じて変化する。意味はテクストの中で固定しているのではなく、人びとが物語から引き出すものである。そのとき、コンテクストを与えるのに大きな役割を負うのがメディアである。コンテクストは物語の中だけでなく、メディアにも備わっているからである。

メディアは、限られた知識人階級の間で読まれるものや、大衆読者を想定したものなど、それぞれに多様な社会的文脈を背負っている。メディアごとに異なるコンテクストを通じて、物語から新たな意味が生み出され、それが大きな物語の生成へと繋がっていくとするならば、異本としてのメディアは、読者集団を創出すると同時に、彼らを含みこむメディア固有のコンテクストにそって物語世界を生み出し、その作業を通じて大きな物語や、その物語を共に作り上げようとする幾多の異本と繋がる。ここには、物語世界、そこに見出される意味の創出という、想像力の領域に属する創造行為と、読者などの現実の領域における集団の創出という行為が重なり合って進行する様子を見ることができる。

集団に共有される想像的世界を作り出すと同時に、その想像的世界を通じて現実の世界における集団を新たに生み出していくというこの働きこそ、物語が人間の社会においてもつ働きであり、力である。

コミュニケーションの産出

物語にみられる意味や集団を創出する働きは、コミュニケーションの働きとよく似ている。例えばゴーゴリ作品の数々の異本を概観すれば、ゴーゴリ作品は、メディアに載って出回ることによってそのメディアに様々な形で関わる人々の間にコミュニケーションを成立させていた。そして『ニーヴァ』のような大部数のメディアを通じて、多くのロシア人がゴーゴリを知っていることをみなが知る。この共有されるという状況が、人びとが物語の中に感じ取る感情を変え、物語の意味を新たに産出するのである。

メディアの自律的な変化とそれに伴う異本の産出は、社会のコンテクストが物語に色々な意味を与え、何度も物語を再生産するシステムの一部である。それはコミュニケーションを産出し、作品世界のような想像の世界と、現実の世界とのあいだの往還を通じて、夢や想像と現実的事象の複合体である世界と人間の間、あるいはこうした世界を個々に生きる人々の間を絶えず調整し、結びつけるのである。

以下では、ゴーゴリ作品をめぐる集団的な創作が最も盛んに行われた二十世紀初頭に、異本やメディアがもたらしたコミュニケーションは、ゴーゴリ作品から引き出される意味をどのように変え、それが人々の間に何をもたらしたのかについて見ていきたい。

一九〇二年

ゴーゴリの死後五十年にあたる一九〇二年はロシア社会におけるゴーゴリ作品の文化的位置づけが公共性を帯びる画期となった。『ロシアの富』一九〇二年三月号には、ロシア各地で行われたゴーゴリの五十周年記念行事が報じられた。そうした行事ももちろんゴーゴリを記念する儀式としての意味を果たしたことだろう。だがむしろ、行事に関するメディアの報道や、死後五十年を記念して行われた出版、雑誌の特集の多さなどが共通知識を形成する上で重要な機能を果たしていた。ゴーゴリ作品本は一九〇二年以降、一年間に百十三万六千百部が出版され、ゴーゴリの関連本の総数は二百万部に及んだといわれる。*[101]これらはゴーゴリをロシアの何十万人もの人々にとって文化的な財産として共通のものにする公共化の儀式であった。

人々が共有する知識や出来事は、いったい社会においてどのような意味を持つのだろうか。チウェの以下の論考をもとに考えてみたい。「もし歴史が共通知識の生成を助けるのならば、おそらく共通知識は歴史を作り出せるだろう。社会がそれ自身の歴史と考えるものは、構成者の過去の体験の単なる合計ではない。過去の経験、記録すること、解釈すること、集合的に「覚えていること」が社会的制度となる。」チウェはポール・コナートンの言葉をひいて「記憶の社会的形成を研究することとは、共通に覚えていることを可能にする変換の行為を研究することである。……過去のイメージと過去についての再収集された知識とは、（多少とも儀式的な）パフォーマンス」、とりわけ「記念式典」によって「伝達され維持されていく」（安田雪訳）[*102]と述べている。

これ以前にもゴーゴリを有名な作家として位置づける活動は様々に行われていたことは多くの異本が物語る。ルボークや雑誌や版画や、豪華本、ウクライナをテーマにした絵画などが繰り返し制作されることによって、ゴーゴリの物語はこうした異本の持つさまざまな社会的コンテクストを包括するものになっていた。それは、さまざまなメディアによって獲得された、多様な階層と年齢を越えた読者層、そしてさまざまなゴーゴリ世界の読み方であり、それを通じて作り上げられた大きな物語を共有するロシア人の共同体を含んでいた。

公共化の儀式は、すでに認識されていたそうした様々な、ゴーゴリ作品に対する認識を多様なままにひとくくりにし、多くのロシア人にゴーゴリが共有されているということをみなが知っている状況を作り出した。この認識は個人の記憶や同時代人の間の共時的な記憶を超え、歴史的な位相に及ぶ高い象徴性をもつ記憶を生み出した。それは、すでにゴーゴリによる原型を超えて、異本の収斂を通じて集団的に生み出された大きな物語であったとするならば、その物語世界が作り出した共同体の象徴性は極めて高いものであったのではないだろうか。ゴーゴリの物語世界がまとめ上げる大きな社会集団の一員としての感情を多くの人が共有し、[*103]ゴーゴリの作品は一つの認識の手がかりとして、共有される精神となったのである。

そしてこれがその後の時代に新たな読み方や新たな異本を生み出していく。この精神を経由して過去を、あるいは現在を産出する。物語世界の表象行為は、共同体の物語や精神史を不断に生み出すことであり、この精神を共有する人々にとって、生み出された表象や物語は共有される過去や現在となる。物語と人との関わり、そして物語から喚起される感情というきわめて個人的なことがらもまた、ゴーゴリを受容し、異本を制作する大きなシステムの一部として働いているのである。

3　映画『死せる魂』

二十世紀は新たなメディアの時代であった。中でも十九世紀末に現れて二十世紀以降、大衆娯楽の重要な柱となったのが映画である。物語と視覚情報に動きが加わって、複数の知覚に訴える革新的な表現を可能にした映画は、共変という観点から見ても時代の幕開けを告げるにふさわしい新しさを持つメディアであった。

二十世紀以降もゴーゴリ作品は読み継がれるが、新たなメディアである映画は、ゴーゴリ作品の受容をめぐる営為にどのように接続したのだろうか。以下では、ロシアで映画がつくられ始めた二十世紀初頭の映画作品『死せる魂』を題材に取り上げる。制作、興業など様々な領域で模索が行われ、受容の場を構築する途上にあったこの時期の映画はどのように作品をイメージ化し、新たなコミュニケーションの場を作り出したのだろうか。これまで論じてきた異本論をもとに実例にそって検証していきたい。

映画『死せる魂』概要

二十世紀初頭にゴーゴリの作品『死せる魂』を題材にした映画が製作された。この映画は、ロシアで製作された映画の最初期の作品であり、民衆向けに作られた映画であった。

この映画に関して、複数の資料に書かれている内容が一致している事項は以下のとおりである。まずこの映画を製作したのはA・A・ハンジョンコフ社である。タイトルは『死せる魂』で、その名の通り、ゴーゴリの作品『死せる魂』をもとにした映画である。監督・脚本を担当したのはP・チャルディニンである。

すべての資料で一致しているのはと但し書きをしたのは、これ以外の情報については資料によってばらつきが見られるためである。タイトルは資料によっては『死せる魂からのいくつかの場面』となっているものもある。制作年も、一九〇八年から一九一〇年までまちまちである。このように資料ごとに情報が異なることに関しては、後ほど改めて考察を行う。ここでは、ひとまずあいまいな部分には但し書きを添えながら、映画『死せる魂』がどのような映画であったのかの概要を把握することにしたい。

ロシアで映画制作が始まったのが一九〇七年ごろといわれている。一九〇七年の秋以降、ニュース映画が各地で上映され、一九〇八年にはドランコフ社の制作したロシアで最初の劇映画『ドン・ヴォルガ下流の農民盗賊団』が上映された。*104 ドランコフに続いてハンジョンコフも映画の製作を始めた。『死せる魂』はハンジョンコフ社が映画制作の初期に手がけたものであり、ロシアの映画の中でも最も古い作品の部類に入る。

『死せる魂』に関する比較的詳しい資料を載せているのが『ロシア映画　一九〇八―一九一八』である。この本の『死せる魂』に関する記述を参照したい。これによると、映画『死せる魂』は、ゴーゴリ生誕百周年に当たる年に撮影された。*105 ゴーゴリは一八〇九年生まれなので、一九〇九年に撮影されたことになる。

この資料には、映画『死せる魂』の一場面が写真で掲載されている。そこには、ゴーゴリの胸像を囲むようにして、役の扮装をした十二人の俳優たちが正面を向いて立っている。中には、かがんだり反り返ったりと、役柄にふさわしいポーズを取っている俳優もいる。

この資料に書かれている配役は以下の四役だけである。チチコフはＩ・カムスキイ、ソバケヴィチはＶ・ステパノフ、プリュシキンはゲオルギエフスキイ、プリュシキンの料理女はＡ・ポジャルスカヤである。他の配役については役名も俳優の名も記されていない。だが、ゴーゴリのキャラクターすべてが、チャルディニンの所属していた劇団、ヴヴィジェンスキイ・ナロードニイ・ドームの俳優によって演じられたことが明記されている。

映画『死せる魂』の不明な点

『死せる魂』は、ロシアにおける初期の映画を扱った研究にはよく登場する比較的有名な映画である。しかしその『死せる魂』でさえ、具体的なことがらに関しては情報にゆれが見られ、よくわかっていないことがらが多い。制作年についても、資料によってことなっている。

ネヤ・ゾールカヤの『ソヴィエト映画　七つの時代』では製作が一九一〇年とされている。だが一九一〇年とするのは例外的で、多くの資料は一九〇九年と記している。『ロシア映画　一九〇八―一九一八』

図14.映画『死せる魂』のラストシーン。俳優が役の扮装をして、ゴーゴリの胸像を囲んで記念撮影しているところ。＊106

の初期映画の目録では一九〇九年となっている。この『ロシア映画一九〇八－一九一八』にはロシアの初期の映画の目録が出ている。その中に『死せる魂』も入っており、以下のように記されている。「一九〇九年　『死せる魂』。小さな撮影所（パビリオン）にて、人工照明を使って撮影。」＊107

映画の発表年でリストを作成している資料では＊108『死せる魂』は発表されていないにもかかわらずそのリストの一九〇九年の欄に入れられ、また監督名等の事項にも多くの誤りが見られる。

また別の論文であるギンズブルグ著『革命以前の映画』に掲載されている『死せる魂』の一場面を写した写真にはキャプションが着いている。そのキャプションには一九〇九年とされている。だがこれが制作年か、発表年かは明示されていない。

一九〇九年であるとする資料が多い中、『死せる魂』の制作は一九〇八年だったとする資料もある。この映画を製作した会社の創立者であるハンジョンコフの回想録である。この回想録は、筆者の手元にある中で映画の撮影に直接関わった者がのこした唯一の資料である。それによると制作が始まったのは一九〇八年の秋以降である。したがって、制作が一九〇九年にまたがったとも推測できる。この回想録の巻末にある作品目録では一九〇九年となっている。

多くの資料が、『死せる魂』の制作年を一九〇九年としている。その情報源となったのは、おそらく以下の二つの資料である。一つ目はハンジョンコフ社の映画の広告、二つ目はハンジョンコフ社が出版した定期刊行物である。*109 残念ながら手元にこれらの資料がなく、制作年を断定することはできない。こうした資料があるにもかかわらず映画『死せる魂』の情報が少なく錯綜するのは、上映されなかったために他の映画に比べて特に記述が少ないからであろう。

映画史における『死せる魂』の位置づけ

さて、『死せる魂』はロシアの映画史においてはどのように位置づけられているのだろうか。『死せる魂』が制作されたとされる一九〇九年はロシアで映画制作が始まってからまだ二年である。ハンジョンコフの回想にあったように、この時期の映画は撮影所がなく、撮影に必要な施設や知識が不足する中、手探りで映画制作を行っていた。この時期の劇映画のテーマとして多かったのが、民衆の間でよく知られている物語、伝説、そして文学作品であった。

ロシアで初めて制作された『ドン・ヴォルガ下流の農民盗賊団』はステンカ・ラージンの物語である。ドランコフに続いて映画制作を始めたハンジョンコフ社や、パテ社、グロリヤ社もロシアの歴史、古典文学、フォークロア、そしてルボーク本に題材をとった映画を製作した。

『死せる魂』ほか『白痴』など、文学作品を題材に取り、イラストレーションに似た映像で構成された映画は、初期の映画史において、イラスト的な映画というカテゴリーで分類される。そして映画史においては、このイラスト的な映画を含む更に大きなカテゴリーが想定されている。それがルボーク映画である。

ルボーク映画というのは伝説や古典文学を時には改作するなど少し形を変えて出版したルボーク本に題材や手法の点でよく似た映画作品を指す。[*110] ギンズブルグによると、それらは大衆受けを狙って、ルボークにおいて用いられていた形式を適用して作品を仕上げていた。当時のルボーク本の作家であるアナトーリイ・カメンスキイの作品も、ギンズブルクによれば低級な文学であったようだが、映画の題材として使われた。[*111]

映画の研究者によってはルボーク映画とイラスト的な映画を区別し、ルボーク的な映画が技術や演出、原作の解釈などの点で洗練したものがイラスト的な映画であると考える人もいる。だが、イラスト的な映画とルボーク映画を明確に区別するのは実際には難しい。どちらの映画も題材に古典文学を用いることが多く、テーマによる分類は難しい。また技術の面でも一様に未熟であり、観客層にも大きな区別は見られない。それよりは、イラスト的な映画をルボーク映画の一部と考え、そのことによってルボーク映画と、その後の劇映画の区別を明確化した方がよいと思われる。

ルボーク映画のテーマ

ではルボーク映画にはどのようなものがあるのだろうか。ハンジョンコフ社がロシア革命より以前に制作した劇映画には、ロシアの歴史や古典文学を題材にしたものが数多くある。

「プーシキン（『エフゲーニイ・オネーギン』、『スペードの女王』、『水の精』『コロムナの小屋』、）レールモントフ（『仮装舞踏会』『貴族オルシャ』、『商人カラシニコフの物語』）ゴーゴリ（『死せる魂』、『結婚』）トルストイ（『闇の力』、『偽の切符』）その他A・オストロフスキー、ネクラーソフ、ドストエフスキー。更にハンジョンコフは歴史に材をとった映画の製作もはじめた（『シベリアの征服者、エルマーク・チモフェーヴィチ』、『セヴァストーポリの防衛』、『一八一二年』）。セヴァストーポリの防衛は、ロシアだけでなく世界でも初めての部類に入る長編映画（フィルム全長二千メートル）であった。劇映画以外に、ハンジョンコフは、ニュース映画を、更に一九一一年からは科学、教育映画も製作、公開した。一九一一年から一九一七年までに、ハンジョンコフ商会の手によって、電気に関する一連のフィルム（『電信』『電波の受け方』）や生理学（『血液循環』、『眼』）、薬学、工業生産のフィルムが提供され、更に最初の顕微鏡撮影や「時間を拡大」した撮影が行われた。」*112

これを見ると、映画のテーマは、ロシアの民衆の間で広まっていたルボークや本の扱っていたテーマと重なっていることがわかる。

映画にはこのように、民衆の間で受容されてきたルボークの系譜に連なる要素がある。例としてここでは初期のロシア映画『ロシア人とカバルダ人の戦い』をあげることとしたい。*113

「ロシア人とカバルダ人との戦い」とは、一八五四年以降半世紀にわたって数十回発行を重ねた有名な民衆版画集のタイトルのひとつで、ロシア人の軍人と回教徒公女との恋物語を描いたものである。原型は騎士物語「グアーク」シリーズ、あるいは「美しい回教徒の娘」である。十九世紀にこれが翻案され、十九世紀初めのロシア－コーカサス戦役での出来事に置き換えられた。

「ロシア人とカバルダ人」の話は民衆版画において、プーシキンとレールモントフの『コーカサスの虜』の庶民版としても読み継がれた。プーシキン、レールモントフの作品は、伝説が小説化した異本だといえる。このようにほぼ同じ内容と構造を持つ物語が三つのジャンル、すなわち原型となる物語、プーシキンとレールモントフの小説、『ロシア人とカバルダ人』で存在するのである。

二十世紀初頭の映画『ロシア人とカバルダ人』は様々な形で語り継がれてきた物語の新たなバリエーションであると同時にそれまでに作られた異本の様々な要素を受け継いだ作品でもあった。

集団的な創作が生んだ『死せる魂』

ゴーゴリの『死せる魂』もまた様々な異本によって再生産されて続けた物語であり、映画『死せる魂』は映画以前の異本が生み出したものを色濃く受け継いだ作品であった。

ギンズブルグは『死せる魂』や『白痴』について以下のように述べている。

「これらの映画を初期のプリミティブなシネマトグラフの珍品として考えるべきではない。それらのうちよいものは、文学の一次作品のプリミティブな解釈と役者の誇張した演技を通じて、何らかの啓蒙的な意義を持っていた。『死せる魂』のフィルムでは、ゴーゴリ作品の人物に扮した役者がボクレフスキイと、一部アーギンの絵を元に衣装やメーキャップを念入りに施した。それらの映画のつくりが粗末でわざとらしいとしても、それはやはり文学の人物の特徴の輪郭を伝えていた。」*114

これらの映画がイラストレーションに似ているとされるのは、俳優の大げさな身振りや構成の単純さだけによるのではない。映画を製作するに当たり、すでに有名であった『死せる魂』のイラストを画面構成やセット、メーキャップの参考にしているのである。

映画がアーギンとボクレフスキイのイラストときわめてよく似ていることから、映画を制作するにあたり、実際にこの二種類のイラストを使用した可能性は高いだろう。ゾールカヤもまた映画『死せる魂』がアーギンとボクレフスキイのイラストを元にして制作されたことに言及している。だが、残念ながらアーギンやボクレフスキイのイラストが画面構成に使われたとする記述の情報源は不明であり、現時点で監督のチャルディニンたちが実際にそれを参考にしたと断言することはできない。

しかしイラストと映画の直接のつながりが仮になかったとしても、アーギンやボクレフスキイをはじめとする集団的創作を通じて、キャラクターの視覚的なプロトタイプはすでにできていた。映画『死せ

図15. 映画『死せる魂』の一場面。チチコフがプリュシキンを訪ねるシーン。＊115

図16.『百枚の絵』の40枚目。アーギン画。チチコフがプリュシキンを訪ねる場面。＊116

る魂』は、それまでの異本による集団的創作が形成した典型の上に成立した一つのバリエーションであり、ゴーゴリ作品が一つの物語として、それ以後も様々なメディアにおいて、繰り返し創作される道をたどり始めていたことを示している。

ゴーゴリ作品が映画に宿るまで

しかし、新たなメディアで表現されるにあたってゴーゴリ作品が単純に版画や書籍から映画に移し替えられたわけではなかった。『死せる魂』という物語が映画において再創作される上で、映画という新しいメディアとの結びつきを得るまでには様々な試行錯誤を経なくてはならなかった。表現の技法、撮影の技術、そして観客層に受け入れられるか否かといった様々な点において、コンテンツとメディアの結びつきの構築が必要だった。

映画『死せる魂』のフィルムがたったの八分の長さであることはこのことと関係している。フィルムの長さをめぐる考察から、映画制作の技術が未熟な時期に制作された、ロシア映画のもっとも初期の作品であるがゆえの試行錯誤があったことをみていきたい。

八分間のフィルム

『ロシア映画 一九〇八―一九一八』によると、映画『死せる魂』は全部で七つのシーンが撮影されたが、そのうち現存しているのは二つのシーンのみである。その理由に関しては何も述べられていない。*117 だがこのことは、『死せる魂』の上映時間に関係する問題であると思われる。参照した多くの資料において、現存するフィルムの長さと、そのフィルムの上映時間の長さはほぼ一致している。フィルムは百六十メートル、*118上映時間は八分程度である。だが、このフィルムが映画『死せる魂』の全編なのか、一部なのかは資料によって見解が異なっている。

例えばネヤ・ゾールカヤ『ソヴィエト映画　七つの時代』では、以下の記述がなされている。「A・A・ハンジョンコフ・スタジオで撮影され、完全な形で保存されている作品の一つ、一九一〇年の『死せる魂』を一例に上げて説明することができる。」（扇千恵訳）*119

また、ギンズブルグは論文の中で、こう書いている。

「初期の映画は民衆の間で有名なルボーク画の主題を生き返らせたものだった。それらは文学作品や民衆の歌、おとぎ話、歴史上の出来事の内容を表現するのではなく、単にそれらをイラスト的に描くのみであった。したがって、ドストエフスキイの小説『白痴』は全部で十八分、『死せる魂』は八分の上映時間だった。」

ギンズブルグは最初期の劇映画の上映時間は概して短いとし、そのため『死せる魂』がもともと八分だけであったという考えに特に疑問をもっていないようである。

ギンズブルグによる映画『死せる魂』についての記述は他の資料に比べて情報量が多く、俳優の動き方やメーキャップ、セットに関しての説明は、この映画を実際に見たかのように具体的である。またゾールカヤも最後のシーンに関する記述が詳しいことから、この映画を見た可能性がある。実際にゾールカヤやギンズブルグが見たかどうかは不明であるが、この『死せる魂』のフィルムはのこされているので、鑑賞することが可能ではある。*120

撮影の苦労

ゾールカヤやギンズブルグは現存する百六十メートル（八分相当）のフィルムが作品のすべてとしているが、これは誤りだった。誤りと判断する根拠となったのは、撮影に実際に関わったハンジョンコフの回想にある以下の記述である。少し長くなるが、そのまま引用する。

「次の映画作品、ゴーゴリ原作の『死せる魂』と『結婚』の撮影をわれわれは鉄道クラブにおいて行った。ここは、舞台の設備がより多く、また良かった。それに大きな窓がいくつかあり、日光がたくさん入った。この点をわれわれは当てにしたのである。撮影の準備とリハーサルはヴヴィジェンスキイ劇団の俳優の一人であるチャルディニンに任せた。彼は劇場と映画の違いを理解するのが早かった。そのうえ彼は大変熱心だったので、私は彼にひきつけられた。そのときは、確かな人に仕事を任せたように私は考えていた。だが、私は間違っていた。ゴーゴリの映画（二作とも）は失敗に終わった。当てにならない日光を信用したために、われわれは電気の照明を少ししか使わず、すべてのネガの露光時間が足りなかったことが分かったのである。自分の小さなアトリエを建てようという考えは私を捉えてはなさなかった。私は、アトリエなしに映画の撮影は不可能だということを理解した。」*121

映画『死せる魂』を撮影した時期（ハンジョンコフの回想では一九〇八年）、まだハンジョンコフ社は自社の撮影所を持っていなかったため、条件のよい撮影場所の確保に苦労していた。『死せる魂』の撮影では日光がよく入る鉄道会社の施設を撮影に用いた。電気の照明も用いた。このことは別の資料にも記述されている。*122

しかしやはり光量が足らず、それが原因でフィルムがうまく焼けなかったのであろう。ハンジョンコフが『死せる魂』と同じ場所で撮影したとする映画『結婚』もまた、上映されなかったことは資料から確認できる。*123

七つのシーンを撮影したものの、そのうち二つのシーンしか現存していないという記述を考え合わせれば以下のことが言える。ハンジョンコフたちは全部で七つのシーンからなる映画『死せる魂』を企画し、撮影した。しかし撮影所の条件が悪かったためにそのうちの二シーン分のフィルムしかきれいに焼くことができなかった。そのため上映はされず、お蔵入りとなった二つのシーン分の百六十メール、八分間のフィルムが現存するだけになったのである。

その後、ハンジョンコフ社は当時のロシアで最大の撮影所をモスクワのジトナヤ通りに建設した。ハンジョンコフの撮影所は、ロシアの映画制作の技術的・物質的な基盤を映画の先進国なみに引き上げ、多くのロシア映画を世に送り出すこととなった。このハンジョンコフ社の専用スタジオが建設されたのは、一九一二年、『死せる魂』の撮影から三年後のことであった。*124

映画でゴーゴリを表現する方法

映画が新しいメディアであるがゆえのゴーゴリ作品の新たな創作における試行錯誤は、技術ばかりでなく、表現面にもみることができる。

映画『死せる魂』に関するゾールカヤの記述によると、こ

図18. ハンジョンコフ社の撮影所。*125

の映画は動きの少ない演出がされ、役者は舞台劇のように正面を向いて演技をした。背景はアーギンやボクレフスキイのイラストとそっくりに作られている。そして最後のシーンでは、既に見たように（図15）出演者が全員ゴーゴリの胸像の回りに集まった。記念碑の周りに役者が集合するのは、道化芝居の劇場でよく行われるフィナーレの形式である。『死せる魂』では書物の中の線画、劇場での演出、道化芝居の効果の影響が統合されているのが面白い。」*126 ゾールカヤもアーギンやボクレフスキイのイラストが参考になっていると述べている。

この記述から、映画『死せる魂』はイラストをもとにしたばかりでなく道化芝居や活人画といわれる民衆の見せ物の系譜を引いていることがうかがえる。活人画とは、ルボークに頻繁に登場し、誰もが知っている物語のシーンを上映するものである。その特徴は俳優たちが舞台上を動き回ることなく、不動の姿勢で演じるというところにある。活人画のレパートリーには先ほど言及した『ロシア人とカバルダ人の戦い』も含まれていた。*127

最初期の映画は、こうした題材を特有のやり方で映像に移し替えた。それは物語の内容を描くというよりも、物語のあらすじにしたがっていくつかの場面をイラスト化するだけの、動きの少ないものであった。ハンジョンコフの『死せる魂』はこうした映画の一つだった。

客層——新たなコミュニケーションの場

ここからわかるのは、こうした演劇の手法が、文学作品を映画化することを可能にする手法の一つとして用いられたことだけではない。映画作品を制作する上で、実際に映画を上映する際の文化的な文脈も考慮し、その作品が客層に受け入れられるものにしなくてはならないのである。『死せる魂』の表現形態の選択はこのことと関係している。

初期のロシア映画の客層とはどのような人々なのだろうか。残念なことに映画『死せる魂』の上映に関しても情報は不確かなものしか残されていないが、初期の映画の興行形態や『死せる魂』と同じタイプの映画の受容から推察することは可能である。

ロシアで初めて映画が上映されたのは一八九六年の春、ペテルブルグの劇場においてであった。

映画は、最初、独立した見世物ではなく、他の出し物に添えたアトラクションの形で上映された。映画はペテルブルグとモスクワをはじめとして、キエフやニージニイ・ノヴロゴロドなどの大都市で上演された。その後各地の県・郡庁所在地で上映が行われ、映写機とフィルムを携えロシアの小さな村や町で巡業が行われた。一九〇三年から一九〇四年にかけてはロシアの小都市にも「電気館」とよばれる常設館が作られた。ロシアの映画は観客層の裾野を広げ、地方の小さな村や町の住民の見せ物として受容されたのである。[129]

ロシア製の映画の客層は当初は広い階層にまたがっていたが、様々な種類の映画の中でルボーク映画が占めた場所は、辺境や郊外の安い映画館であり、ゼムストヴォや民衆大学、禁酒協会が主催する無料上映会であった。映画は当初から広い階層のものであったが、中でもルボーク映画は民衆のものであり、見せ物小屋や娯楽場の出し物だったのである。[130]こうした映画は歴史上の出来事や有名な物語、『死せる魂』を含む文学作品

図19. 映画がロシアで始めて上映されたときの広告。＊139

など古くからあるテーマで作られたものが多かった。人々はそうしたなじみのあるテーマをもとにして、活人画の演出法を取り入れた映画を楽しんだ。

それまでの様々なジャンルのメディアで制作されてきた『死せる魂』の異本の要素が流れ込んでいることが確認できるこの映画は、十九世紀以来のゴーゴリ作品の集団的創作にくみする異本の一つとなっている。

映画『死せる魂』は新たなメディアゆえに、制作にまつわる様々な困難を抱えてはいたが、技術、表現技法、受容の場の構築を通じて新たなメディアならではの表現を実現した。新しいコミュニケーションの場を提供する映画とともに、ゴーゴリ作品は次の時代へ引き継がれていく。

注

第一章

1 Сидоров А. А. История оформления русской книги. М., Книга, 1964. С. 112-113, 149. および川端香男里ほか監修『新版 ロシアを知る事典』、平凡社、二〇〇四年、三五五、八五一頁。

2 川端香男里編『ロシア文学史』、東京大学出版会、一九八六年、一二七頁。

3 Достоевский Ф. М. Полное собрание сочинений в тридцати томах. Л., Наука, 1985. Т. 28. К. 1. С. 113.

4 Там же. С. 114.

5 『フランス人の自画像』 Les Français peints par eux-mêmes : Encyclopédie morale du dix-neuvième siècle. Paris. L. Curmer, 1840-1842. および『パリの悪魔』 Gerge Sand, Gavarni et al. Le diable à Paris : Paris et les Parisiens. Paris. J. Hetzel, 1845 -1846.

6 ジュディス・ウェクスラー著、高山宏訳『人間喜劇 十九世紀パリの観相術とカリカチュア』、ありな書房、一九八七年、五八-六一頁。

7 山田登世子『メディア都市パリ』、青土社、一九九一年、一九一頁。

8 Чаушанский Д. В. Белинский и русская реалистическая иллюстрация 1840-х годов // Литературное наследство. М., Наука, 1957. Т. 57. С. 328.

9 Некрасов Н. А. Полное собрание сочинений и писем. СПб., Наука, 1995. Т. 12. К.1. С. 143.

10 Клот К. К. и др. Наши, списанные с натуры русскими. Фак. изд. М., Книга, 1986. Вып. 9.

11 Смирнов-Сокольский Н. Русские литературные альманахи и сборники 18-19 вв. / Под ред. Ю. И. Масанова.

М., Книга, 1965. С. 22.

12 小勝禮子、佐川美知子編『物語る絵　19世紀の挿絵本』、栃木県立美術館他、一九八九年、五七頁。

13 Клот. Вып. 12. С. 101-102.

14 Физиология Петербурга. Издание подготовил В. И. Кулешов. Под ред. А. Л. Гришунина. М., Наука, 1991.

15 荒俣宏『ブックス・ビューティフルI』、筑摩文庫、一九九五年、一五四頁。

16 ビュイックは彫り込んだ白線を描線に用いる白線法の創始者。一八三〇年代以降は黒く彫り残した線を描線とする黒線法という技法が一般的になる。

17 木版画が使用された各国の出版物とジャンルには以下のようなものがあった。新聞・雑誌の諷刺画は『パンチ』誌（一八四一–、イギリス）。科学の図版は『顔の各種形態』グランヴィル画（一八三八、フランス）、『解剖生理学表』ピロゴフ著（一八五〇、ロシア）。戯画画集は『ガヴァルニ自選集』（一八四六–四八、フランス）。

18 Сидоров. История оформления русской книги. С. 249.

19 Кузьминский К. С. Художник-иллюстратор А. А. Агин : Его жизнь и творчество. М., Государственное изд-во, 1923. С. 14-17.

20 Кузьминский. Художник-иллюстратор А. А. Агин. С. 17.

21 Там же. С. 63.

22 退役後のフェドートフの住まいの様子と訪れた友人たちに関しては、Шкловский В. Повесть о художнике Федотове. М., Терра-Книжный клуб, 2001. С. 129-131.

23 Кузьминский. Художник-иллюстратор А. А. Агин. С. 11.

24 Стернин Г. Ю. Евстафий Ефимович Бернардский : 1819-1889. М., Искусство, 1953. С. 6.

25 Динцес Л. А. Комментарий к иллюстрациям // Slavica - Reprint Nr. 49. N. V. Gogol' - Materialy i issledovanija

(Literaturny archiv) Pod Red. V. V. Gippiusa. M.-L., Izd. Akademii Nauk SSSR, 1936. Vaduz. Europe Printing Establishment, 1970. Tom. II. P. 591.

26 Стернин Г. Ю. Печатная графика // История русского искусства. М., Наука, 1964. Т. 8. Кн. 2. С. 280.

27 Стернин. Евстафий Ефимович Бернардский. С. 4-7.

28 アーギン、チム、ベルナルツキイなどの活動と作品全般については Кузьминский. Художник-иллюстратор А. А. Агин.および Стернин. Печатная графика.

29 ガヴァルニについては小勝、前掲書、ガヴァルニ『ガヴァルニ展　19世紀パリの生活情景』、伊丹市立美術館、一九九九年。

30 Стернин. Печатная графика. С. 280.

31 Белинский В. Г. Полное собрание сочинений. М., 1956. Т. 9. С. 572.

32 小勝、前掲書、五四頁。

33 Клот. Вып. 5. С. 31.

34 Жемчужников Л. М. Мои воспоминания из прошлого. Л., Искусство, 1971. С. 83. 括弧内は筆者による補足。

35 Там же. С. 83.

36 フェドートフがガヴァルニの強い影響下にあった時期のことは、Шкловский. С. 140-146.

37 Варшавский Л. Р. Русская карикатура 40-50-х гг. 19 в. Л., ОГИЗ-изогиз, 1937. С. 67.

38 Кузнецов Э. Д. Федотов. М., Изобразительное искусство, 1990. С. 16.

39 小勝、前掲書、四四頁。

40 同書、四六頁。

41 同書、四四－五一頁。

42 Сидоров. История оформления русской книги. С. 250, 254. コヴリギン Егор Ильич Ковригин（1819-1853）は一八四四年芸術アカデミーを卒業後、挿絵画家となる。
43 Кузьминский. Художник-иллюстратор А. А. Агин. С. 14.
44 Жемчужников. С. 94.
45 Каганов Г. З. Санкт-Петербург : образы пространства. М., Индрик, 1995. С. 113-114.
46 藤沼貴ほか編著『はじめて学ぶロシア文学史』、ミネルヴァ書房、二〇〇三年、一七二頁。
47 ペトラシェフスキイ・サークルの構成と人数についてはN・F・ベリチコフ著、中村健之介訳『ドストエフスキー裁判』、北海道大学図書刊行会、一九九三年、五－六頁。
48 ベルナルツキイの入会時期に関しては同書、二〇頁。
49 Егоров Б. Ф. Петрашевцы. Л., Наука, 1988. С. 96.
50 クジミンスキイ（Кузьминский）によるアーギンの伝記には、アーギンもペトラシェフスキイ・サークルに参加していたという記述がある。A・I・ゾートフ著、石黒寛、浜田靖子訳『ロシア美術史』（美術出版社、一九七六年、三〇一頁）によれば、フェドートフは親友ベルナルツキイを通じてペトラシェフスキイ・サークルに関わり、ペトラシェフスキイ事件では、逮捕されたメンバーの一人バラソグロが、フェドートフのサークルへの関与を認めたといわれる。しかしペトラシェフスキイ・サークル事件に関連する資料にこの二名の名前は見当たらない。ペトラシェフスキイやサークルメンバーの側の回想や、事件に関連する資料には登場するのはベルナルツキイの名前である。このことからベルナルツキイは、画家たちの中で特にサークルに深く関わっていた人物であったことが伺える。
51 ドストエフスキイの入会時期に関してはЕгоров. С. 63.
52 ベリチコフ、前掲書、一七八頁。

53 同書、一七八－一七九頁。

54 同書、図版。

55 Агин А. А., Бернардский Е. Е. Папка и факсимиле 72 гравюр // Сто рисунков из сочинения Н. В. Гоголя «Мертвые души» М., Книга, 1985. Папка.

56 Отечественные записки. Т. 47. 1847. С. 2.

57 ガヴァルニ、前掲書、五二頁。

58 同書、五二頁。

59 Агин, Бернардский. Папка и факсимиле 72 гравюр. Рис. 46.

60 The Illustrated London News刊行会編『The Illustrated London News 9 一八四六年七月～一八四六年十二月（第二一八号～第二四三号）』、柏書房、一九九七年、The Illustrated London News. Oct. 31, 1846. No. 235. P. 288.

61 Агин, Бернардский. Папка и факсимиле 72 гравюр. Рис. 7.

62 The Illustrated London News刊行会編『The Illustrated London News 4 一八四四年一月～一八四六年六月（第八八号～第一一三号）』、柏書房、一九九七年、The Illustrated London News. Feb. 24, 1844. No. 95. P. 125.

63 Гоголь Н. В. Полное собрание сочинений. / Под ред. Н. И. Мордовченко и др. Л., АН СССР, 1951. (Nendln / Liechtenstein, KRAUS REPRINT, 1973.) Т. 6. С. 179. 以下、『死せる魂』の引用についてはゴーゴリ著、中村融訳『ゴーゴリ全集5　死せる魂 第一部』、河出書房新社、一九七六年を参照した。

64 Там же. С. 180 -181.

65 Агин, Бернардский. Папка и факсимиле 72 гравюр. Рис. 1.

66 Агин, Бернардский. Папка и факсимиле 72 гравюр. Рис. 70.

67 The Illustrated London News刊行会編『The Illustrated London News 2 一八四三年一月～一八四三年六月（第三五

号〜第六〇号)』、柏書房、一九九七年、The Illustrated London News. Jan. 28., 1843. No. 39. P. 64.

68 Сто русских литераторов. СПб., Изд. Книгопродавца А. Смирдина, 1839. Т. 1. С. VII, VIII. Оглавление. С. XI. Картины.

69 Там же. С. 50.

70 Там же. С. XII.

71 Агин, Бернардский. Папка и факсимиле 72 гравюр. Рис. 39.

72 Агин, Бернардский. Папка и факсимиле 72 гравюр. Рис. 58.

73 Агин А. А., Бернардский Е. Е. Факсимиле 31 гравюры из второго издания «104 рисунка к поэме Н. В. Гоголя ‹Мертвыя души›» // Сто рисунков из сочинения Н. В. Гоголя «Мертвые души». М., Книга, 1985. Рис. 74а.

74 Гоголь Н. В. Полное собрание сочинений. Л., Наука, 1952. Т. 13. С.45.

75 『ロシア人』はСидоров А. А. История оформления русской книги. С. 260. を、『百枚の絵』はАгин, Бернардский. Папка и факсимиле 72 гравюр. のカバーに記された購読条件を、その他の出版物はНекрасов Н. А. Полное собрание сочинений и писем. С. 141-146. を参照。

76 食費、子守り女の月給はドストエフスキー著、工藤精一郎訳『ドストエフスキー全集20』、新潮社、一九七九年、八八-九一頁を、その他についてはドストエフスキー著、木村浩訳『貧しき人びと』、新潮文庫、一九九四年、一二、七四頁。

77 イギリスについては谷田博幸『ヴィクトリア朝挿絵画家列伝』、図書出版社、一九九三年、一一-一八頁、清水一嘉『イギリス小説出版史 近代出版の展開』、日本エディタースクール出版部、一九九四年、九一頁、平田家就『イギリス挿絵史—活版印刷の導入から現代まで』、研究社出版、一九九五年、九六-九七頁。

78 フランスについては宮下志朗『読書の首都パリ』、みすず書房、一九九八年、四〇-四五頁、山田、前掲書、一二九-一四七頁。
79 谷田、前掲書、一四九頁。
80 宮下、前掲書、四四頁。
81 Майков В. Н. Литературная критика. Л., Худож. Лит., 1985. С. 315.
82 Агин, Бернардский. Папка и факсимиле 72 гравер. Рис. 36.
83 Агин, Бернардский. Факсимиле 31 гравюры. Рис. 73а.
84 Стернин Г. Ю. Иллюстрации А. А. Агина и Е. Е. Бернардского к «Мертвым душам» Н. В. Гоголя // Сто рисунков из сочинения Н. В. Гоголя «Мертвые души». М., Книга, 1985. С. 8.
85 発行人Д. Д. Федоров。四〇年代に製作された百枚の版画のほかに、検閲を受けて却下された三枚の木版画と宣伝用ポスターのリトグラフ一枚を加えて合計一〇四枚の版画を出版した。
86 川端『新版　ロシアを知る事典』、六七三-四頁。ハンガリー蜂起やパリの新聞がニコライの警戒を強めたこと、逮捕命令にいたる経緯に関してはЕгоров. С. 167.
87 Егоров. С. 168-169. によると三六人が要塞に送られたとある。また、N・F・ベリチコフ著、中村健之介訳『ドストエフスキー裁判』、北海道大学図書刊行会、一九九三年、六頁によると、逮捕者は三三名とする事典もある。
88 Егоров. С. 167-177.
89 ベリチコフ、前掲書、一五三頁。
90 同書、二五三-四頁。
91 同書、二五四頁。
92 同書、四八九頁から引用。

93 サークルに関与した人数については同書、六頁。
94 Сидоров А. А. История оформления русской книги. С. 270.
95 Сарабьянов Д. В. Павел Андреевич Федотов. Л., Художник РСФСР, 1985. С. 55.
96 Кузьминский. Художник-иллюстратор А. А. Агин. С. 155.
97 Верещагина А. Г. Вступительная статья. // Жемчужников. С. 7.
98 Некрасов Н. А. Полное собрание сочинений и писем в пятнадцати томах. СПб. Наука, 1997. Т. 13. Кн. 1. С. 13.
99 Там же. С. 46-47.
100 Там же. С. 354.
101 Там же. С. 47-48, 59, 368.
102 Там же. С. 52-53. 一八四七年第二号の『同時代人』の広告より。
103 Там же. С. 56-57.
104 Там же. С. 61-62.
105 Там же. С. 221-222.『イラスト・アリマナフ』に関するネクラーソフの注。
106 Там же. С. 61-62には『イラスト・アリマナフ』第一号に掲載された編者前書きと目次がでている。詳細は Там же. С. 369-374.
107 ネクラーソフの『イラスト・アリマナフ』企画の顚末については、Смирнов-Сокольский. С. 24.
108 Кузьминский. Художник-иллюстратор А. А. Агин. С. 104.
109 Некрасов. Полное собрание сочинений и писем в пятнадцати томах. Т. 13. Кн. 1. С. 72-75, 382-385.
110 Там же. С. 57-58.
111 Там же. С. 118, 415.

112 Там же. С. 125, 421-422.

113 Там же. С. 127-128, 422-423.

114 Крамской И. Н., Третьяков П. М. Переписка И. Н. Крамского: И. Н. Крамской и П. М. Третьяков. 1869-1887. М., Искусство, 1953. С. 326.

115 Сидоров. История оформления русской книги. С. 270.

116 Смирнов-Сокольский. С. 24.

第二章

1 Смирнов-Сокольский. С. 245-258.

2 代表的なアルバムは以下の二つである。Боклевский П. М. Альбом гоголевских типов в рисунках художника П. Боклевского. СПб., Тяпкин, 1881., Боклевский П. М. Типы из поэмы Н. В. Гоголя Мертвые души, рисованные художником Петром Михайловичем Боклевским. М., В. Г. Готье, 1895.

3 ボクレフキイ Петр Михайлович Боклевский（一八一六－一八九七）の伝記については以下。Орлова Т. В. П. М. Боклевский. М., Искусство, 1971. С. 7-16., Кузьминский К. К. Художник-иллюстратор П. М. Боклевский: Его жизнь и творчество. М., 1910. С. 10-12.

4 Боклевский, П. М. "Галлерея гоголевских типов, нарисованная Боклевским, вып. 1. Ревизор (14 листов)" М., 1858., Боклевский, П. М. Сцена из комедии Гоголя "Ревизор". М., 1863.

5 Орлова. Фронтиспис.

6 Агин, Бернардский. Папка и факсимиле 72 гравер. Рис. 61.

7 Зограф Н. Ю. Сатирическая графика 1860-х годов. П. М. Шмельков // История русского искусства. под ред.

Грабаря И. я., Лазарева В. Н., Кеменова В. С. М., Изд-во Академия наук СССР, 1965. Т. 9. Кн. 1. С. 61.

8 Стернин Г. Ю. Очерки русской сатирической графики. М., Искусство, 1964. С. 205.

9 Гоголь Н. В. Полное собрание сочинений. Т. 6. С. 7.

10 Там же, С. 162-163.

11 ウェクスラー、前掲書、一二二頁。

12 同書、一四三頁。

13 Стернин. Очерки русской сатирической графики. С. 159.

14 ウェクスラー、前掲書、一一一、一二〇－一二二、一二四－一六〇頁。

15 Зограф. С. 43.

16 Стернин. Очерки русской сатирической графики. С. 59.

17 Гоголь Н. В. Иллюстрированное полное собрание сочинений Н. В. Гоголя в восьми томах. под. ред. А. Е. Грузинскаго. М., Печатник, 1912-1913. С. 87.

18 Там же, С. 107.

19 Орлова С. 69. ゴーゴリは『死せる魂』でソバケーヴィチを熊にたとえる。

20 Ягодовская А. Т. Проблема характера-типа в литературе и живописи второй половины 19 века // Типология русского реализма второй половины 19 века. под ред. Стернин Г. Ю. М., Наука, 1990. С. 67.

21 Гоголь Н. В. Полное собрание сочинений. / Под ред. Н. Ф. Бельчиков и др. Л., АН СССР, 1952. (Nendln / Liechtenstein, KRAUS REPRINT, 1973.) Т. 8. С. 442. およびゴーゴリ著、中村融、灰谷慶三訳『ゴーゴリ全集6 死せる魂第二部／評論』、河出書房新社、一九七七年、四二〇頁。

22 ユーリイ・マン著、秦野一宏訳『ファンタジーの方法』、群像社、一九九二年、二六一頁。

23 Гоголь Н. В. Полное собрание сочинений. Т. 6. С. 94.

24 Carl R. Proffer, The simile and Gogol's Dead souls, (Hague, Paris : Mouton, 1967). P. 27.

25 Кузьминский. Художник-иллюстратор П. М. Боклевский. С. 80.

26 Лесков Н. С. О литературе и искусстве. Л., Изд-во Ленинградского университета, 1984. С. 199.

27 Орлова. С. 64., Кузьминский. Художник иллюстратор П. М. Боклевский. С. 81.

28 Описание рукописей и изобразительных материалов Пушкинского дома. Т. 1. Н. В. Гоголь. М., Изд-во Академии наук СССР, 1951. Т. 1. С. 119., Орлова. С. 64.

29 Там же. С. 64.

30 Николай Васильевич Гоголь в изобразительном искусстве и театре. Сост. Сидоров, А. А., Филиппов, В. А., Коростин, А. Ф., Абрамский, И.П. М., Государственное издательств о изобразительного искусства, 1953. С. 167.

31 Динерштейн Е. А. А. Ф. Маркс и русские писатели // Книга Исследования и материалы. М., Книга, 1976. Сб. 33. С. 128.

32 Описание рукописей и изобразительных материалов Пушкинского дома. Т. 1. С. 121., Кузьминский. Художник-иллюстратор П. М. Боклевский. С. 7.

33 Динерштейн Е. А. «Фабрикант» читателей А. Ф. Маркс. М., Книга, 1986. С. 110.

34 Нива, 1899, №43, С. 836.

35 実際にチホンラボフが編集したのは一八八九年に出版された第十版。第十五版にあたるこの『ゴーゴリ著作集』は第十版に準拠した非常に完成度の高い全集だった。

36 Динерштейн Е. А. «Фабрикант» читателей А. Ф. Маркс. С. 100-101, 247.

37 Sthephen Moeller-Sally. Gogol's Afterlife. The Evolution of a Classic in Imperial and Soviet Russia. Evanston, Illionis, Northwestern University Press, 2002. P. 74.

38 Кузьминский. Художник-иллюстратор П. М. Боклевский. С. 8.

39 Бубчикава М. Фарфор и графика // Русский Фарфор 250 лет истории. М., Авангард, 1995. С. 22-23.

40 Paul Schaffer, "Trends in the Russian decorative arts." Art and culture in nineteenth-century Russia, ed. by Theofanis George Stavrou (Bloomington : Indiana University Press, 1983) P. 216.

41 この世界観とキャラクターの関係については大塚英志『物語消費論「ビックリマン」の神話学』、新曜社、一九八九年、一〇–一四頁、六一–六四頁。

42 Русская мысль, 1895, Апр. С. 167.

43 ロジェ・シャルチエ著、長谷川輝夫訳『書物の秩序』（筑摩書房、一九九六年、三〇頁）でRoger E. Stoddardのこの言葉が引用されている。

44 橋本伸也『帝国・身分・学校—帝政期ロシアにおける教育の社会文化史』、名古屋大学出版会、二〇一〇年、一一三頁。

45 佐藤幸宏、地家光二編『一九世紀ロシア絵画展　レーピン、スーリコフ、クラムスコイとその時代』、北海道新聞社、一九九〇年、九四頁。同書一七一頁の解説によると、この絵はボグダノフ＝ベリスキイの自伝的な作品であり、題材は自らの幼年時代に求められている。ラチンスキーは一八七〇年代以降、民衆教育に生涯をささげた人物であり、画面の老教師がその人である。

46 橋本、前掲書、一二〇–一二一頁。

47 川端『新版　ロシアを知る事典』一七七頁。

48 橋本、一八二–一八三頁。

49 橋本、一八三頁。

50 橋本、一八七頁。

51 Константин Дмитриевич Ушинский (1824-1870) 教育者、教育学者。ヨーロッパ諸国の教育理論を批判的に取り入れながら、哲学・心理学に基づいた独自の教育体系を確立。教育における国民性の原理を唱え、公教育の改革に寄与した。川端『新版 ロシアを知る事典』七一-七二頁。

52 浜本純逸ほか『世界教育史十五 ロシア・ソビエト教育史』、講談社、一九七六年、一八七-一八八頁。

53 橋本、前掲書、二三一-二三二頁。

54 浜本、前掲書、一七二、三一八-三一九頁。

55 ヴォドヴォーゾフは一八二九年、商人の家庭に生まれた。一八四七年にペテルブルグ大学を卒業後、ロシア語と文学の教師としてワルシャワ、ペテルブルグのギムナジヤで教鞭を執る。ウシンスキイとは友人であった。一八八六年没。経歴については同書、三一〇頁。

56 同書、三三二-三三九頁。ヴォドヴォーゾフの授業の段階分けは、浜本による三段階の区分を踏襲した。

57 同書、三二四-三二六頁。

58 バジル・バーンスティン著、久冨善之他訳『〈教育〉の社会学理論――象徴統制、〈教育〉の言説、アイデンティティー』、法政大学出版局、二〇〇〇年、九七-九八頁。

59 浜本、三二〇-三二一、三二八頁。

60 ウシンスキー、柴田義松、菅原徹訳『ウシンスキー教育学全集 国民教育論』、明治図書出版、一九六五年、四五-四八、一一八-一一九、一三一-一三五頁。

61 同書、一三二頁。

62 Маркс, Адольф Федорович (1838-1904) 出版者、書籍商。Книговедение: Энциклопедический словарь. Под

ред. Чхиквишвили И. И. М, Советская Энциклопедия, 1982. С. 334.

63 川端『新版　ロシアを知る事典』五四七－五四八頁。

64 Динерштейн Е. А. «Фабрикант» читателей А. Ф. Маркс. Фронтиспис.

65 その他のイラスト雑誌には『世界のイラスト』«Всемирная иллюстрация» (1869-1895),『イラストで見る一週間』«Иллюстрированная неделя» (1873-1878),『イラスト戦記』«Иллюстрированная хроника войны» (1877-1878) などがあった。Подобедова О. И. Гравюра и иллюстрация 1870-1880-х годов // История русского искусства. Под ред. Грабаря И. Э., Лазарева В. Н., Кеменова В. С. М., АН СССР, 1965. Т. 9. Кн. 2. С. 185.

66 Динерштейн. А. Ф. Маркс и русские писатели. С. 128. および川端『新版　ロシアを知る事典』、五四八頁。

67 Там же. С. 127-128.

68 Там же. С. 128.

69 Нива. 1889, №43. С. 837.

70 Динерштейн. «Фабрикант» читателей А. Ф. Маркс. С. 103.

71 すべて定期購読の広告を参照した。Нива. 1893, №50. С. 1160, 1893, №51. С. 1188, 1894, №43. С. 1027, 1895, №47. С. 1134, 1896, №49. С. 1223, 1897, №51. С. 1222, 1898, №47. С. 940,Нива. 1900, №44. С. 884. Нива. 1901, №44. С. 684. レスコフ全集の完成は一九〇三年。ドストエフスキイ著作集は一八九四年に前半、一八九五年に後半が出版された。1899, №42. С. 813. の広告では『全集　Полное собрание сочинений』と表記されているが、付録の本そのもののタイトルは『著作集　Сочинения』である。

72 Нива. 1889, №43. С. 836.

73 Ленин В. И. Полное собрание сочинений. М., Политиздат, 1965. Т. 55. С. 80 -81.

74 Фингалの本名はИ. Н. Потапенкоである。Динерштейн А. Ф. Маркс и русские писатели. С. 127.

75 Там же, С. 133-134.

76 チホンラボフ Тихонравов, Николай Саввич (1832-1893) ゴーゴリ研究に携わり、マルクス社発行のゴーゴリ著作集の主任編集者を務めた。История дореволюционной России в дневниках и вопомининаниях. Под ред. Зайончковского П. А. М., Книга, 1981. Т. 3. Ч. 3.

シェンロク Шенрок, Владимир Иванович (1853-1810) 文学史家。チホンラボフの死後マルクス社のゴーゴリ著作集の編集を引き継いだ。ゴーゴリの伝記の執筆、書簡集の編集も手がけた。История дореволюционной России в дневниках и вопомининаниях. Под ред. Зайончковского П. А. М., Книга, 1980. Т. 3. Ч. 2. С. 277.

77 Гоголь Н. В. Сочинения: В 7 т. Под ред. Тихонравова Н. С. 10-е изд. М., А. Ф. Маркс, 1889-1896. Гоголь Н. В. Сочинения: В 12 т. Под ред. Тихонравова Н. С. 15, 16-е изд. СПб., А. Ф. Маркс, 1900-1901.

78 ドゥムノフ Думнов, Владимир Васильевич (1854-) 出版者、書籍商。サラエフ書店で働いた後、一八八五年に出版社「サラエフ兄弟の後継者」（Наследники братьев Салаевых）の社長となる。学校用の教科書などを出版した。Книга : Энциклопедия. Под ред. Жаркова В. М. М., Большая Российская Энциклопедия, 1999. С. 202.

79 マルクスとドゥムノフとの交渉、チホンラボフとの編集作業をめぐるやり取りは Динерштейн. «Фабрикант» читателей А. Ф. Маркс. С. 98-112. に詳しい。

80 Рыскин Е. И. Основные издания сочинений русских писателей: 19 век. М., Гос. изд-во культурно-просветительной литературы. 1948. С. 90.

81 Гоголь Н. В. Сочинения и письма Н. В Гоголя : В 9 т. Под ред. Каллаша В. В. СПб., Просвещения,1907-1909 や Гоголь Н. В. Сочинения : В 10 т. СПб., Брокгауз-Ефрон, 1915.がある。Там же. С. 90-91.

82 Рыскин. Основные издания сочинений русских писателей. С. 91. によれば、第十二版以降は第十版の参考資料を掲載していない。

83 Гоголь Н. В. Сочинения Н. В. Гоголя: В 12 т. Под ред. Тихонравова Н. С. 16-е изд. СПб., А. Ф. Маркса, 1901. Т. 1. С. 7. この第十六版には、第十一版にチホンラボフがつけた序が掲載された。

84 Там же. С. 7.

85 Там же. С. 7-8.

86 第十、十一版のなかでは書簡が一部発表されたのみで不完全だった。完全な書簡集は一九〇一年にマルクス社から四巻本で出版された。Динерштейн. «Фабрикант» читателей А. Ф. Маркс. С. 110.

87 Нива. 1899, №43. С. 837.

88 Нива. 1899, №42. С. 813.

89 Динерштейн. А. Ф. Маркс и русские писатели. С. 135, 143-145.

90 Динерштейн «Фабрикант» читателей А. Ф. Маркс. С. 110. ゴーゴリの場合は当時としては異例なほど著作権切れ後の発行部数が多かった。

91 Нива. 1904, №50. С. 1015.

92 Нива. 1899, №43. С. 836.

93 ゴーゴリ作品の出版物は一八八〇年代でもすべて合わせて一万部以下、マルクス社の『ゴーゴリ著作集』第十版以前に出された四巻本は三千部程度しか売れなかった。Динерштейн «Фабрикант» читателей А. Ф. Маркс. С. 102.

94 Нива. 1899, №43. С. 836.

95 Там же. С. 836.

96 Динерштейн «Фабрикант» читателей А. Ф. Маркс. С. 110.

97 Нива. 1904, №50. С. 1014.

98 Статистика Российской империи: Сборник сведений по России 1890. СПб., ЦСК МВД, 1890. Т. 10. С. 254-255.
99 Первая всеобщая перепись населения российской империи, 1897 г. Под ред. Тройничкаго Н. А. СПб., ЦСК МВД, 1903-1905. Т. 1. Архангельская губерния. Т. 12. Область войска Донского. Т. 16. Киевская губерния. Т. 24. Московская губерния. Т. 37. С-Петербургская губерния. Т. 40. Смоленская губерния. Т. 47. Херсонская губерния. Т. 72. Амурская область. Т. 87. Тургайская область. Т. 88. Уральская область.
100 Статистика Российской империи は全九十五巻。そのうち印刷所・書店・図書館数の統計は第一巻（一八八七年発行、統計実施は一八八四－一八八五年）、第十巻（一八九〇年発行、一八八六－一八八七年実施）、四十巻（一八九七年発行、一八九六年実施）に掲載。
101 ヨーロッパ・ロシア以外の地域の図書館・書店数の統計を掲載しているのは第十巻のみ。
102 識字人口は総人口と識字率から筆者が算出した。統計資料の識字率はロシア語の読み書き能力と見られる。
103 Статистика Российской империи: Сборник сведений по России, 1896. СПб., ЦСК МВД, 1897. Т. 40. С. 358.
104 Нива. 1904, №50. С. 1011.
105 Там же. С. 1010.
106 Там же. С. 1009. ピネガとホルモゴルイはロシア北部のアルハンゲリスク周辺の町。この作業場は大変大きなホールであり、約二十サージェン、すなわち約四十二メートルの奥行きがあった。
107 Там же. С. 1010.
108 Там же. С. 1009-1010.
109 エイゼンがカルス州とトゥルガイ州を部数が少ない地域として挙げていること、またトゥルガイの図書館数が不明あるいはゼロであることから、表3はヨーロッパ・ロシアに限定した。

110 Статистика Российской империи, Т. 40. С. 358.

111 Статистика Российской империи. Т. 40. С. 249. の統計をもとに筆者がグラフを作成した。

112 一八七二年に葉書、一八九〇年に手紙と帯封の販売が始まった。特に葉書の販売数が多かった。Статистика Российской империи. Т. 40. С. 249.

113 Статистика Российской империи. Т. 40. С. 236-237. この統計に挙げられた道路の種別のうち、проселочная дорога は舗装されていない田舎の道のことであるが、無舗装道路に対して、幹線道路として使われない道を指すと考えられるためここでは「農道」の訳をあてた。

114 Нива. 1889, №52. С. 1023.

115 Jeffrey Brooks When Russia learned to read. Literacy and popular Literature, 1861-1917. Princeton: Princeton Unversity Press, 1985. P. 113.

116 Ibid., P. 114.

117 Ibid., P. 115.

118 Ibid., P. 115.

119 Бархатова Е. В., Школьный Н. Н. Русский издательский плакат 1860-1930: Каталог выставки. СПб.: Российская национальная библиотека, 1996. С. 4.

120 こうした小さな書店の増加については Brooks. P. 110. に詳しい。

121 Статистический временник Российской империи: Сборник сведений по России за 1883 год. СПб.: ЦСК МВД, 1886. Сер. 3. Вып. 8. С. 112-113.

122 Там же. С. 92-93, 98-99.

123 Первая всеобщая перепись населения Российской империи, 1897 г. Т. 37. С. 22-23. 識字率の値はすべてこの

資料をもとに筆者が計算した。

124 Нива. 1904, №50. С. 1011.

125 Нива. 1904. №50. С. 1011.

126 Там же. С. 1011.

127 Там же. С. 1011.

128 マイケル・S-Y・チウェ著、安田雪訳『儀式はなんの役に立つか　ゲーム理論のレッスン』、新曜社、二〇〇三年、四九頁。

129 Книга в России, 1881- 1895. СПб., 1997. С. 165-170.

130 Описание рукописей и изобразительных материалов Пушкинского дома, М.: Изд-во Академии наук СССР, 1951. Н. В. Гоголя. Т. 1. С. 89, 98-99, 105, 111, 113.『ニーヴァ』本誌には『タラス・ブーリバ』『ヴィイ』『検察官』『ローマ』などの紹介がイラスト付きで掲載された。

131 Нива. 1872. №7. С. 101-102.

132 Нива. 1878. №20. С. 350.

133 Нива. 1904. №50. С. 1014.

134 川端『新版　ロシアを知る事典』四五‐四六頁。

135 Рогинская Ф. С. Товарищество передвижных художественных выставок, 1869-1899: Письма, документы. М., Искусство, 1987. С. 18, 71, 111-112.

136 Николай Васильевич Гоголь в изобразительном искусстве и театре. С. 47.

137 Стасов В. В. В. Стасов. Избранное: Живопись, скльптура, графика в двух томах. М.-Л., Искусство, 1950. Т. 1. С. 56. ゴーゴリ作品の引用部については以下を参考にした。Гоголь Н. В. Полное собрание сочинений. /

Под ред. М. К. Клеман и др. Л., АН СССР, 1940. (Nendln / Liechtenstein, KRAUS REPRINT, 1973.) Т. 1. С. 156. およびゴーゴリ著、太田正一、中村喜和、青山太郎訳『ゴーゴリ全集1　ガンツ・キュヘリガールテン、ディカーニカ近郷夜話』、河出書房新社、一九七九年。一七六－一七七頁。

138 Русское искусство : Очерки о жизни и творчестве художников. Вторая половина девятнадцатого века. / Под ред. Леонова, А. И. М., Искусство, 1962. Т. 1. С. 27.

139 Крамской И. Н., Третьяков П. М. Переписка И. Н. Крамского : И. Н. Крамской и П. М. Третьяков. 1869-1887. М., Искусство, 1953. С. 326.

140 Рогинская. С. 184.

141 Там же. С. 263.

142 Репин. Под Ред. Грабаря, И. Э., Зильберштейна. М.-Л., Изд-во Академии наук СССР, 1949. Т. 2. С. 244.

143 Репин И. Е., Стасов В. В. Письма И. Е. Репина : И. Е. Репин и В. В. Стасов. Переписка. Под Ред. Лебедева, А. К. М.-Л., Искусство, 1948. С. 77.

144 Репин. Т. 2. С. 128.

145 Стернин Г. Ю. Русская художественная культура второй половины XIX–начала XX века. М., Советский художник., 1984. С. 34.

146 Там же. С. 33.

147 Рогинская. С. 267.

148 Там же. С. 200.

149 Всемирная иллюстрация. 8/ 12/ 1873. №258. С. 388-389.

150 Там же. С. 38.

151 異時同図に関してはエリカ・ラングミュア著、高橋裕子訳『物語画』、八坂書房、二〇〇五年、六六-七二頁。
152 Всемирная иллюстрация. 7/ 7/ 1873. №236. С. 33
153 Всемирная иллюстрация. 8/ 12/ 1873. №258. С. 398.
154 網野善彦、上野千鶴子、宮田登『日本王権論』、春秋社、一九八八年、八-一〇頁。
155 Николай Васильевич Гоголь в изобразительном искусстве и театре. С. 169.
156 Гоголевский сборникъ 1852-1902. Под ред. М. Сперанскаго. Киевъ, 1902. С. 226-227.
157 Коростин А. Ф., Стернин Г. Ю. Герои Гоголя в русском изобразительном искусстве XIX века. : Литературное наследство, М., Изд. во Академии наук СССР, 1952. Т. 58. С. 880 -881.

第三章

1 Книга в России, 1881-1895. СПб., 1997. С. 165..
2 イワン・スイチン著、松下裕訳『本のための生涯』、図書出版社、一九九一年、七、一四頁、三七-三八頁。
3 川端『新版　ロシアを知る事典』八〇一頁、坂内徳明『ルボーク　ロシアの民衆版画』、東洋書店、二〇〇六年、一〇-一四、五九-六四頁。
4 Блюм А. В. Издательская деятельность С- Петербургского комитета грамотности (1861-1895) // Книга: Исследования и материалы. 1979. Спб. 38. С. 90-100.
5 Там же. С. 103.
6 Там же. С. 105.
7 スイチン、前掲書、五六-五七頁。
8 Рейтбрат А. От Бовы к Бальмонту: Очерки по истории чтения в России во второй половине 19 века. М.,

Изд. МПИ, 1991. С. 152.

9 スイチン、前掲書、六一‐六三頁。

10 Народная Энциклопедия: Народное образование в России. М., Харьковское общество распространения в народе грамотности, 1910. Т. 10. 「ナロードの教育」というテーマで編纂されたこの事典には、ナロードの教育史に始まり、同時代のナロードの教育状況や読書傾向、ナロードの間で読まれている文学の実態について詳細な記述がなされている。その中の第十八章「ナロードの文学」という項目では、ナロードの間に広まるルボーク文学について論じられている。

11 Там же. С. 268.

12 Гоголевский сборникъ: 1852-1902. С. 277-279.

13 Страшный колдунъ, или кровавое мщенье. Страшная повесть изъ казачьей жизни. М., Издание Сытина, 1898. この文献情報は以下より。Гоголевский сборникъ. С. 277.

14 Три ночи у гроба красавицы. М., Издание т-ва И. Д. Сытина, 1898. この文献情報は以下より。Гоголевский сборникъ. С. 277.

15 Страшный колдунъ, или кровавое мщенье. Обложка.

16 スイチン、前掲書、六七頁。

17 Тарась Бульба или измена и смерть за прекрасную панну: Составлено по Н. В. Гоголю. М., А. Д. Сазонов, 1899. Обложка.

18 スイチン、前掲書、八五頁。

19 同書、八四‐八七頁、三二一‐三二二頁。

20 同書、八六頁。

21 Банк Б. В. Изучение читателей в России: XIX в. М., Книга, 1969. С. 163-165.
22 Там же. С. 130.
23 Блюм. С. 104.
24 Там же. С. 105-106.
25 Там же. С. 105-106.
26 Там же. С. 106.
27 Там же. С. 100.
28 テリー・イーグルトン著、大橋洋一訳『新版　文学とは何か』、岩波書店、一九九七年、三九－四五頁。
29 スイチン、前掲書、四三、六四、六九頁。
30 同書、六四頁。
31 同書、八四頁。
32 同書、五七頁。
33 同書、五六頁。
34 同書、五六頁。
35 同書、五六－五七頁。
36 同書、七一頁。こうした本は誤解に満ちた民衆観にもとづいて刊行されたが、民衆の関心をまったく惹かなかった。
37 同書、七五頁。
38 再版の経緯に関しては以下。Стернин. Иллюстрации А. А. Агина и Е. Е. Бернардского к «Мертвым душам» Н. В. Гоголя. С. 12.

39 Кузьминский. Художник-иллюстратор А. А. Агин. С.107, 121.
40 Динерштейн. «Фабрикант» читателей А. Ф. Маркс. С. 100, 247.
41 Гоголь Н. В. Похождения Чичикова, или Мертвые души. Поэма: Иллюстрированное энциклопедическое издание. М., Белый город, 2005. С. 145.
42 Там же. С. 108.
43 Четвертое прибавления къ систематической росписи книгамъ, продающихся въ книжныхъ магазинахъ Ивана Ильича Глазунова. Составлено за 1881 и 1882 года В. И. Межовымъ. СПб. 1884. С. 87.
44 Пятое прибавления къ систематической росписи книгамъ, продающихся въ книжныхъ магазинахъ Ивана Ильича Глазунова. Составлено за 1883-1887 вкл. В. И. Межовымъ. СПб. 1889. С. 178.
45 Описание рукописей и изобразительных материалов Пушкинского дома, М., Изд-во Академии наук СССР, 1951. Т. 1. Н. В. Гоголя. С. 88-128.
46 この出版物の正確な出版年は不明である。Динерштейн. «Фабрикант» читателей А. Ф. Маркс. および、Гоголевский сборникъ: 1852-1902. Под пед. М. Сперанскаго. Киевъ, Гоголевская Коммисия, 1902. にも出版年が掲載されていない。
47 Динерштейн. «Фабрикант» читателей А. Ф. Маркс. С. 98-99.　Гоголевский сборникъ. С. 205.
48 Гоголевский сборникъ. С. 276-278. カタログの分類項目は「民衆の本と絵におけるゴーゴリ作品」となっている。
49 Гоголевский сборникъ. С. 276.
50 Там же. С. 276.
51 Третье и четвертое прибавления къ систематическому каталогу русских книгъ, продающихся въ книжномъ

магазине Александра Федоровича Базунова. Составилъ В. И. Межовъ. За 1871 и 1873 года. Издание книгопродавца А. Ф. Базунова. СПб. 1873. С. 47.

52 Пятое и шестое прибавления къ систематическому каталогу русских книгъ, Составилъ В. И. Межовъ. За 1873 и 1874 года. Спб. 1875. С. 66.

53 Там же. С. 66.

54 Там же. С. 218.

55 Четвертое прибавления къ систематической росписи книгамъ. С. 311.

56 Пятое прибавления къ систематической росписи книгамъ. С. 140.

57 Там же. С. 163.

58 Там же. С. 163.

59 Там же. С. 173.

60 Гоголь. Похождения Чичикова, или Мертвые души. С. 229.

61 Русский начальный учитель: Ежемесячный журнал. СПб., 1884. №12. С. 581-582.

62 Гоголь. Похождения Чичикова, или Мертвые души. С. 213.

63 Н. В. Гоголь в портретах, иллюстрациях, документах. Сост. А. М. Гордин. Л., РСФСР, 1959. С. 403.

64 ラングミュア、前掲書、七二―七五頁。

65 スイチン、前掲書、四四頁。

66 Н. В. Гоголь в портретах, иллюстрациях, документах. С. 403.

67 Там же. С. 403.

68 坂内、前掲書、八頁。

69 Там же. С. 197-199.
70 Рогинская. С. 134.
71 Там же. С. 134.
72 Живописная Россия: Отечество наше въ его земельномъ, историческомъ, племенномъ, экономическомъ и бытовомъ значении. СПб.: Товарищество М. О. Вольфъ, 1899. Т. 6. С. 59.
73 Там же. 特集の概要に関してはこの巻の第二部。
74 Там же. С. 59-60. から引用。
75 スイチン、前掲書、七六－七七頁より引用。
76 同書、三一－三八、五二－五四、七七－八三、八七－九〇頁。
77 チェーホフ著、松下裕訳『チェーホフ全集十二』、ちくま文庫、一九九四年、二二一－二三頁より引用。
78 スイチン、前掲書、七一頁。Кузьминский. Художник иллюстратор П. М. Боклевский. С. 8.
79 Мир народной картинки. С. 232.
80 Там же. С. 256.
81 Мир народной картинки. Под. ред. К. К. Искольдская. М., Прогресс-Традиция, 1999. С. 207, 232.
82 大塚英志『物語消費論――「ビックリマン」の神話学』、新曜社、一九八九年、一三－一五頁、一八頁。
83 同書、一八頁。
84 同書、二四頁。
85 外山滋比古「異本の収斂」、『外山滋比古著作集三　異本と古典』、みすず書房、二〇〇三年、三〇頁。
86 グレゴリー・ベイトソン著、佐藤良明訳『精神と自然　生きた世界の認識論』、新思索社、二〇〇一年、九四－九五頁から引用。

87 先ほどの引用文の中で、大塚英志はルール、あるいは典型が生み出されるプロセスについて以下のように書いている。「このルールは誰かが作ったわけではない。読者やアニメーターの中で自然発生的に成立したコンセンサスとしか言いようがない。」ルールが集団によって作られたという点と、それが意図的ではなく、自然発生的にできたものであるという点において、この論考は当を得ている。

88 ハイ・コンセプトに関してはチウェ、前掲書、一一五頁。チウェは例として映画『ジョーズ』『アダムス・ファミリー』を例に挙げ、これらがヒットした要因の一つとして、映画化より以前にすでに小説や深夜のテレビドラマなどでこの作品が知られていたことを挙げ以下のように述べている。「歴史的な前例は、共通知識を作るもうひとつの方法である。（中略）ハイ・コンセプト映画には、集中的な宣伝だけではなく、「封切り前の資産」が必要である。」

89 河本英夫『オートポイエーシス　第三世代システム』、青土社、二〇〇三年、一五三－一五九頁。

90 同書、一九三頁ではオートポイエーシスのようなシステム論が、一般的な因果律とは異なる論理の上に成立していることを、以下のように説明している。「オートポイエーシスは、事態－根拠連関をあっさりと断念する。そしてむしろ可能態－現実態関係を主軸にして考えるのである。」

91 ベイトソン、前掲書、七九頁。引用箇所は同書、七八頁。

92 金子邦彦、郡司ペギオ－幸夫、高木由臣著『生命システム』、青土社、一九九七年、八二－八三頁で論じられている突然変異の捉え方を参考にした。

93 ベイトソン、前掲書、一三二頁。

94 フリッチョフ・カプラ著、吉福伸逸他訳『新ターニング・ポイント』、工作舎、一九九五年、一九九－二〇〇頁。

95 佐々木正人著『知性はどこに生まれるか　ダーウィンとアフォーダンス』講談社、一九九六年、一七〇－一七一頁より引用。

96 同書、一七二頁より引用。
97 Кузьминский. Художник-иллюстратор А. А. Агин. С. 47.
98 Гоголь. Похождения Чичикова, или Мертвые души. С. 17.
99 ベイトソン、前掲書、二四四頁より引用。
100 同書、一六‐二〇頁。
101 Динерштейн «Фабрикант» читателей А. Ф. Маркс. С. 110.　ゴーゴリの場合は当時としては異例なほど著作権切れ後の発行部数が多かった。
102 チウェ、前掲書、一一八頁。
103 チウェ、前掲書、一一九頁。
104 ヴェ・ジダン監修、高田爾郎訳『ソヴェト映画史』三一書房、一九七一年、四〇‐四一頁。
105 Русское кино. 1908-1918. Сост. Ханжонкова, В. Д. М., Искусство, 1969. С. 42.
106 Там же. С. 42.
107 Там же. С. 9.
108 Лихачев, Б. С. Кино в России. (1896-1926)：Материалы к истории русского кино. Часть 1. 1896-1913. Л., Авагдмиа, 1927. С. 177.
109 Ханжонков А. А. Первые годы русской кинематографии: Воспоминания. М.-Л., Искусство, 1937. このハンジョンコフの回想録の巻末リストは、各映画のデータについて情報源となった定期刊行物を明示している。ただし「死せる魂」に関しては、発表されなかったためか、情報源が出ていない。
110 ネーヤ・ゾールカヤ著、扇千恵訳『ソヴェート映画　七つの時代』、ロシア映画社、二〇〇一年、二一‐二二頁。
111 Гинзбург С. С. Дореволюционный кинематограф.// Русская художественная культура конца 19 - начала 20

века (1908-1917). М., Наука, 1977. Кн. 3. С. 241-242.
112 ジダン、前掲書、四二頁。
113 『ロシア人とカバルダ人の戦い』の情報に関してはゾールカヤ、前掲書、二二一―二二三頁。
114 Гинзбург. С. 241.
115 Там же. С. 243.
116 Агин, Бернардский. Папка и факсимиле 72 гравюр. Рис. 40.
117 Русское кино. 1908-1918. С. 42.
118 Ханжонков. С. 148., Лихачев. С. 176.
119 ゾールカヤ、前掲書、二二三頁。
120 Парфенов, Л. Отечественный Фонд Госфильмофонда// Из истории кино: Материалы и документы. 1. М., Изд-во акад. наук СССР, 1958. С. 119.
121 Ханжонков. С. 23-24.
122 Лихачев. С. 9. によると、「一九〇九年　『死せる魂』。小さな撮影所（パビリオン）にて、人工照明を使って撮影。」
123 Ханжонков. С. 148.
124 ハンジョンコフの撮影所に関してはジダン、前掲書、四二頁。
125 Лихачев. С. 65.
126 ゾールカヤ、前掲書、二二一―二二三頁。
127 活人画については同書、二二一頁。
128 Зоркая Н. М. На рубеже столетий: У истоков массового искусства в России 1900-1910 годов. М., 1976. С.

22-23.

129 ジダン、前掲書、三五－三六頁。

130 上映場所に関してはГинзбург. С. 241.

あとがき

本書ではゴーゴリ作品が古典としてのゆるぎない地位を獲得する二十世紀初頭までの受容史を論じたが、その後もゴーゴリ作品はメディアに載り、ロシア・ソヴィエトだけでなく、翻訳を通じて世界で読まれる作家となった。ウクライナを舞台にした小説『ヴィイ』や『タラス・ブーリバ』のほか『死せる魂』などはソヴィエトで映画化され、ゴーゴリ作品の中で重要な柱を成している『検察官』をはじめとする戯曲は現在でもロシアの舞台で上演されている。

とはいえ楽しみ方やゴーゴリへの関心の度合いは読者によってさまざまであり、ソ連で小学校時代を過ごした通訳・翻訳家の吉岡ゆきさんは、友達と学校に行く道々、『検察官』を大笑いしながら読んだと回想されている一方、最近知り合ったロシアの大学教授は、現代のロシア人がゴーゴリ作品を読んで一八三〇年代のスタソフのように笑えるかというと、そうでもないと言う。

ゴーゴリ作品の受容は相変わらず多面体の様相を呈しているが、二〇〇九年にゴーゴリ生誕二〇〇年を迎え、インターネットでゴーゴリ全集が自由に読めるようになった二十一世紀のロシアにおいて、ゴーゴリはメディアを介して新たな命を吹き込まれようとしている。インターネット上ではゴーゴリに関する膨大な記事が言説空間を形成する一方、近年、ドストエフスキイやブルガーコフの長編小説が相次いでテレビドラマ化されて人気を博したのに続き、ゴーゴリを主人公にしたドラマも制作されるなど、ゴーゴリ自身もまたロシアの人々のイマジネーションと創造の源泉になっているのである。確かに謎の多い作家であり、ゴーゴリにひそむ未だ解明されない謎に光を当てるのはこれからの時代の仕事なのかもしれない。

本書は博士論文「N・V・ゴーゴリの異本論――一八四〇年代から一九一〇年代におけるゴーゴリ作品の受容の分析」（二〇〇六年、東京大学）がもとになっている。執筆から十年後に読み返して、考え自体はほとんど変わっていないことに気付く一方、先生方からいただいたご指摘に心から納得したり、研究者になりきっていなかったからこそ持てた視点を新鮮に感じたりと、複雑な思いが去来した。

この研究が本になるまでには多くの方にお世話になった。学生のころから指導教官としてお世話になった金沢美知子先生、ゴーゴリの名訳者である浦雅春先生をはじめ、メディア研究への道を開いてくださった長谷見一雄先生、文学研究の面白さを教えてくださった沼野充義先生、ロシア民衆文化の第一人者である坂内徳明先生には貴重なご意見をいただいた。また校正作業を通じて的確で鋭いご指摘を下さった群像社の島田進矢さんのおかげで、論文は格段に良いものになった。遅い作業でご迷惑をおかけしてしまったが、変わらず見守ってくださり、多くを学ばせていただいた。生硬さや不足な点が残っているとすれば、それは皆様から頂いたご意見・ご指摘を生かしきれなかった著者の力不足である。

先生方をはじめ、研究を支えてくれた家族、博士論文を執筆しているころからよき相談相手であった夫、仕事をしている間待っていてくれた子供たちにこの場をお借りして心から感謝を申し上げげます。

二〇一七年二月

大野斉子

大野斉子
（おおの　ときこ）

東京大学文学部卒業。2006年、東京大学大学院人文社会系研究科博士課程修了。現在、宇都宮大学国際学部専任講師。帝政時代を中心にフランスとの比較やメディア論等の視点からロシア文学・文化を研究。著書に『シャネルN°5の謎――帝政ロシアの調香師』（2016年日本ロシア文学会賞、群像社）、主な論文に「ロシア18世紀のシノワズリ―」（『ロシア18世紀論集』）、「1840年代のロシアの木版画」（『ロシア語ロシア文学研究』33号）、「N. V. ゴーゴリの異本論――1840年代から1910年代におけるゴーゴリ作品の受容の分析」（博士論文）、「ロシアの香水産業―統計による分析―」（『SLAVISTIKA』28号）。

本書は、日本学術振興会（JSPS）平成28年度科学研究費助成事業（研究成果公開促進費：学術図書、JP16HP5054）の助成を受けたものです。

メディアと文学《ぶんがく》　ゴーゴリが古典《こてん》になるまで

2017年2月28日　初版第1刷発行

著　者　大野斉子

発行人　島田進矢
発行所　株式会社 群 像 社
神奈川県横浜市南区中里1-9-31 〒232-0063
電話／FAX 045-270-5889　郵便振替　00150-4-547777
ホームページ http://gunzosha.com　Eメール info@gunzosha.com
印刷・製本　モリモト印刷
カバーデザイン　寺尾眞紀

ISBN978-4-903619-76-7

群像社の本

シャネル№5の謎　帝政ロシアの調香師

大野斉子

世界一有名といわれる香水シャネル№5を生み出した亡命ロシア人とは何者だったのか。人類が愛した香りの歴史をたどりロシアの香水産業の発展や文学が描く匂いの世界を読み込みながら芸術としての香水を追求した天才調香師の秘められた姿を浮き彫りにする。

ISBN978-4-903619-50-7　2300円

ファンタジーの方法　ゴーゴリのポエチカ

ユーリイ・マン　秦野一宏訳

ロシア文学のなかに脈々と流れる幻想的世界の原点ゴーゴリの文体を徹底解剖し、ドイツ・ロマン派の影響、バフチンのカーニバル理論も見すえながら多数の文例で作品にひそむ仕掛けを検証しファンタジーの奥深い世界を読み解く。　ISBN4-905821-05-3　3300円

ロシア絵画の旅　はじまりはトレチャコフ美術館

ポルドミンスキイ　尾家順子訳

世界の美術史のなかでも独自の輝きを放つロシアの絵画を集めたトレチャコフ美術館をめぐりながら代表的な絵と画家たちの世界をやさしく語る美術案内。ロシア絵画の豊かな水脈をたどり、芸術の国ロシアの美と感性を身近に堪能できる１冊。（モノクロ図版128点）

ISBN978-4-903619-37-8　2200円

価格は税別